KB046000

7.5
어서 오세요
실력
지상주의
교실에
어서 오세요 실력지상주의교실에
키누가사 쇼고 지음
토모세 슌사쿠 일러스트
조민정 옮김

사토 마야
시노하라 사츠키

마츠시타 치아키

사쿠라 아이리

하세베 하루카

아야노코지 키요타카

카루이자와 케이

7.5

어서 오세요
실력
지상주의
교실에

어서 오세요 **실력지상주의교실에**

어서 오세요 실력지상주의 교실에 7.5

키누가사 쇼고 지음 | **토모세 슌사쿠** 일러스트 | **조민정** 옮김

어서 오세요 실력지상주의 교실에 7.5

contents

○처음 맞는 겨울

바깥은 아침을 맞이한 지금도 고요히 눈이 내리고 있었다.

25일, 세상은 크리스마스 분위기에 한껏 취해 있다.

세계 각지가 소중한 가족, 연인과 시간을 보내는 사람들로 넘쳐나겠지. 이 학교에도 그런 연인이 적잖이 있을 것이다.

약속한 시간이 다가와 나는 옷매무새를 단정히 했다.

"……벌써 8개월이 넘었나."

이 학교에 입학한 후로 시간이 정말 빠르게 흘렀다.

그만큼 내가 학교생활을 즐겼다는 뜻일까.

베란다로 이어지는 창문을 살짝 열자 쌀쌀한 바람이 불어 들어왔다.

그와 동시에 여자아이들의 웃음소리도 방 안까지 닿았다.

아마 케야키 몰에라도 놀러 가는 모양이다.

"나도 슬슬 나가볼까."

11시 30분이 지났음을 알아차린 나는 창문을 닫았다.

오늘은 사토 마야와의 약속, 그러니까 데이트가 있는 날이다.

오늘 하루 만에 뭔가가 달라질……지 어떨지는 모르겠다.

하지만 적어도 내게 의미 있는 하루가 될 거라고 여기고 있다.

그렇지 않다면 데이트하려고 생각하지 않았으리라.

누군가를 좋아하게 되는 일.

누군가를 소중히 여기게 되는 일.

서로 같은 시간을 보내는 것만으로도 행복을 공유할 수 있다.

더없이 소중한 존재로 승화되어 간다.

그런 감정, 그런 일을 나는 알게 될 수 있을까.

겨울방학의 작은 이야기는 전전날인 23일 크리스마스이브 전야에 그 막을 올린다.

○사랑의 화살

12월 23일, 날씨 맑음.

오늘 아침은 정말 개운하게 일어났다.

믿을 수 없을 만큼 상쾌해서, 잠에서 깼는데도 아직 꿈을 꾸는 듯 좋은 기분에 취해 있었다.

내게 찾아온 최초의 변화였다.

뭐가 달라졌어? 누가 그렇게 물어보면 나는 단호하게 아니라고 대답할 것이다.

하지만 달라지지 않은 건 아니다. 사실은 변화가 있었다.

극적인 변화가.

나 카루이자와 케이에게서, 나를 구속했던 기분 나쁜 과거가 사라진 것이다.

정확히 말하면 그게 아닌가. 나를 꽁꽁 묶은 과거에 지지 않는 힘을 얻게 되었다.

바로 어제, 2학기의 끝을 알리는 종업식 후에 있었던 일.

류엔 카케루는 나를 불러내서 폭력을 휘둘렀다.

말로 표현하려니 너무 멋이 없지만, 그건 있는 그대로 실제 일어난 사실.

나는 밑바닥까지 추락했다.

구원을 바라고 도망쳐 온 이 학교에서, 또다시 지옥에 떨어지는구나 하고 생각했다.

그리고 이런저런 이야기를 들었다. 그중에서도 충격적이었던 건 나를 괴롭힌 마나베 무리를 뒤에서 조종한 사람이 키요타카였다는 사실이었다.

처음에는 절망했고 분노도 치밀어 올랐다. 하지만…… 결과적으로 나는 구원받았다.

그 키요타카의 손에.

옥상에서 무사 생환한 나를 기다리고 있던 건 전 학생회장과 차바시라 선생님이었다. 뭐라고 말을 걸지도 않고 그저 아무 상관없는 사람들의 눈에 띄지 않도록 배려해주었다. 솔직히 그렇게 보호해주지 않았다면 기숙사까지 무사히 도착할 수 없었을 것이다. 그 두 사람은 키요타카의 지시를 받아 움직이고 있다는 사실만 알려 주었다. 그것이 나를 안심시키는 유일한 방법이라는 걸 알았기 때문이겠지.

그러한 옥상 사건. 마나베 무리에게 괴롭힘당하며 약점을 드러낸 내가 뿌린 씨앗.

과거를 뿌리칠 힘을 가지고 있었더라면 좀 더 의연하게 굴었을 것이다.

중학교 시절의 사건을 들키지 않고 끝날 수 있었을 것이다.

……아니, 그건 아니다. 근본적으로는 내가 잘못했다.

나를 크고 강하게 보이기 위해 계속 거만한 태도를 취했으니까, 그런 내 모습이 마나베 무리의 눈에 거슬렸어도 별 수 없다. 학교 폭력에서 벗어나기 위해 내가 택한 방법. 그것의 단점.

"후우……."

한숨을 내쉬었다. 하지만 이건 부정적인 의미의 한숨이 아니다.

그, 뭐라 할까, 마음이 담긴 한숨? 아니다. 뭐라고 표현해야 좋을지 모르겠다.

다만 한 가지 확실한 것은.

자나 깨나 내 머릿속에 키요타카가 들어 있다는 사실.

어제부터 줄곧, 뇌리를 떠날 줄 모른다.

"……아니, 정말, 이건 반칙이잖아……."

열이 나는 것도 아닌데 왠지 몸이 뜨겁다.

나는 뜨거워진 이마를 누르며 눈을 감았다.

아야노코지 키요타카. 1학년 D반.

처음에는 정말 안중에도 없었다. 단순히 존재감 없는 클래스메이트.

한때는 멋있다면서 아이들 사이에 화제로 떠오른 적도 있지만, 나는 별로 흥미 없었다.

그리고 반 아이들도 곧 키요타카를 잊어버렸다. 요즘 세상은 소통 능력도 인기의 큰 요소니까. 키요타카는 결정적으로 그 부분이 부족했다.

아무리 운동을 잘해도 다른 요소가 따라주지 않으면 인기는 늘어나지 않는다.

그래서 요스케 군을 필두로, A반의 츠카사키나 B반의 시바타 쪽이 훨씬 인기가 많다.

하지만 진짜 키요타카는 말도 잘하고, 머리도 좋고, 어른스럽고 냉정하며 상급생에게도 지지 않을 정도로 운동도 잘하고, 그리고, 그리고, 믿지 못할 만큼 강하고…….

냉혹하고 무자비한 구석도 있지만, 하지만…… 그래도 마지막에는 구해준다.

"핫……?!"

설마 나, 어느새 키요타카를——

"아니야, 아니, 아니야! 아니, 아니라고!"

나는 새빨개졌을 얼굴을 누르며 고개를 마구 가로저었다.

얼굴이 붉게 달아올라 허둥대는…… 이거, 완전 사랑에 빠진 소녀 같잖아.

딱히 연애를 부정하는 건 아니다. 나도 제대로 사랑에 빠져보고 싶은 여자아이이다. 하지만 뭐랄까, 키요타카를 그런 식으로 보는 걸 받아들일 수 없다고 할까.

"맞아. 안 되는 게 당연하잖아. 그 애 때문에 험한 꼴도 당했고……."

오히려 원망하지 않는 것만으로도 감사하게 생각해야지.

하물며 내 마음까지 가져가려고 하다니, 쉽게 허락할 수 없다.

거울 앞에 선 나는 잠결에 헝클어진 머리카락을 빗질했다.

"그나저나 나 너무 사람 좋은 거 아니야?"

아무리 자기한테 잘못이 있다고 해도, 다른 사람 같으면 키요타카가 한 짓을 용서할 수 있을까?

아마 무리다. 무리인 게 뻔하지. 오히려 마구 원망해야 정상이다.

그래. 내가 속 깊은 사람이어서 용서한 거야, 분명.

그걸로 만족해, 키요타카.

속으로 그렇게 말하며 잘못된 망상을 떨쳐냈다.

그래도 이미 용서했다는 사실은 키요타카에게 말해주지 않을 거다.

반대로 살짝 괴롭혀줄까. 이용당해서 화난 줄로 알게 만드는 것 정도가 딱 적당하겠지.

그리고 어쩌면, 다음에 키요타카를 봤을 때 정말 화가 솟구칠지도 모르니까.

그런 생각을 하고 있는데, 휴대폰에 채팅 알림이 떴다.

'오늘 11시, 잘 부탁해. 카루이자와.'

"아아, 맞다. 그랬지."

같은 반 사토 마야의 메시지였다. 24일이 내일로 다가온 오늘, 사토가 내게 상의할 일이 있으니 만나고 싶다고 연락해온 것이다.

평소 사토와는 친하게 지내는 그룹이 달라서, 교류가 깊은 편은 아니다. 물론 같은 반이니까 나름대로 친하게 지내긴 했지만, 이렇게 나 혼자만 불러내는 것은 처음이었다.
"그나저나 건강하네, 나."
어제 그 추운 날씨에 양동이 물을 수차례 뒤집어쓰며 심한 꼴을 당했는데도 멀쩡하기만 한 자신을 칭찬해주고 싶다. 물론 뼛속까지 차갑게 식은 후 곧바로 욕조에 들어가 몸을 따뜻하게 데우긴 했지만 다른 보통 애들 같으면 감기에 걸려서 사흘 밤낮을 누워 있어도 이상하지 않다.
"그런 일을 당하는 게 너무 익숙해서…… 그래서겠지."
약간의 자학 멘트도 쉽게 내뱉을 수 있게 되었다.
어제까지의 나.
그것은, 변했다고 여겼지만 사실은 변하지 않은 자신이었다.
하지만 지금은 분명히 말할 수 있다.
어쩌면 나는 조금 변한 것 같다고.
파자마를 벗고 속옷 차림이 되었다.
내 몸에 새겨진 상처 자국이 자연스레 눈에 들어왔다. 싫어도 보고 만다.
매일 이 상처와 마주할 때마다 기분이 가라앉고 죽고 싶어졌었다.
하지만 이제는 그 정도로 신경 쓰이지는 않는다.
그렇게나 밉고 분하고 슬펐던 상처인데.
단 하루 만에 이렇게 달라지다니 믿기지 않을 정도다.
"그래도 남자애한테는 보여줄 수 없지만……."

이런 상처를 보면 남자들은 내게 정이 확 떨어질 것이다. 여자애의 피부는 보드랍고 매끈매끈하고 깨끗하다는…… 그런 환상이 깨지고 말 테니까. 백년의 사랑이라도 분명 식어버리리라.

아니, 뭐 딱히 누구에게 보여줄 예정도 없지만…… 그렇게 속으로 사족을 달아둔다.

다만…….

티내지 않았을 뿐인지도 모르지만…… 그래도 키요타카는…… 다른 사람과 달랐지.

내 이런 상처를 보고도 징그럽다고 말하지 않았다.

그저 말로만 하지 않았을 뿐일까? 아니면 배 안이 어두워서 보이지 않았나? 그것도 아니면 그때는 협박하느라 정신이 팔려서 징그러운 줄도 몰랐던 것일까?

단순한 거짓말? 속으로는 징그럽다고 생각했을까?

아니면—— 정말 아무렇지도 않았던 거야?

긍정과 부정이 머릿속에서 번갈아가며 떠올랐다.

하지만 그런 것에 답이 나올 리 없다.

자문자답을 반복하던 나는 중요한 사실을 깨달았다

"그런데 그 애, 내 몸에 손댔었는데……."

그때는 생각할 여유가 없어 그냥 넘어갔지만, 이거 말도 안 되는 일 아니야?

허벅지를 만지고 교복도 벗기려고 했는데…….

여자애들에게 세균, 해충 취급을 받던 나는 남자애들에게도 보호받지 못했다. 반 전체, 학년 전체가 나를 여자이기 이전에 인간으로 보지 않았다. 남자애 손조차 제대로 잡아본 적 없는데, 그 애는 나한테 무슨 짓을 한 거야.

"아, 진짜진짜진짜! 또 생각하고 있네! 나 바보 아냐?!"

일단 키요타카에 대한 생각은 뚜껑을 닫고 봉인하자. 그렇게 하자.

그건 사고였으니까 잊어야 한다.

나는 소매에 팔을 넣고 순조롭게 옷을 갈아입었다.

1

준비하는 데 시간이 조금 지체된 나는 서둘러 목적지로 향했다.

겨울방학을 맞이한 케야키 몰은 학생들로 넘쳐나고 있었다.

전교생이 다 놀러 온 것일까, 여느 휴일보다 인파가 훨씬 많았다.

"그야 그렇겠지. 여기 말고는 놀 데도 없으니까."

필요한 것을 전부 갖추었으니 불만은 없지만, 색다른 맛이 없다.

겨우 늦지 않게 도착한 나는 약속 장소인 카페의 입구 근처에서 휴대폰을 쥐고 기다리던 사토에게 알은체를 했다.

"안녕, 사토."

"아, 카루이자와! 안녕!"

사토는 눈을 반짝이며 내게 손을 흔들었다. 미용실에 다녀왔는지 헤어스타일이 단정했다. 그것만 보고도 온갖 상상이 떠올랐다.

사토로부터 상의할 게 있다는 연락이 온 건 어젯밤의 일이다. 나는 몸과 마음이 몹시 지친 상태였지만, 그 사실을 밝히지 않았다. 그야 당연하다. 내가 옥상에 불려가 냉수를 맞은 것은 아무에게도 '없었던 일'이니까.

다시 말해서 사토를 비롯한 다른 사람이 봤을 때 나는 평소의 나여야 한다는 것. 그래서 그녀의 부탁을 거절할 수도 있었지만 받아들이기로 했다.

게다가…… 얼마 전부터 사토의 행동이 신경 쓰이기도 했으니까.

"미안해, 갑자기 불러내서."

"괜찮다니까 그러네. 신경 쓰지 마."

"그렇게 말해주면 고맙고~."

기뻐하는 사토와 둘이서 예정했던 대로 카페 안에 들어갔다.

만석이었지만 마침 한 팀이 우리와 교대하듯 나가 자리를 잡을 수 있었다.

"역시 사람이 엄청 많네~."

무심코 그렇게 말했다. 카페 안은 질릴 만큼 소란스러웠다.

"겨울방학에는 전 학년 다 시험이 없는 걸까?"

사토의 말에 나도 궁금해졌다.

우리 1학년은 여름방학에 들어가자마자 호화여객선을 타고 바다에 나갔었다. 하지만 이번에는 학년을 막론하고 학생들이 많은 것을 보아, 특별시험이 없는 것 같다.

이 학교도 겨울방학 정도는 서비스해주는 것일까?

아니면 연말연시에 어떤 시험이 시작된다거나? 그건 싫은데.

"아침 안 먹었으면 뭐든지 주문해. 내가 다 쏠 테니까."

사토는 사양하지 말고, 하며 웃는 얼굴로 말했다.

나는 아메리칸 스콘과 카페오레를 주문했고, 우리는 가게 중앙 쪽에 위치한 이인석으로 향했다.

"그런데 나한테 상의하고 싶다는 게 뭐야?"

먹을 것을 사주면서까지 상의할 일이라면 꽤 심각한 부탁이 아닐까?

나는 자세를 바로 하고 귀를 기울였다.

"으, 으응. 그게 말이야? 실은 나…… 며칠 뒤에 데이트가 있어."

사토가 그렇게 말을 꺼냈다.

"……데이트?"

나는 깜짝 놀랐지만 흥분을 억누르고 되물었다.

"그래."

얼굴을 붉힌 사토가 고개를 두세 번 끄덕였다.

불길한 예감, 역시 적중.
그리고 그 상대는 내가 잘못 짚은 게 아니라면——.
"으음, 누구랑?"
사토는 내가 그렇게 물어봐주길 기다린 것 같았다.
"아야노코지. 의외……지?"
부끄럽다는 듯, 그러면서도 기쁜 듯이 사토가 중얼거렸다.
나는 순간 귀가 울렸지만, 태연한 척했다.
막 받은 스콘을 집어 들고 평소보다 한 입 더 크게 베어 물었다.
트레이에 마구 떨어지는 빵 부스러기.
바짝 타는 목구멍으로 카페오레를 흘려보냈다.
"헤엣……. 사토, 너 아야노코지를 노리고 있었구나. 의외~."
물론 사토가 키요타카를 좋아한다는 사실은 어느 정도 눈치챘었다.
하지만 직접 이야기를 들은 이상, 그렇게 대답하는 것이 무난하다.
"역시 그렇지? 나도 내가 좀 놀랍긴 해. 그런데 체육대회 때 릴레이가 있었잖아? 그때 그 애가 달리는 모습을 보고 심쿵해서."
사토는 듣는 내가 다 창피할 정도로 마구 흥분해서 말했다.
그 모습은 정말 '사랑에 빠진 소녀' 그 자체였다.

"하지만, 너무 존재감이 없지 않아? 사토 너 정도면 그 애가 아니라도 얼마든지 괜찮은 남자애를 만날 수 있을 것 같은데. 그, 다른 반에 있는 츠카사키라든지."

학년 내에서도 상당한 훈남이라고 한때 떠들썩했던 적이 있다.

요즘에는 화제성이 별로 없지만, 어때? 하고 추천해보았다.

"그 애는 불가능이야. 얼마 전에 같은 동아리 선배랑 사귀기 시작한 모양이던걸?"

그렇군. 품절남이 되어서 더는 소문이 들리지 않게 된 거였구나.

방송에서 한창 화제를 몰던 아이돌이라도 남녀 불문하고 애인이 생기면 인기는 급 떨어진다.

"그렇구나. 그럼 사토나카는? 그 애는 지금도 솔로일 텐데?"

"물론 멋있다고 생각하지만…… 뭔가 좀 달라."

다른 인기 있는 애들의 이름을 대봐도 사토에게 통할 기색이 없었다.

아무래도 사토는 키요카타를 외모만으로 판단하는 게 아닌 듯하다.

이렇게 말하니까 꼭 키요타카의 외모가 츠카사키나 사토나카에게 뒤지는 것 같네……. 지금 눈에 띄지 않아서 그렇지, 외모로만 승부해도 키요타카 정도면 분명 톱클래스에 들어간다.

즉, 사랑에 빠진 사토 역시 그 사실을 깨달아버렸다는 건가…….

남자에게도 여자에게도 파트너의 외모는 일종의 지위다.

이렇게 멋진 남자와 사귀고 있다, 이렇게 귀여운 여자랑 사귀고 있다, 하는 것만으로도 자신의 평가까지 덩달아 올라간다. 내가 히라타와 사귀면서 얻은 것이 상상 이상으로 컸던 것처럼. 이 타이밍에 사토랑 키요타카가 사귀게 된다면 앞으로 사토의 주가는 폭등할지도 모른다. 키요타카가 재능을 보여서 두각을 나타낼 경우 히라타보다 더 높은 평가를 받을 수도 있다.

릴레이에서 주목을 모았던 키요타카지만, 지금은 생각보다 여자애들의 관심을 끌고 있지 않다. 평소 조용한 태도, 호리키타랑만 말하는 인상이 여자애들 사이의 붐으로 이어지지 않는 요인이리라. 또, 이케, 야마우치, 스도 등 여자애들이 굉장히 싫어하는 친구들과 어울리는 것도 마이너스 요인인 느낌.

그나저나 사토는 지금까지 키요타카와 별다른 접점이 없었을 텐데.

그런데 릴레이의 한 장면만 보고 좋아하게 됐다니, 너무 가볍지 않나?

키요타카는 내가 훨씬 더 잘 안다.

본성이랄까, 키요타카의 어둡고 깊은 면도 사토는 하나도 모를 것이다.

아아, 정말, 아니야, 아니라고! 지금 그런 게 무슨 상관이야?

나는 사토를 나쁘게 말할 처지도 못 되고, 응원해줘야 하는 입장이다.

왜냐하면 난 히라타 요스케의 여자친구니까.

남의 연애를 방해할 이유는 어디에도 없다.

그래서 나는 히라타의 여자친구로서, D반 여자애들의 리더 같은 존재인 카루이자와 케이로서 사토를 추궁한다.

"이렇게 물어보는 것도 좀 그렇지만, 정말 진심 맞아?"

키요타카의 본성을 모르는 나라면 틀림없이 이렇게 물어볼 테니까.

"……응."

그런 질문에도 사토는 망설이지 않고 고개를 끄덕이며 대답했다.

의지가 확고한 모습을 봤을 때, 사토는 농담으로 키요타카와 가까워지려는 게 아니었다.

그런 건 나도 일찌감치 알고 있었지만.

"좋아하는 사람이 생겼다니, 정말 잘됐다. 게다가 아야노코지는 현재 솔로일 테고."

"그래, 그래서 기회가 아닐까 하고. 만약 다른 애들까지 아야노코지를 좋아하게 된다면…… 하고 생각하니까 마음이 급해져서."

친구, 그것도 절친에게 연애 상담을 했다가 좋아하는 남자애를 빼앗겼다는 식의 에피소드는 이 세상에 차고 넘친다. 사토가 그걸 경계하는 것도 어쩌면 당연하다.

학년에서 1, 2위를 다투는 남자친구를 가진 나라면 그럴 위험이 한없이 낮다고 판단했겠지.

그나저나 겨울방학에 데이트하는 단계까지 온 것은 상상 이상이었다.

키요타카 녀석, 사토에게 흥미 없어 보였는데 옥상 사건이 있던 와중에도 할 건 다 했구나.

빨대가 들어 있던 종이 포장지를 나도 모르게 마구 찢어 버렸다.

"……그럼 혹시 상담이라는 게, 그 데이트랑 관련된 거야?"

내가 묻자 사토는 눈을 반짝거리며 고개를 끄덕였다. 아까부터 너무 눈부시다.

"응. 데이트 성공 비결 같은 거 있잖아? 어떻게 하면 좋을까 하고. 히라타랑은 어떻게 해서 사귀게 됐는지, 그런 걸 좀 가르쳐줬으면 좋겠어."

D반 중에서 명확하게 사귄다고 선언한 사람은 나와 요스케 군이 유일하다. 다른 반 친구들에게 도움을 구해봐야 키요타카, 그러니까 아야노코지가 누군데? 하고 나올 게 뻔하다.

즉, 사토가 나를 의지하는 것은 자연스러운 이야기였다.

"카루이자와는 히라타랑 입학하고 얼마 되지도 않아서 사귄 거 아니야?"

"응. 뭐, 그렇지. 별로 대수로운 일은 아닌데."

"대수롭지 않다니. 엄청 대단한 일이야, 난 존경하는걸!"

사토가 그렇게 말하며 내 두 손을 감싸 쥐었다.

"그러니까 그 솜씨를 나한테 전수해줘!"

"딱히 솜씨랄 게……."

애초에 나는 사토가 원하는 답을 하나도 해줄 수 없다.

중학교 시절의 가혹한 왕따에서 벗어난 나는 이제 괴롭힘 당하는 입장에서 그게 아닌 입장이 되기로 굳게 다짐하고 그에게 접근했다. 지금 생각해보면 정말 운이 좋았다.

요스케 군이 그런 사람이 아니라고 판단한 후의 행동이기는 했지만 정말 밑져야 본전인 도박이었다. 만약 내가 가짜 여자친구 역할을 부탁했을 때 그가 거부했다면 지금과는 다른 결과가 되었으리라. 게다가 지독하게 차이는 데서 그치지 않고 학교 폭력을 당했던 과거가 전부 까발려졌을지도 모른다.

요스케 군은 평화를 진심으로 중요시하고 이상적으로 생각하는 사람이었다. 남자친구인 척해서라도 나를 도와줄 수만 있다면, 하고 기꺼이 받아들여 주었다.

그래서 나는 그를 의지했고, 그 평화의 우산에 보호받는 쪽을 선택했다.

반의 중심인물인 요스케 군의 여자친구. 그 신분은 상상 이상으로 효력을 발휘했다.

처음에는 반 여자애들의 질투와 시기도 있었지만, 그건

금세 사라졌다.

나는 내가 당했던 것을 떠올리며 아이들에게 고압적인 태도를 취했다. 쇼핑에 사치를 부리는 것에서부터 용돈을 뜯어내는 짓까지, 그 모든 행동을 따라 했다.

그렇게 해서, 나는 D반 여자애들의 리더 자리를 차지할 수 있었다.

하지만 가짜 지위로 만들어진 내가 할 수 있는 일과 할 수 없는 일은 극명하다. 그래서 사토가 연애 강의를 부탁해도 들어줄 수 없다.

연애 미경험자가 연애의 기술 따위를 어떻게 알겠는가?

'사귀고 있다'는 사실을 주변에 보여주려고 데이트하는 흉내는 냈지만 거기에는 진심이 담겨 있지 않았다. 그래서 뭐가 맞고 뭐가 틀린지 지금도 전혀 모른다.

사토의 기대를 배신하고 싶지 않다. 내가 실은 연애에 형편없다는 걸 알리고 싶지 않다.

예전의 나라면 아마 잡지나 텔레비전을 보고 얻은 지식을 당당히 펼쳤을 것이다. 어디까지나 내가 직접 경험한 데이트인 것처럼 대입해서 술술 잘도 말했겠지.

하지만 지금은 달라졌다.

사토에게—— 나를 믿어주는 상대에게 적당히 둘러대서 얼렁뚱땅 넘어가고 싶지는 않다.

요즘 들어서 기 세고 거만한 역할을 연기하는 내가 점점 싫어지기 시작했기 때문에, 순간적으로 진실을 털어놓고 싶은 충동이 들었다. 하지만 그럴 수 없다. 이 학교에서 나는 요스케 군의 여자친구로 당당히 있어야만 한다.

그러니까 하기 싫은 거짓말도 계속 해야만 한다.

……정말, 그럴까?

나는 지금도 여전히, 요스케 군의 존재가 꼭 필요한 걸까?

이런 순간에 또 쓸데없는 생각이 머릿속을 스치고 지나간다.

이제 내게 유일한 위험 요소였던 마나베 무리와 류엔은 키요타카의 작전(?)에 의해 배제되었다. 즉 왕따 이야기가 노출될 걱정은 이제 하지 않아도 된다.

그리고 앞으로 무슨 일이 일어난다고 해도 키요타카가 반드시 구해줄 것이라는 안심감도 있다.

요스케 군의 여자친구라는 사실은 이점이 많지만, 그 이점이 사라진다고 해도 이제 이 학교에서 내 지위가 떨어질 일은 없지 않을까. 물론 요스케 군에게 차였다는 식으로 소문이 돈다면 체면을 살짝 구기겠지만, 그건 우리 두 사람이 말을 맞추기 나름이니까 잘될 것 같은 기분이 든다.

그럼 나는 떳떳하게 자유의 몸이 될 수 있다.

자유의 몸이 되면 나도 진짜 연애를 할 수 있다.

그 말은 즉――

아니, 지금 그런 생각을 해봐야 다 무슨 소용이야. 눈앞에 있는 사토는 내게 긍정적인 대답을 기대하며 기다리고 있다. 요스케 군과 계속 사귀는 것에 대한 의미 따위는 나중에 생각해도 된다.

자꾸만 방해하는 쓸데없는 생각을 이번에야말로 구석에 밀어 넣었다.

"이야기를 듣고 느낀 건데 말이야, 넌 시험 삼아 해보는 데이트가 아니라 정말 아야노코지랑 사귀기 위한 본격적인 데이트가 하고 싶다는 거지?"

"응."

요컨대 키요타카를 갖기 위한 데이트.

"어떻게 하면 잘 될까?"

"글쎄……."

진지하게 생각해보았다. 사토가 키요타카와 사귀기 위한 방법을.

다른 남자와는 분명히 다르다. 그가 과연 일반적인 연애를 할 수 있을까…….

아니면 의외로 그 보통의 연애를 동경할까?

어느 쪽으로도 해석할 수 있다는 게 판단하기 어려운 부분이다.

그런 의문을 떠올렸다가 지우기를 반복하는 사이, 사토가 휴대폰을 꺼냈다.

"너무 막연했을까? 으음, 일단 연애 초보라서 데이트 계획을 짜봤어. 보고 판단을 부탁할게."

사토는 머리를 숙이며 휴대폰 메모장에 쓴 데이트 계획을 보여주었다.

12시에 만나기→점심식사→영화관→쇼핑→전설의 나무 아래에서 고백?→선물

계획은 무척 간략했다.

나는 우선 가장 신경 쓰이는 부분을 지적했다.

"음, 잠깐만. 설마 첫 데이트인데 바로 고백하려고?"

"무작정 부딪쳐 보자는 정신으로 할까 싶어서. ……그날 용기가 났을 때의 이야기지만."

좀 더 차근차근 거리를 좁혀나갈 생각인가 싶었더니, 상상을 초월하는 단기 결전이다.

"너무 빠른 것 아니야? 두세 번 더 만난 뒤에 고백해도 늦지 않을 것 같은데. 상대방의 단점도 눈에 들어오게 될지 모르고."

물론 연애 고수는 바로 판단을 내리는 경우도 있는 모양이지만, 사토는 연애 초보인 것 같으니 좀 더 천천히 해야 한다고 생각한다.

라고, 같은 초보인 내가 말해봐야 신빙성이 없지만…….

그래도 너무 결과를 안달 낸다고 할까, 겉으로 보이는 부분을 우선하는 것처럼 느껴지기도 했다.

어쩌면 사토는 3학기에 여자친구 데뷔를 하고 싶은지도 모르겠다.

"그리고 여기, 전설의 나무 아래라는 게 뭐야? 설마 여기서 사랑을 맹세하면 평생 헤어지지 않는다든가?"

이 학교에 그런 도시전설에 물든 나무가 있었단 말인가.

설마 정말 불가사의한 힘이 있다고 해도, 한 치 앞도 보이지 않는 이런 시대에 10년 후 20년 후까지 절대 헤어질 수 없다는 건 꼭 좋은 일만은 아니지 않을까?

헤어지고 싶은 몹쓸 남자라는 걸 알아버린 뒤에도 계속 같이 살아야 한다는 건 저주다.

"별로 유명하지는 않은데, 학교 게시판에서 봤어. 그 나무 앞에서 고백하면 이루어진다나 뭐라나. 심지어 성공했다는 경험담도 많아서."

호오…… 몰랐다. 나도 궁금해져서 검색해보았다.

그러자 정말 실제로 있는 이야기였는지, 학교 잡담 게시판에 고백 성공 사례가 여러 개 올라와 있었다.

이 학교가 설립되었을 때 어느 높은 사람이 기부해서 옮겨 심은 나무인 모양이었는데, 수령이 50년을 넘었다고 한다.

"그러고 보니 멋진 나무가 몇 그루 있었던 것 같은데……."

평소에 나무 따위 별로 의식하지 않았으니까.

고백의 시간은 해 질 녘. 오후 4~5시 사이. 그 시간대에 아무도 없어야 한다는 조건이었다. 그 조건을 만족한다면 99%의 확률로 성공한다고.

99%라는 부분이 좀 수상쩍기는 한데.

"그런데 너무 어렵지 않아? 이 고백 타이밍."

"맞아. 고백할 순간에 제삼자가 그곳에 있으면 제대로 이루어지지 못한다나 봐."

이 시간대에는 사람이 꽤 많이 돌아다니니까 타이밍이 어려운 것 같다. 게다가 이 전설대로 해보려는 또 다른 남녀가 여럿 있어도 이상하지 않고.

잘 말해서 둘만 남을 수 있도록 유도해야 하리라.

물론 이런 건 다 미신이고, 행운의 아이템 수준에 불과하다는 생각밖에 안 든다. 하지만 일생일대의 고백에 성공하기 위해서라면 지푸라기라도 잡고 싶은 심정일 것이다.

나 역시 승부를 걸 때는 1%의 가능성이라도 더 올리고 싶으니까.

"그런데 말이야, 아야노코지를 좋아하게 된 이유는 뭔데?"

"응? 그건 왜?"

"아, 미안. 나, 아야노코지에 대해 전혀 모르니까. 이미지를 떠올리기 힘들어서. 어떤 점을 좋아하는 걸까, 하고. 그런 걸 알아두면 데이트 계획을 조언하는 데에도 도움이 될지도 모르잖아?"

그렇게 말하자, 사토는 부끄러운 듯 손바닥으로 뺨을 가리며 중얼거렸다.

"으음…… 우선, 멋있잖아? 평소에는 조용하고 어른스럽고. 거기에 달리기도 잘하고…… 시험 성적을 봐도 나보다 머리가 좋은 것 같고……. 히라타는 당연히 그 이상이겠지만, 다른 남자애들은 대부분 애 같은데.”

아마 이케나 야마우치 무리를 말하는 거겠지. 그 부분은 나도 동감한다.

도저히 같은 학년이라는 생각이 들지 않을 정도로 우리 반 남자애들은 대부분 어린애 같다.

그래서 이 시기에 여자애들은 대체로 같은 학년 남자애들을 싫어하고 선배 쪽으로 마음이 기운다.

“이, 이런 얘기 다른 애들한테는 비밀이야! 걔들이 아야노코지의 장점을 알게 되는 것도 싫고. 또 내가 남자에 대해 잘 모른다는 소문이 퍼지면 촌스러워 보이니까.”

“나한테 상의하는 건 괜찮고?”

“카루이자와야 히라타의 여자친구니까 마음이 놓이지.”

역시 히라타의 존재가 큰가 보다. 사토는 나를 의지하고 있다.

이렇게까지 믿어주는 것도 싫지는 않은데…….

하필이면 왜 키요타카일까.

다른 남자애였다면 나는 분명 진심으로 응원해줬을 것이다.

이렇게 마음에 걸리는 것도 없었을 텐데.

이것도 운명인가?

“하아…….”

나도 모르게 한숨이 나왔다. 아침과는 다른 무거운 한숨이.

내 한숨 소리를 들은 사토의 얼굴이 점점 어두워졌다.

"여……역시 너한테 민폐 끼치는 걸까?"

"아아, 미안해. 그런 의미로 한숨 쉰 거 아니야. 정말로."

허둥지둥 부정하면서도 내 마음 속에는 계속 안개가 껴 있다.

……딱히 키요타카를 좋아하는 건 아니지만.

그저 뭐랄까, 그 애랑은 좀 특수한 사이니까.

아무래도 그런 마음이 앞서고 만다.

하지만 지금은 다른 생각 말고 사토를 위해 행동해야 해. 벌써 몇 번째인지 모를 자답(自答).

"그럼 데이트 계획을 고쳐볼까. 만약 점심을 같이 먹을 계획이라면 영화를 본 뒤가 좋을 것 같아. 분위기가 어색해지려고 할 때 즈음 영화 이야기를 나눌 수 있으니까."

"응. 카루이자와가 생각하는 계획에 따를게."

순순히 받아들인 사토가 휴대폰을 꺼냈다.

영화를 이미 예약해뒀겠지만, 흐름상 그편이 낫다.

점심을 먹은 직후에 영화를 보면 예상치 못한 사태가 일어나 곤란해질지도 모르니까. 그리고 영화 도중에 졸아도 안 되고.

나는 영화관 홈페이지에 접속했다.

"그래, 제일 중요한 데이트 날짜가 언제야?"

우선 시간을 변경할 수 있을지, 그 부분부터 확인해야 한다.

"모레."

"그래? 꽤 빨리…… 앗? 모레는 25일인데?!"
무심코 자리에서 벌떡 일어날 뻔했다. 나는 들렸던 허리를 급히 다시 내렸다.
"헤헤헤."
아니, 헤헤헤가 아니잖아……!
12월 25일. 한 해를 통틀어 남녀 모두에게 가장 소중한 하루 중 하나다.
키요타카 녀석, 그런 25일의 데이트에 응하다니 도대체 무슨 생각인 거야?!
원래 연인들이 더 가까워지기 위해 시간을 함께 보내고 서로 애정을 확인하는 날. 새로운 관계를 시작하기에는 적합하지 않다. 그런 날을 데이트에 쓰는 건 정상이 아니야. 부드럽게 거절하고 26일 이후로 정했어야지.
만약 이게 남녀가 반대인 상황이었다면 상당한 빈축을 샀을 게 틀림없다.
그냥 일을 치르고 싶을 뿐인 남자, 라는 꼬리표가 붙을 게 분명하다.
나는 속으로 강한 지적을 날렸다.
"후우, 후우."
"……왜 그래? 카루이자와."
"아니, 아무것도 아니야, 신경 쓰지 마."
뭘 혼자 열 내고 있는 거야.
둘이 언제 데이트를 하든 내가 무슨 상관이라고.

당사자 두 사람의 자유인 거지.

알고 있을, 텐데. 아아, 아까부터 나 정말 왜 이래?!

자꾸만 이런 생각을 하는 나 자신에게 몹시 화가 난다.

나는 그 잘못된 생각에 왕복으로 따귀를 날려 강제로 봉인했다.

"25일인가…… 음, 하지만 내일인 크리스마스이브보다는 나으려나."

영화관도 이브가 압도적으로 더 붐빌 것이다.

영화를 본 후에 쭉 같이 있을 테니까.

커플이 많이 이용한다고 하지만, 학교 전체로 봤을 때 커플은 10%에서 20% 정도밖에 되지 않는다. 시간대와 자리 위치만 신경 쓴다면 얼마든지 다시 예매할 수 있다.

"영화가 11시 50분에 시작해서 1시 30분에 끝나니까, 2시 전에 점심을 먹고 3시 정도에 가게를 나오는 거야. 나머지는 일정을 조절하고, 4시가 조금 넘었을 때 고백. 이렇게 하면 어때?"

대충 시간 조절을 해보니 이게 제일 나을 것 같다.

사토도 이의가 없는지 만족스럽게 고개를 끄덕였다.

"그리고── 점심도 미리 예약해두는 게 낫겠어. 창가 쪽에 앉고 싶을 거 아냐?"

점심시간을 피하면 별 무리 없이 예약할 수 있으리라.

"그리고 뭘 먹을지도 미리 예약해두면 메뉴에 없는 것도 만들어 달라고 할 수 있어."

"그렇구나, 몰랐어……. 역시 카루이자와."
모레 예약이니까 그 정도는 가능할 것이다.
뭐, 사실 이런 것 전부 남자 쪽에서 준비하는 편이 데이트에 유리하지만.
이번에는 사토가 고백하기 위한 무대이니까 이걸로 괜찮을 것이다.
……다만 이게 정말 정답인지는 잘 모르겠다.
다시 말하기도 한심한데, 진짜 데이트 같은 건 해본 적이 없으니…….

2

사토에게 조언을 해주고 카페에서 돌아오는 길.
우리 두 사람은 잡담을 나누며 기숙사로 향하고 있었다.
"오늘 아침에도 좀 쌓였는데 내일부터는 눈이 더 많이 쌓일 거라더라."
사토가 그렇게 말하자 나는 주위를 둘러보았다. 살짝 녹긴 했지만 군데군데 눈이 남아 있었다.
이대로 가면 연말까지 계속 눈이 내려 쌓일지도 모르겠다.
아, 눈인가. 그러고 보니 재작년이었나. 흙 묻은 눈을 초코 빙수라면서 내 입에 밀어 넣었었지. 마치 옛 추억을 그리워하듯 그런 일을 떠올렸다. 왠지 먼 옛날에 있었던 일처럼 느껴진다.

"그런 짓을 해서 뭐가 즐거웠을까."

"응?"

"미안, 미안. 그냥 나 혼자 한 말이야. 혼잣말이 많아서 미안해."

어제 일이 있던 탓인지, 그런 일들이 하나하나 생각나고 만다.

사토의 표정이 조금씩 굳어졌다.

내 혼잣말 탓인가 하고 생각했는데, 그건 아닌 모양이다.

"실은 아까 말하지 못한 게 있는데, 부탁이 하나 더 있어."

"이미 도와주기로 했는걸, 걱정 말고 말해봐."

나는 가슴을 탁 치며 그렇게 대답했다.

"고마워, 카루이자와. 그게 말이지, 실은, 데이트를 할 수 있게 된 건 기쁜데……."

중요한 데이트에 대해 불안한 점이라도 있는지, 사토가 말을 계속 이었다.

"실은 인생 첫 데이트여서 말이야…… 어떻게 해야 좋을지 잘 모르겠어."

"다른 남자애랑 사귀어본 적 없구나?"

부끄럽다는 듯 고개를 끄덕이는 사토. 뭐, 이야기의 전개상 그런 느낌이 들긴 했는데…….

사토같이 잘 나가는 애는 좀 더 일찍 끝냈을 거라고 생각했기 때문에 좀 의외였다.

"카루이자와여서 털어놓는 거야. 이제 곧 고등학교 2학년이나 되는데 한 번도 데이트해본 적 없다고 주변에 말하면 날 바보로 볼 게 분명해. 너무 늦었다면서. 역시 카루이자와도 그렇게 생각하지?"

"그, 그럴지도 모르겠네. 조금 늦었는지도. 하지만 그만큼 진심으로 좋아한 사람이 없었던 것뿐 아니야? 자기 자신을 소중히 여긴 것이기도 하고."

"그렇게 말해주니 기뻐."

나는 얼버무리면서도 슬쩍 편들어 주었다. 사토가 아니라 나 자신을.

"그래도 말이지? 아마 긴장해서 계획대로 잘 안 될 것 같아. 그래서 카루이자와랑 히라타를 불러서 같이 더블데이트…… 할 수 있을까 하고. 나랑 아야노코지가 이루어질 수 있도록 어시스트해줬으면 좋겠어!"

그런 부탁을 해왔다. 무슨 말을 하는 건지 잘 이해되지 않아 순간 혼란스러웠다.

"더, 더블데이트? 어, 어시스트?"

"원래라면 좀 더 일찍 말했어야 했는데. 이미 여기저기 예약도 다 해놓은 상태니까."

미안하다는 듯 사과하는 사토.

예약이야 몇 분이면 끝나니까 별로 큰 문제는 아니다.

중요한 것은 나, 그러니까 연애 경험이 없는 사람한테 사랑의 큐피드 역할을 부탁했다는 사실이다. 이것만큼 웃긴 일이 또 어디 있을까?

"안…… 될까?"

"그건──."

고민할 것도 없이 거절해야 한다. 내 얕은 지식으로는 실수가 나올 게 분명하다.

아아, 하지만 사토도 첫 데이트니까 대충 넘어갈 수 있지 않을까?

지금은 믿음직해 보이게 흔쾌히 승낙해야 할까?

"역시 크리스마스에는 히라타랑 둘만 보내고 싶겠지?"

"응?"

어떻게 할지 고민하고 있는데, 또 사토가 불안한 표정으로 물었다.

그런가. 보통 연인들 같으면 내일과 모레는 함께 시간을 보내는 경우가 많다. 원래라면 그런 부분도 제대로 파악해 뒀을 텐데, 내 머릿속은 종업식 사건으로 꽉 차 있었다.

"나도 카루이자와랑 히라타처럼 이상적인 커플이 되고 싶어."

내가 순풍에 돛단 듯 학교생활을 하고 있다고 여기는 사토의 입장에서 보면 이 부탁은 그리 부자연스러운 것도, 비뚤어진 것도 아니다.

하지만──

마음에 걸리는 것.

그건 키요타카와는 상관없다.

나는 딱히 요스케 군을 좋아하지 않는다. 진짜 사귀는 사이도 아니다.

가짜 커플.

하지만 가짜 커플로 계속 지내는 한, 내게도 요스케 군에게도 진정한 연애는 찾아올 수 없다.

그 사실이 마음에 걸렸다.
키요타카도 나를 이성으로 보지 않는다.
그리고 이렇게 거짓말로 점철된 내가 사토에게 과연 도움이 될까?
"그건, 좀……."
고민 끝에 거절하려다가 또 망설여졌다.
아까부터 자꾸 머릿속을 스치고 지나가는 키요타카라는 존재.
언제까지고 계속 아른거리면 내 정신 건강에 좋지 않다.
그럼 아른거리지 않게 하면 되지.
이를테면, 그래. 사토랑 키요타카를 연결해준다거나――.
그럼 혹시라도 내 마음이 키요타카에게 향할 일은 일어나지 않을 것이다.
"마, 맡겨만 줘. 내가 어떻게든 해줄게."
"정말?! 카루이자와!"

키요
타카

기뻐하며 내 손을 잡고 폴짝폴짝 뛰는 사토.

……그만큼이나 좋아하는구나. 키요타카를.

그럼 그 첫사랑, 진심으로 응원해줘야겠지.

나는 미처 다 녹지 않고 남아 있던 눈을 손으로 퍼서 이마에 마구 비볐다.

반성, 반성.

그런 식으로 머리 열을 식혔다.

진심으로 응원해주기로 정했으니, 더블데이트 정도는 해주자.

이제 나는 중학교 시절의 내가 아니다.

3년을 잃고, 절망에 휩싸여 있던 내가 아니다.

그리고 이 학교에 입학한 직후의 나 또한 아니다.

반 아이들을 고압적인 태도로 대하는 것만이 능사가 아니다.

그런 행동을 해야만 자신을 지킬 수 있는, 중학교 시절의 그 녀석들과 똑같아져서는 안 된다.

부끄러움을 무릅쓰면서까지 도와달라는데 제대로 마주보고 응해주지 않는다면 진정한 친구라고 할 수 없겠지.

그나저나 더블데이트를 하게 되면 해결해야 할 과제도 여럿 있다.

당장의 과제는 요스케 군의 그날 스케줄이다. 이따가 얼른 확인해야겠다.

우리는 크리스마스에 만나지 않기로 했었다.

우리가 커플이라는 사실은 이미 학년을 뛰어넘어 소문이 다 퍼졌기 때문에, 더 이상 주위에 어필할 필요가 없었다. 각자의 시간을 허투루 쓰지 않기 위해서라도 크리스마스에는 각자 느긋하게 보내기로 했던 것이다.

만약 누가 물어보면 방에서 데이트했다고 대답해두면 아무 문제 없을 테니까.

밖에 혼자 돌아다니는 모습을 누가 목격해도, 밤에 만날 예정이라고 둘러대면 그만이다.

그러니 요스케 군은 이미 계획이 있을지도 모른다.

"있지. 아야노코지한테는 카루이자와 커플이랑 우연히 만난 것처럼 해두고 싶은데."

머릿속으로 이런저런 계획을 짜고 있는데 그런 부탁이 추가로 들어왔다.

"처음부터 정해놓고 더블데이트를 하는 건 싫다는 뜻이야?"

"그냥 왠지. 안 될까?"

"아~, 아니……."

물론 안 될 건 없다. 사토가 원한다면 그렇게 해도 된다.

하지만──.

잠시 고민한 나는 곧 결론을 냈다.

"아니, 역시 그만두자. 더블데이트를 하고 싶다고 솔직하게 말하는 게 나을 것 같아."

"그, 런가? 싫어하거나 하지 않을까?"

아무래도 사토는 키요타카가 그 이야기를 들으면 싫어하

리라고 판단한 모양이다.

"나중에라도 미리 짰다는 사실이 밝혀지면 그게 더 싫을 것 같은데?"

"그런가……."

"물론 결정은 사토의 몫이지만 말이야."

일단 그렇게 전해 두었다. 이렇게 하자! 하고 강요할 수는 없으니까.

사토는 고민하는 눈치였는데, 내 생각에 그건 실수하는 거다.

키요타카가 이쪽에서 짠 작전을 눈치 못 챌 리 없으니까.

어느 단계일지는 모르겠지만, 늦던 빠르던 미리 짠 작전이라는 것을 알아차리리라.

그래도 여기서 내가 그 부분을 꼬집어 말한다면 당연히 위화감만 들겠지.

키요타카는 의외로 예리하니까 그만두는 게 좋을걸? 하고 말하는 건 누가 봐도 부자연스럽다.

나와 키요타카는 아무런 접점이 없으니까.

그게 반 아이들을 포함하여 모두가 갖고 있는 인식일 것이다.

그렇다고 해서 더블데이트는 별로라고 말할 수도 없다. 나는 그쪽으로 지식이 전혀 없으니.

만약 나중에 검색했는데 '더블데이트는 연애에 서툰 사람들에게 가장 적합하다' 같은 기사라도 나온다면 내게도 그

책임이 돌아갈 터. 그러니 판단은 사토가 하는 것이 정답이리라.

"당일에 말이야, 자연스럽게 만날 수 있을까? 응, 그게 좋을 것 같아."

그러나 내 의도는 전달되지 못한 채, 여전히 사토는 더블데이트 작전을 숨기는 쪽을 원했다.

"사토가 그러고 싶으면 난 상관없어."

그래서 나는 순순히 받아들였다.

이제는 키요타카에게 최대한 들키지 않도록 하는 수밖에 없다.

이렇게 된 이상 그 키요타카를 어디까지 속일 수 있는지 시험해보자.

"아, 만약 요스케 군이 더블데이트를 거절하면 그때는 미안해."

그 점만은 미리 단단히 일러두었고, 잠시 후 우리는 기숙사에 도착했다.

3

방으로 돌아온 나는 침대에 누워 휴대폰을 쥔 채 천장을 올려다보았다.

방에 오기 직전부터 또 다른 이유로 마음이 떨떠름하고

어딘지 개운치 않았다.

사토가 청한 상담.

키요타카를 좋아한다는 사실.

커플이 되고 싶으니 도와줬으면 좋겠다는 이야기.

나는 묘한 초조함과 동시에, 불온함을 느끼고 있었다.

이 일이 단순히 연애와 관련된 것이면 그나마 괜찮을지 모른다.

나름대로 지혜를 짜내어 사토를 전폭적으로 지원할 수 있다.

하지만——

내가 무엇보다 신경 쓰이는 것은 연애와 관련된 부분이 아니다.

키요타카가 정말 이성에 대한 흥미 때문에 사토와 데이트할 생각인 걸까? 라는 의문.

만약 연애가 '목적'이 아니라면?

그렇다면 큰 문제로 발전할 수 있다.

지나친 억측이다 싶으면서도 잘 모르겠다. 다른 사람도 아니고 키요타카니까.

키요타카가 진짜로는 무슨 생각을 하고 있을지 전혀 감이 오지 않는다.

남자로서 데이트가 목적인 게 아니라 그저 사토라는 사람에 대해 알고 싶은 거라면?

이용할 수 있는 대상인지 아닌지를 파악하기 위한 데이트.

그런 것을 나는 상상하고 있었다.

내게 접근했듯이, 사토가 키요타카의 학교생활을 수월하게 만들기 위한 열쇠가 되어버리지는 않을지 걱정하고 있는 것이다.

만약 키요타카의 마음에 든다면── 내 존재를 위협하지 않을까.

어쩌면 키요타카가 더는 내 방패막이가 되어 주지 않을지도 모른다.

나는 전화 아이콘을 눌러 키패드를 열었다. 그리고 11자리 번호를 수동으로 입력했다.

"내 번호도 아직 못 외우는데……."

어느새 머릿속에 새겨진 키요타카의 휴대폰 번호.

이제 한 번 더 전화 아이콘을 누르기만 하면 전화가 연결된다.

전화를 걸었다고 치고, 뭘 물어볼 셈인데? 스스로에게 질문했다.

나보다 사토가 더 이용하기 쉽겠다고 생각한 거야? 라든가?

"그게 뭐야. 너무 바보 같아……."

질문 내용 이전에, 꼭 내가 이용당하기를 바라는 것 같잖아.

그게 아니야.

나는 그저, 나를 지키고 싶을 뿐이야.

키요타카라는 방패를 내세워, 이 학교에서 나의 지위를 계속 지켜나가고 싶을 뿐이야.

그래, 그거 말고 뭐가 있겠어.

"직접 물어보면 되지."

그렇게 생각하고 왼쪽 엄지에 힘을 실었다.

하지만 닿을 듯이 닿지 않는 거리를 유지한 엄지는 조금도 움직이지 않았다.

나는 결국 전화 아이콘을 누르지 못했다.

"하아. 바보 같아."

왜 내 입으로 '나를 이용하는 건 이제 끝났어?' 하고 물어봐야 하는데?

그때 휴대폰이 진동했다.

"우왓?!"

화면에는 방금 내가 눌렀던 11자리 번호가 찍혀 있었다.

잘못해서 전화 아이콘을 눌렀나 싶었지만 그건 아니었다.

"……여, 여보세요?"

허둥지둥 전화를 받았다.

"좀 물어볼 게 있어."

평소처럼 무기력하고 단조로운 목소리가 내 귓가에 닿았다.

"뭐야, 묻고 싶은 거라니?"

"지금 옆에 누구 있어?"

"아니. 방에 혼자 있어."

어쩌면 내가 어디 아픈 곳은 없는지 걱정되어서 전화한 게 아닐까. 물론 그렇게 생각하기에는 너무 늦은 밤이다. 그래도 일말의 기대에 가슴이 뛰었다.

"카루이자와, 네가 좀 알아봐줬으면 하는 게 있어."

하지만 그런 나의 기대는 1초도 채 되지 않아 깨지고 말았다.

"뭐야. 더는 나한테 부탁할 게 없다는 식으로 말하지 않았어? 연락처를 지우라고 아주 정성스럽게 충고까지 한 주제에."

솔직한 불만(이런 표현이 맞는지 모르겠지만)을 털어놓았다.

애당초, 옥상 사건이 바로 어제 있은 직후다.

나한테 다른 할 말이 있어야 하는 것 아닌가? '감기 걸린 것 아니야?' 하고 걱정하는 말까지는 아니더라도, 적어도 '미안했다'는 말 한마디 정도는 해도 좋았을 것이다.

날 괴롭히도록 뒤에서 실로 조종하고 있었던 사실 따위, 내가 아닌 다른 사람 같았으면 확 깨서 벌써 학교에 고발했을지도 모르는데.

어떤 형태가 됐든 최소한의 사과는 해야 마땅하다.

그런데 제일 먼저 한다는 말이 '알아봐줬으면 하는 게 있어'라니.

'너 말이야, 키요타카. 지금 네 입장, 알고는 있는 거야?

더 이상 너한테 협력할 필요는 없다고 할까, 책임지고 앞으로도 계속 나를 보호해주기 바라. 아무 대가 없이 말이야.'

사토 일로 짜증이 난 나는 마음먹고 그렇게 말하려고 생각했다.

하지만 그 말은 목구멍에 걸려 밖으로 나오지 않았다.

그런 말을 했다가 키요타카가 멀어질까 봐 무서웠기 때문이다.

"뭘 알아봐달라는 건데?"

"사토에 대해서."

"……사토에 대해?"

이 상황, 설마 사토에 대한 일이라니.

주변 상황이 자꾸만 내 신경을 건드린다.

하지만 더블데이트 일도 있고, 오늘 내가 사토를 만났다는 사실은 말하지 않았다.

"그 애는 왜?"

"평소에 어울리는 친구라든지, 행동 패턴을 알고 싶어. 성격, 취미, 취향도 알아봐주면 고맙겠고. 물론 네가 이미 파악하고 있다면 이야기는 빠르겠지."

그런 거 모르는데.

조금 심술궂게 속으로 투덜거렸다.

"미안하지만 난 사토랑 어울리는 그룹이 달라서. 그쪽은 자세하지 않아."

"자세하지 않다, 라. 여자애들의 중심에 있어도 모르는 게 많은가 보군."

"윽…… 말투가 기분 나빠."

"모르면 알아봐 줘. 최대한 사토가 눈치채지 못하게끔 부탁한다."

"……뭐, 시노하라 쪽 애들한테 물어보면 어느 정도는 알아낼 수 있을지도 모르지만."

"네가 판단하기에 가장 나은 선택을 해줘. 방법은 너한테 맡긴다."

"알았어, 그전에 묻고 싶은데…… 이유 정도는 알려줘."

"자세한 건 문자로 보내."

용건만 전한 키요타카는 만족했는지 일방적인 요구만 말하고 전화를 끊었다.

내 질문에는 아무것도 대답해주지 않았다.

"뭐야, 얘. 자기 마음대로…… 이제는 절대 기대 따위 하지 않을 거지만."

귓전에 대고 기침 한두 번쯤 해주는 건데.

나는 투덜거리면서 시노하라에게 채팅을 날렸다.

그토록 시달려놓고도 고분고분 따르는 내 성실함에 감동할 것만 같다.

그렇게 나는 시노하라에게 사토에 관해 물어보았다. 얼마간 메시지를 나누며 정보를 모았다. 그리고 모은 정보를 정리해서 키요타카의 무료 계정으로 보냈다.

답장은 여느 때와 마찬가지로 오지 않았지만, 문제없이 잘 갔을 것이다.

역시 키요타카 녀석…… 사토가 신경 쓰이는 걸까?

데이트하기 전에 여러 정보를 모아 자신에게 유리한 상황을 만들려는 것은 명백해보였다.

그렇다는 건 데이트가 잘 된다면 두 사람은 사귀게 될까?

아니면…… 사토를 장기 말로 이용하기 위한 행동?

생각하고 또 생각해도 답은 전혀 나오지 않았다. 나올 리도 없고.

"아, 진짜! 뭐야, 개!"

오늘 밤은 잠들지 못해 기나긴 하루가 될 것만 같다.

○이부키 미오의 재난 같은 하루

크리스마스 데이트가 이틀 뒤로 다가온 23일 오전.

나는 혼자서, 어떤 목적을 위해 케야키 몰로 향했다.

도착하자마자 어느 가게에 들어가 필요할 것 같은 물건을 찾았다.

"이런 걸 먹어본 적이 없으니……."

인터넷 리뷰도 살펴보고 점원에게 물어보면서 2개 정도를 골랐다.

상품을 작은 종이봉투에 담고 계산을 치렀다. 의외로 하나하나가 비싸서 깜짝 놀라면서도 나는 그 종이봉투를 한손에 들고 가게를 빠져나와 일단 기숙사로 발걸음을 돌렸다. 이제 가는 길에 편의점에 들러 이것저것 사 넣기만 하면 목적 달성이다.

그런 다음 다시 케이키 몰에 가서 얼마 후면 막을 내릴 영화를 보는 것.

그것이 오늘 내 하루 계획이었다.

하지만 어느 인물과 맞닥뜨리면서 그 계획이 무너지기 시작했다.

"안녕, 아야노코지."

넓다면 넓고 좁다면 좁은 학교 부지 안. 어슬렁거리다 보면 이런저런 학생과 마주치게 되는 법이다.

케야키 몰 출구를 눈앞에 두고 한 소녀가 내게 말을 걸었다.

그녀는 지팡이를 짚으며 느릿느릿 걸어왔다.

1학년 A반 사카야나기 아리스. 내가 화이트룸 출신이라는 걸 아는, 이 학교 이사장의 딸.

"이렇게 이른 시간부터 어딜 가? 오늘은 혼자군."

평소 사카야나기의 주변에는 늘 추종자들이 있는데 지금은 보이지 않았다.

"마스미랑 놀 건데, 아직 만나기 전이어서."

사카야나기는 내 손에 들린 작은 종이봉투를 쳐다보았다.

"어디 아파?"

"아니, 전혀. 보다시피 건강해."

양팔을 가볍게 펼쳐서, 오버액션으로 혼자임을 어필했다.

그리고 종이봉투를 주머니에 넣었다.

"그럼 다행이네. 괜찮으면 같이 놀지 않을래?"

하나도 고맙지 않은 제안을 해왔다. 대답은 고민할 것도 없다.

"사양할게. 넌 너무 눈에 띄어."

내가 사카야나기와 같이 다니는 장면을 애들이 본다면 괜히 난리가 날 것이다.

"후훗. 아쉽네."

사카야나기도 괜히 나를 눈에 띄게 하고 싶지는 않겠지. 그냥 놀릴 생각으로 놀자고 제안한 게 뻔했다.

만약 나를 주위에 알리고 싶었다면 일찌감치 행동에 나섰을 것이다.

하지만 류엔에게도 내 이야기를 전혀 흘리지 않았다.

그런 점을 봐도 사카야나기는 자기 혼자 나를 상대할 생각이라는 걸 알 수 있다.

"잠깐 서서 이야기하는 건 문제없겠지?"

"서서 할 이야기가 있나?"

"이렇게 부르면 그가 화낼 텐데, 드래곤 보이 씨가 널 찾고 있었지. 정확하게는 D반을 뒤에서 조종하는 책사를, 말이야. 그 일은 어떻게 됐어?"

지금은 아직 옥상 사건과 그 결과를 당사자들 이외에는 모를 것이다.

하지만 정보의 일부는 입수했다고 해도 이상하지 않다.

이를테면——

"C반 애들 사이에 분열이 일어나 일이 꽤 커졌던 모양이던데. 넌 알고 있었어?"

그렇다. 류엔 무리가 나와 싸워서 다쳤다는 사실.

그런 것은 겉으로 보면 바로 알 수 있기 때문에 이런저런 억측도 난무하기 쉽다. 표면상으로는 C반에 내분이 일어난 것으로 되어 있으니, 사카야나기도 어딘가에서 그렇게 전해 들었으리라.

"대충은 들었는데 자세한 건 몰라."

"드래곤 보이 씨가 자기 추종자들과 싸웠대. 하지만 아무리 생각해도 이해가 안 가서. 아야노코지가 연루된 게 틀림없다고 생각했어."

"왜 거기서 내가 나와? 그 참모가 나라고 단정 지었기 때문이겠지? 내가 보기에는 의외의 사건이야. C반은 단합이 잘 된다고 생각했는데."

"C반이 단합이 잘 된다고?"

"공포정치든 독재정권이든, 하나로 똘똘 뭉친 건 맞잖아."

"그러네. 그럴지도 모르겠어. 그럼 아야노코지는 아무 상관 없나 보네. 겉으로 봤을 때 다친 데도 없고……."

내 표정과 행동을 자세히 관찰하고 있는 모양이지만, 빈틈은 찾을 수 없을 거다.

"정말 내분이 맞는지도 모르겠어. 그래도 D반을 신경 쓰던 그 애의 행동이 아직 설명이 안 돼."

"D반에는 꽤 우수한 학생이 있으니까. 코엔지 같은 애는 특히."

"그렇구나. 하긴, 그 애라면 드래곤 보이 씨를 충분히 상대할 수 있을 것 같아."

결국 사카야나기는 이렇게 정리했다.

"뭐, 됐어. 사건의 진상은 3학기가 시작되면 밝혀지겠지."

"다른 이야기를 해도 될까?"

나는 대화 주제를 다른 쪽으로 은근슬쩍 유도하는 게 아니라 대놓고 바꾸었다.

"응, 물론이야."

사카야나기는 딱히 지적하지 않고 그대로 받아들였다.

"저번부터 신경 쓰였다만, 이치노세랑 꽤 친해진 것 같더군? 네가 다른 반과 교류를 가질 거라곤 생각 못했는데."

나는 얼마 전, 사카야나기와 이치노세가 사이좋게 걷고 있던 모습을 떠올렸다.

굳이 휴일을 함께 보낸다는 것은 친하지 않으면 할 수 없는 일이다.

"후훗. 농담 그만해."

내 말이 재미있었는지 사카야나기가 웃었다.

"나랑 그 애는 친구 사이……가 아니거든?"

"그 말은?"

"그 애야 나나 아야노코지를 친구라고 생각하겠지만……."

그렇게 말한 후 잠시 뜸을 들였다.

"C반이 D반에 열을 올리는 것 같아 좀 질투가 나서. 나도 심심풀이로 B반에 참견 좀 했을 뿐이야."

단순한 심심풀이 상대, 라고 한다.

"그것보다도 3학기가 되면 나랑 놀아줄 거야?"

"미안하지만 그럴 생각은 없어. 놀고 싶으면 호리키타 쪽이랑 놀아."

"그 애는 내 상대가 안 되는데."

"그럼 류엔이나 상급생이라도 상관없어. 난 그냥 무시해줬으면 좋겠군."

"그건 무리한 요구야. 난 하루라도 빨리 아야노코지와 싸우고 싶은걸.”

내가 응할 생각이 없다고 답했는데도 사카야나기는 물러서려고 하지 않았다.

사카야나기를 상대로 계속 겸손 떨어봐야 아무 효과도 없겠지.

화이트룸에 대해 아는 이상 계속 뒤쫓아올 것이다.

“계속 무시하면 어떻게 할 건데?”

“그래도 상관없지만…… 정말 그래도 괜찮겠어? 만약 아야노코지가 상대해주지 않는다면 다른 쪽이 날 상대해야만 할 거야. 너랑 협력 관계에 있는 B반이 무너져도 몰라.”

“아까 한 말이랑 관련된 건가.”

사카야나기가 이치노세에게 접근한 것은 B반에 대한 공격 개시를 의미하는 모양이다.

과연 어디까지가 진실인가. 사카야나기와의 대화가 조금 재미있어졌다.

“아야노코지가 날 상대해줄 때까지 당분간 나는 B반 애들과 놀 예정이야. 구멍이 뻥 뚫려서 아야노코지의 반은 저절로 한 반 더 올라가게 될지도 모르겠네.”

나에게만 알리는 타국 침략.

그렇다고는 하나 이 단계에서는 아직, 진짜 그렇게 하리라고 단정 짓지 않는 편이 좋다. 단순한 도발, 말장난일지도 모른다. 하지만 기회라는 건 틀림없다. 사카야나기의 눈이 나에게서 이치노세로 옮겨가 준다면 불필요한 소동에 휘말리지 않고 끝날 테니까.

"정말 이치노세를 이길 수 있어?"

"그 말은?"

"입학한 후로 2학기가 끝날 때까지 B반은 차근차근 힘을 쌓아가고 있는 느낌이야. 반면 A반은 자기들끼리 서로의 발목을 잡고 있잖아. 실력은 자기가 위라고 어필하지만 신빙성이 의심스러운데."

"그렇구나. 말로는 뭔들 못하냐는 거지?"

사카야나기는 냉정하게 받아들이면서도 살짝 감정을 내보였다.

나는 거기에 연료를 하나 더 던져 넣었다.

"나도 최근에 와서 네 정체를 알아차렸어. 이 학교 이사장 딸이라는 것 말이야."

"그랬어? 어떤 경위로 알게 된 건데?"

사카야나기가 덥석 물었다. 덥석 물 수밖에 없는 화제다.

"경위야 아무래도 상관없어. 중요한 건 네가 A반에 배정된 데에 네 아버지의 영향이 적잖이 있지 않았겠는가, 라는 거다. 즉, 실력으로 갈 만해서 갔다고 절대로 단언할 순 없다는 거지. 이치노세를 쓰러트리겠다고 호언장담해도 바로 믿기는 힘들군."

사카야나기 아리스라는 학생에게, 제삼자가 인정할 만한 실력은 확인되지 않았다.

"내가 반에서 다수의 지지를 받고 있다는 건 어떻게 설명할 건데?"

"반을 지배하는 거? 꼭 실력만으로 반을 지배할 수 있다고 말할 순 없지. 네가 하찮게 생각하는 류엔이나 이치노세도 같은 걸 하고 있잖아. D반에서 말하자면 히라타도 그렇고 말이야. 반을 단합시키는 방식은 오히려 히라타의 손을 들어줄 것 같고, 실력이 뛰어나다는 증명은 될 수 없어."

지팡이를 탁 친 사카야나기가 다른 각도로 정정하기 시작했다.

"너한테는 어린애를 속이는 식의 말투가 통하지 않는구나. 실례했어."

그렇게 일단 사과했다.

"하지만 아야노코지. 너도 너무 방자한 것 아니야? 화이트룸 최초의 성공 사례라고 일컬어지는 너 자신한테 너무 도취된 건 아닌지?"

사카야나기의 눈에는 그런 식으로 보이는 모양이다.

지금까지 생각해 본 적은 없지만, 그렇게 보여도 어쩔 수 없을지 모르겠다.

성공 아니면 실패라는 두 가지로만 놓고 보면 나는 틀림없이 성공 쪽에 분류되는 인간이기 때문이다.

그렇지 않다면 그 남자도…… 아버지도 나에게 집착하지 않을 것이다.

"역시 아야노코지는 한 가지를 착각하고 있어. 넌 『유리 안쪽』에 있는 게 더 대단하다고 생각하는 거 아니니? 물론 네가 어릴 때부터 배워온 지식의 양은 방대하겠지. 이 학교에서는 그 사실을 거의 숨기고 있지만, 높은 학력 수준, 높은 운동 능력도 의심하지 않아. 하지만 그곳은 『가지지 못한 자』가 천재가 되어야 한다는 취지로 준비된 시설. 그러니 애초에 천재로 태어난 인간에게는 필요 없는 장소, 라고도 할 수 있잖아?"

"그럴지도 모르겠군."

그건 부정하지 않겠다. 실제로 아버지의 신념이 바로 그것이었으니까. 유전자 상으로 우수한지 어떤지는 상관없다. 태어난 순간부터 철저한 교육을 받게 하고, 수면시간부터 먹는 음식까지 모든 것을 관리해 줌으로써 최고의 인간이 완성된다. 그리고 그것이야말로 일본을 이끌어갈 우수한 인재를 창출해내는 유일한 방법이라고. 아버지는 굳게 믿고 있었다.

"왜 나한테 적대심을 가지는 거지?"

"아야노코지 너를 쓰러트리는 건, 선천적인 재능을 절대 이길 수 없다는 사실을 증명하는 거니까. 아무리 노력해도 채울 수 없는 차이는 존재해. 그게 내 신조야."

자신이 천재라는 사실을 한 치도 의심하지 않는다는 건가.

사카야나기를 찾고 있었는지, 그녀의 뒤쪽에서 카무로가 천천히 다가왔다.

"여기 있었구나…… 휴우. 너 말이야, 네 마음대로 약속 장소에서 벗어나지 말라고. 다리도 아프면서."

카무로는 나를 봤으면서도 시선을 마주치지 않고 사카야나기에게 투덜거렸다.

"미안해. 일찍 도착해서 좀 걷고 있었어."

"그럼 연락 한 통 정도는 해줄 수 있잖아."

카무로가 합류한 이상 나에 관한 이야기를 경솔하게 내뱉지는 않으리라.

사카야나기는 내 진짜 실력을 주변에 알리는 일에는 전혀 흥미 없어 보였다.

그보다, 경솔하게 나에 대해 알려서 사냥감을 빼앗기게 되는 것을 꺼렸다.

"뜬금없는 질문인데, 마스미. 넌 이치노세 호나미에 대해 어떻게 생각해?"

"정말 뜬금없네……."

합류하자마자 맥락이라고는 없는 질문을 받자 카무로는 조금 당황한 눈치였다.

특히 옆에 내가 있기도 해서, 대답하기 힘든 부분도 있으리라.

"실은 지금 이치노세 공략에 관해서 이 애랑 대화하던 중이었어."

"공략……이라고? 어떻게 생각하느냐고 물어도…… 이치노세는 우등생이고 남들을 잘 챙기잖아. 착하고. 그런 부분?"

"그래. 우등생이라는 건 분명하지. 시험을 치면 늘 상위권이고, 자기 반을 잘 통솔해. 아야노코지는 어떻게 생각해?"
이번에는 내게 물었다.
"같은 생각이야."
잽싸게 대답했다.
"그럼 그런 우등생인 이치노세를 쓰러트리는 게 간단하다고 생각해? 마스미."
"어렵지 않겠어? B반은 결속이 단단해 보이니까 바깥부터 무너질 리는 없고. 매수 같은 방법도 이치노세에게는 통하지 않을 테고. 정공법으로 싸우는 수밖에 없는데, 우리 반도 완전히 단결되었다고 말하기는 좀 어렵잖아."
"하긴 언뜻 봐서는 이치노세를 공략하기 어렵다고 생각할 수도 있겠지."
"그럼 넌 그렇게 생각하지 않는다는 거야?"
"응. 사실 꼭 어렵지도 않아. 누구에게나 약점은 있는 법이니까. 이치노세에게도 있더라고. 결정적인 약점이."
사카야나기가 그렇게 말하며 웃었다.
"그녀가 우등생이라는 건 두 사람 모두 동의하듯 의심할 여지 없는 사실이지만, 남들을 잘 배려한다거나 성격이 착한 부분, 그게 과연 진심에서 우러나온 행동일까? 이를테면 사실 속으로는 남들을 깔보는 면도 있다는 생각은 안 들어?"
"몰라……. 다만 원래 사람은 대부분 겉으로만 그런 태도를 취하지. 말로는 친절하게 대하면서도 속으로는 무슨 생각을 하고 있는지 알 수 없어. 하지만 그건 딱히 나쁜 일이 아니야. 사람은 누구나 타산적으로 행동하는 게 당연해. 그래도 이치노세는 정말로 바보같이 착할지도 몰라."

카무로의 말처럼 사람은 대부분 겉과 속이 다른 부분이 존재한다.

쿠시다처럼 극단적으로 다르지는 않더라도, 어두운 면은 있는 게 당연하다.

하지만 이치노세 호나미라는 학생은 그런 느낌이 전혀 들지 않는다.

이치노세의 약점을 쥐었다는 말은 그것과 관련 있을까?

"넌 그렇게 생각하지 않는다는 거야?"

"아니. 그녀는 제대로 된 사람이야. 성격에 거짓이 없고 선하기만 해."

"그럼 정말로 바보같이 착하다는 뜻이네."

"맞아. 정답이야."

미소 지으며 대답하는 사카야나기.

"그렇다면 마스미랑 이치노세는 닮았을까?"

"뭐? 그게 무슨 소리야. 전혀 다른데. 비아냥거리는 거니?"

"틀렸어. 의외라고 생각할지도 모르겠는데, 마스미랑 이치노세는 많이 닮았어."

닮지 않았다고, 하나도 닮지 않았다고 어이없다는 듯 부정하는 카무로였지만, 사카야나기는 계속해서 말을 이었다.

"닮았어. 왜냐하면 그녀가 가진 문제랑 마스미의 문제가 『완전히 일치』하니까."

"문제가 일치한다고? 잠깐만. 그거, 무슨 뜻이야?"

아야노코지는 알아? 하고 눈빛으로 물어왔다.

나도 알 턱이 없어서 가볍게 고개를 가로저었다.

"모르겠어? 네가 나한테 들킨 비밀이랑 그 애가 속에 껴안고 있는 비밀이 같다는 말이야. 물론 과정이 같을 뿐 결과는 전혀 다르지만."

그렇게 더 자세히 설명하자 카무로는 뭔가 짐작 가는 부분이 있는 것 같았다.

"설마 이치노세가 나랑 같은 짓을 했다는 말이야……?"

갑자기 믿기는 힘들다고, 카무로가 복잡한 표정을 지었다.

"그리 드문 일도 아닌 모양이야."

"그걸 이치노세가 자기 입으로 말했어? 근거 있는 이야기야?"

달려드는 카무로는 평소의 모습이 아니었다. 비교적 냉정한 아이라고 생각했는데, 이치노세의 문제인지 뭔지를 무시할 수 없었나 보다.

"물론이야. 나한테 자세한 이야기를 들려줬으니까. 단단한 껍데기 속에 틀어박혀 있던 그녀의 마음을 다정하게 풀어줬지. 콜드리딩을 사용해서."

일부러 설명하듯 상세한 이야기를 해주다니 친절도 하군.

콜드리딩이란 화술의 하나. 주의 깊은 관찰력을 이용해서 상대의 정보를 캐내는 방법이다. 아마 미리 정보도 모아두었을 것이다. 엄밀히 말하면 핫리딩도 섞어서 이치노세에게 접근했겠지.

"사람은 남에게 잘 보이기 위해서라면 아무렇지 않게 거짓말을 일삼는 생물이야. 너나 이치노세는 빙산의 일각이야. 분명 아주 많이 있을걸. 사람이란 참 재미있지. 아무리 우수해도, 쉽게 잘못을 저지르니까."

사카야나기는 나를 쳐다보더니 이렇게 말을 마무리 지었다.

"그것 말고도 몇 가지 약점이라고 할 만한 부분이 있지만, 일단 이치노세 공략의 힌트는 이걸로 끝. 난 이치노세 호나미를 철저하게 망가뜨릴 거야. 그걸 하나의 증거로 받아들이게 될 네 모습을 기대할게."

진짜 자력으로 도달해 봐라, 하고 대답해주면 좋겠지만 안타깝게도 나는 관심이 없다. 사카야나기가 자기 하고 싶은 대로 실컷 날뛰어보기 바란다. 내 유도는 성공적인 것 같군. 사카야나기도 내 값싼 도발을 알아차렸겠지만, 그 도발에 답하지 않고는 견딜 수 없는 모양이다.

"그럼 가볼까, 마스미."

걸음을 떼는 사카야나기와 마스미. 나도 엇갈리듯 걷기 시작했다.

서로를 스치고 지나가기 직전, 사카야나기가 입을 열었다.

"그나저나, 아무것도 묻지 않네. 마스미."

"응? 뭐가?"

"나랑 아야노코지가 단둘이 이야기 나누는 모습을 봤고,

앞으로의 전략도 얘기했는데. 그런데도 그 부분에 아무런 의문도 일지 않나 봐? 보통은 어떤 질문 정도는 던질 것 같은데……."

"하, 뭐야, 그게. 딱히 관심 없는데."

"그래? 넌 의외로 신경 쓰이는 부분을 거리끼지 않고 말하는 경향이 있어. 그런데 왜 지금은 그렇게 하지 않아? 왜지?"

카무로가 대답하지 않자 사카야나기가 다시 말했다.

"어쩌면 넌, 이미 아야노코지에 대해 뭔가 정보를 가지고 있는지도 모르겠네. 그렇다면 그 정보는 어디에서 얻었을까……. 혹시 내가 모르는 곳에서 둘이 만날 기회라도 있었나?"

희미하게 풍기는 부자연스러운 냄새를 맡은 사카야나기가 예리한 눈동자로 나를 쳐다보았다.

하지만 나는 할 말도 없고 쳐다볼 필요도 없다.

실수가 있다면 그건 카무로 쪽이다.

"후후. 뭐, 그건 됐어. 오늘은 기분이 좋으니까 신경 쓰지 않기로 할게. 그럼 안녕, 아야노코지."

사카야나기는 그렇게 말하고 카무로와 함께 자리를 떴다.

겨울방학 중에도 사카야나기한테 이용당해야 하다니 힘들겠다, 카무로 녀석도. 그만큼 잡힌 약점이 크다는 거겠지만. 다만 이치노세와 카무로가 같은 문제를 가지고 있다고 말한 부분은 절반 정도만 사실이라고 여기는 게 좋을 것 같다. 그 상황에서 거짓말해 얻을 이익은 사카야나기에게 없지만, 그렇다고 사카야나기의 말을 그대로 다 믿을 수 있는 것도 아니다.

이치노세가 정말 지금 위치에서 추락하게 될 때 진실을 알게 되면 그걸로 족하리라.

"호리키타의 귀에만 들어가게 하는 방법도 있는데…… 어떻게 할까."

동맹을 맺은 호리키타는 이치노세를 돕는 선택을 할지도 모르겠다. 나야 개인적으로는 그냥 내버려두면 된다고 생각하지만 그걸 결정하는 건 반을 이끄는 사람, 즉 호리키타겠지. 겨울방학이 끝나기 전에 언젠가 직접 말해줄까.

급한 일은 아니라고 판단해서 지금 당장은 연락하지 않기로 했다.

폭풍우 같은 존재가 사라진 후, 나는 아무것도 모르는 얼굴로 기숙사에 돌아가려고 했다.

산 물건을 전하는 본래의 목적을 이루기 위해서다.

하지만 내 목적은 의외로 간단히 종료를 맞이했다.

케야키 몰 입구에 다다랐을 때, 씩씩해 보이는 한 소녀와 엇갈렸다.

급한 일이 있는지 나를 미처 알아차리지 못하고 잰걸음으로 어딘가에 가고 있었다. 혹시 모른다는 생각으로 뒤를 밟았다가, 그녀가 친구와 만나 가게 안으로 사라지는 모습을 목격했다.

모습이 아예 보이지 않게 될 때까지 눈으로 배웅한 후 나는 기숙사로 돌아가는 선택지를 머릿속에서 지웠다.

"영화라도 보러 갈까."

그렇게 정하고는 영화관으로 발걸음을 돌리기로 했다.

1

영화관에 가는 건 나로서는 그리 드문 일이 아니다.

쉬는 날이면 꾸준히 영화관을 찾기 때문이다. 어떤 사람은 영화 감상에 포인트를 쓰는 게 아깝다고 생각할지도 모르겠지만, 다양한 분야에 흥미를 가지는 건 의외로 중요하다. 나에게 영화 감상은 취미가 되어 가고 있었다.

머리를 식히는 데 가장 좋기도 하고, 새로운 지식을 흡수할 수도 있다. 영화를 통해 다양한 것을 접하면서 호기심을 자극받을 때도 종종 있었다.

그렇다고는 하나 오늘 보는 것은 전문기술을 살린 영화가 아니다. 크리스마스의 열기를 받은 커플들이 볼 만한, 달콤하면서 애절한 러브로맨스 계열의 영화도 아니다. 시골 마피아의 작은 항쟁에 초점을 맞춘 총격전 계열의 작품이다.

머리를 비우고 내용만 보고 싶은 날도 가끔 있다. 참고로 이 영화는 오늘 막을 내리는데, 결코 롱런할 명작은 아니다. 어쩔 수 없는 B급 영화랄까. 그래서 인터넷으로 언제든 자리를 예약할 수 있었는데, 볼지 말지 계속 고민하다가 결국 상영 마지막 날 다른 목적으로 온 김에 보러가기로 결정했던 것이다.

매표소에 가서 시간과 영화를 지정하자 직원이 좌석표가 나와 있는, 얇은 합판으로 된 시트를 내밀었다.

그런데 여기서 오산이 생겼다. 내가 평소 애용하는 뒤쪽 자리가 다 차서 빈곳이 별로 없었던 것이다.

상영 예정이었던 기대작이 개봉을 살짝 연기하는 바람에 이 영화에 관객이 몰린 모양이었다.

게다가 크리스마스가 코앞으로 다가온 탓도 있어서인지 자리 대부분이 두 자리씩 예약되어 있었다.

연인끼리 왔는데 아무것도 보지 않고 돌아가는 것보다는 어떤 장르든 상관없이 하나라도 보려고 생각한 것일까?

앞쪽에 통로 폭이 넓은 열의 중간 자리가 그나마 편해 보여서 직원에게 그렇게 말했다. 그러자 중앙 부근에 운 좋게 몇 자리가 비어 있어서, 자리 예약에 성공했다. 가운데보다 가장자리가 더 인기인 건 커플의 유무랑 상관없는 것일까? 그런 영화관 사정에 대해서는 잘 모르겠다.

상영 시각까지 20분 정도 남았기 때문에 팸플릿이 비치된 코너에서 대충 시간을 보냈다.

그리고 입장할 수 있는 10분 전이 되었을 때 혼자 상영관으로 들어갔다.

뒤에서 커플로 보이는 학생들이 하나둘 들어왔다.

나는 앞 열 한중간에 앉아 영화가 시작되기를 얌전히 기다렸다.

주위 자리는 비교적 이른 시간부터 채워지기 시작했다.

스크린으로 시선을 옮겼다.

나는 영화가 시작되기 전에 나오는 개봉 예정작 예고편을 상당히 좋아한다.

그래서 예고가 시작되기 전에 반드시 자리에 앉는다.

내 방 텔레비전으로 보는 것보다 다음에 어떤 영화를 볼지 더욱 강한 흥미가 끓어오른다. 큰 스크린은 무척 매력적이어서 그걸 보러 영화관을 찾는다고 해도 과언이 아니다.

다만, 지금은 극장 안이 밝아 영화 선전이 아니라 편의점 상품 등 CM이 흘러나오고 있었다.

고슬고슬한 쌀밥을 주걱으로 뒤집거나 바삭바삭한 김을 망 위에 올리고 굽는 장면, 그리고 완성된 주먹밥을 먹는 아이들의 영상이 나왔다.

점점 자리가 차고 상영 시각이 임박해졌을 때, 어떤 상황인지 궁금해서 주변을 둘러보았다.

같은 줄은 거의 다 찼는데 내 바로 오른쪽에는 커플이, 왼쪽도 한 자리를 비우고 커플이 앉아 있었다. 어둠을 기회로 삼아 손을 꼭 잡고 있다.

이런 영화에도 커플은 마음이 동하나.

비어 있는 왼쪽 자리는 하나니까 끝까지 공석이겠지.

다른 날도 아니고 굳이 이브 전날 혼자 허무하게 영화를 보러 올 사람은 없으리라.

나는 휴대폰을 매너모드로 돌리면서, 혹시 몰라 아예 전원을 꺼두었다.

그와 거의 동시에 극장 조명이 서서히 어두워지고 영화 예고가 시작되었다. 여기서부터가 두근두근 설레는 시간의 시작이다.

그 순간 왼쪽에 그림자가 일었다. 그리고 한 학생이 빈자리에 앉았다.

나처럼 이브 전날 혼자 영화를 보러 오는 별종도 다 있군.

이 영화를 골랐다는 점은 있는 그대로 칭찬해주고 싶다.

그렇게 생각하며 눈만 슬쩍 돌려 옆을 보았다.

"…………."

나도 모르게 입을 쩍 벌리고 말았다.

고고한 학생의 정체는 C반 이부키 미오였다.

불과 며칠 전, 옥상에서 요란한 사건이 있었던 만큼 좀 어색했다.

다만 불행 중 다행히도, 영화관 조명이 이미 꺼진 후였다.

이부키는 내 존재를 알아차리지 못하고 스크린을 보고 있었다.

나는 원래 엔딩 크레딧을 다 보는 편인데, 끝까지 남아 있으면 조명이 켜지고 말 것이다. 아쉽지만 오늘은 엔딩 크레딧이 뜨자마자 나가야겠다.

하지만 여기에 한 가지 오산이 있었다.

바로 영화관에서 이따금 일어나는 '팔걸이' 문제이다.

구석에 앉으면 양쪽 팔걸이를 확실히 자기 것으로 쓸 수 있지만, 그게 아닌 이상 늘 팔걸이 쟁탈전이 일어난다. 영화관 규칙에 둘 중 어느 것이 자기 몫의 팔걸이인지에 대한 규정은 딱히 없고 보통은 먼저 차지하는 사람이 임자가 된다.

나보다 먼저 자리에 앉은 오른쪽 커플이 팔걸이를 차지했기 때문에 나는 비어 있던 왼쪽 팔걸이를 쓰고 있었는데, 이부키가 그 팔걸이에 아무렇지 않게 자신의 팔꿈치를 얹었다.

공유 부분의 공간상 두 사람의 팔꿈치를 전부 얹을 수는 있지만, 사소한 일로 서로의 소매가 닿게 된다.

그게 신경 쓰였는지, 이부키가 무의식중에 상대를 확인하듯 내 쪽을 쳐다보았다.

당연히 모든 것을 관찰하고 있던 나와 눈이 마주쳤다.

"헉."

곧바로 새어 나온 것은 그런 이부키의 기분 나쁜 듯한 목소리였다.

CM과 예고의 절묘한 정적 사이였던 만큼, 너무 또렷이 들렸다.

"우연, 이지."

말을 아예 안 걸자니 그것도 부자연스러운 것 같아서 그렇게 입을 열었다.

하지만 이부키는 대답하지 않고 시선을 돌렸다.

아무래도 무시하기로 결정한 모양이다.

그렇게 나온다면 나야말로 편하겠다고 결론을 내리자.

나는 그렇게 생각하고 스크린에 집중했다.

그런데…….

상영이 시작된 후, 주기적으로 이부키가 보내는 시선을 느꼈다.

내 존재가 굉장히 신경 쓰이는지, 영화에 집중하지 못하고 있었다.

영화에 집중하지그래? 하고 말해주고 싶지만 상영 중에 말할 수도 없으니 그것도 어렵다. 그럼 살짝 귓속말을 해줄까?

아니, 그런 짓을 했다간 곧바로 이부키에게 물어 뜯길지도 모른다.

지금은 그냥 이부키의 시선을 참으며 모르는 척 있을 수밖에 없다.

다행히 나는 어릴 때부터 '감시'받는 데에는 익숙했다.

속으로 몹시 신경 쓰이는데 티 내지 않고 계속해서 영화를 보았다.

다만 문제가 있다면, 그건 바로 영화가 형편없다는 것이다. 정말 딱 B급이군.

상영이 시작되고 반환점을 돌았을 무렵일까.

주인공이 적을 무찌르기 위해 적지로 진입하는 클라이맥스 직전.

손에 땀을 쥐는 장면이 나오려는 순간, 갑자기 영상이 팍 꺼졌다.

처음에는 다들 무슨 연출인가 싶어서 가만히 스크린을 지켜보았다.

그런데 10초가 지나도 20초가 지나도 영상과 소리가 나올 줄을 몰랐다.

이상한데? 하는 생각이 들기 시작할 즈음 관내에 방송이 흘러나왔다.

"정말 죄송합니다. 기기 문제로 상영이 일시 중지 되었습니다. 감상 중이시던 여러분께 양해 말씀을 드립니다. 조금만 기다려 주십시오."

그런 내용이었다.

학생들은 일제히 불만을 표출하면서도 소곤소곤 잡담을 나누며 상영 재개를 기다렸다.

"뭔가 운이 안 따라주네……."

날 겨냥하듯 이부키가 한숨과 함께 말했다.

기기 문제의 원인이 내게 있다고 말하고 싶은 걸까.

"나도 예상 밖이었어. 네가 하필 오늘 영화를 보러 올 줄이야."

나 역시 그 말에 대꾸했다.

"내가 언제 오든 그건 내 마음이지."

내 말이 마음에 들지 않았는지 이부키는 당연하다는 듯 반론했다.

"그건 나도 마찬가지야."

그래서 최종적으로 말을 종합하듯 다시 대답했다.

"너는……."

이부키는 뭔가 말하려다가 순간 머뭇거린 후 다시 강렬한 시선을 보내며 입을 열었다.

"지금까지 속으로 나를 바보로 여겼지. 그 사실을 용서할 수 없어."

이부키가 그렇게 화내는 것도 이해가 안 되는 건 아니다. 하지만 원망을 들을 이유는 없다.

위로나, 그런 게 아니라는 말로 둘러대 봐야 이부키에게는 아무 소용없으리라.

그래서 나는 최선일 듯한 방법을 선택했다.

"그것도 실력이야, 이부키."

"뭐……?"

영화관의 일부, 나와 이부키의 사이에만 불온한 공기가 흘렀다. 물론 이부키 쪽에서.

살기와 초조함이 섞인 시선이 내게 꽂혔다.

하지만 나는 개의치 않고 계속해서 말을 이었다.

"어떤 상황에서도 상대를 능가하는 실력이 있다면, 문제될 것 없지 않나? 상대가 능력을 좀 감추고 있었대도 마음에 담아둘 일이 아니지. 네가 나를 막을 수 있었다면 류엔 무리에게도 승산이 있었어. 적어도 무승부 이상은 됐겠지."

만약 내가 강하다고 큰소리쳤는데 옥상에서 도리어 당한다면 그보다 더 꼴사나운 일은 없다.

"그건……."

이부키가 절대 반론할 수 없는 것.

자신의 강한 힘이다. 상대가 능력을 감추든 감추지 않든 그건 별로 중요하지 않다.

"그리고 말이야. 나는 류엔이나 사카야나기와 달리 더 높은 반을 노릴 생각도, 하물며 원맨 플레이로 부주의하게 튈 생각도 없었어. 눈에 띄고 싶지 않으면 당연히 쓸데없이 능력을 피로하지 않겠지. 류엔과 싸우게 된 것도, 여러 가지를 저울에 달아본 끝에 어쩔 수 없이 고른 선택이야. 상대를 바보로 여긴다거나, 깔본다거나, 그런 건 생각조차 하지 않았다고."

이부키를 안심시키기 위한 말이 아니다. 어떤 의미로 이부키는 지금까지 느꼈던 것 이상의 굴욕감을 느꼈을지도 모른다. 상대를 모욕한다는 것은 곧 상대를 적으로 인정한다는 증거.

하지만 내가 한 말은 이부키를 길거리에 굴러다니는 돌멩이 정도로밖에 보지 않았다는 뜻이다.

"……마음에 안 들어."

아무리 타당한 이야기라도, 당연히 심정적으로는 받아들이기 힘들려나.

"넌 눈에 띌 생각 따위 없었다고 말했지만, 그건 좀 이상해. 무인도에서 네가 류엔을 자극하는 대답을 내놓지 않았더라면 이런 일도 생기지 않았을 거잖아. 아니, 그 이전에. 스도의 폭력 사건 때도 그냥 내버려뒀으면 좋았잖아."

"그렇지. 그건 그럴지도 모르겠다."

만약 스도가 퇴학당하고, 무인도에서 이부키의 책략으로 D반이 참패하고, 선상시험에서도 그대로 진행되었다면 류엔은 D반 따위 안중에도 없었겠지.

일찌감치 B반과의 싸움에 몸을 던졌을 것이다.

"넌 말로는 그렇게 하면서도 네 능력을 사용했어. 숨기면서도 사용했다고."

능력을 행사하는 것은 내 마음.

하지만 그 방법이 마음에 들지 않는 이부키로서는 받아들이기 힘든 현실이었으리라.

이부키는 더 이상 말하는 것도 시간 낭비라고 생각했는지, 꺼진 스크린을 바라보았다.

나도 반론하지 않고 그대로 내버려두기로 했다. 어차피 곧 상영은 재개된다.

그럼 이부키와의 시간도 끝이다.

2

영화가 끝나면 엔딩 크레딧을 보지 말고 일어나자. 그렇게 세웠던 내 계획은 허무하게 무너졌다.

예상 밖의 사태가 일어났다.

아무리 기다려도 상영이 재개되지 않았던 것이다.

기자재에 생긴 문제가 꽤 심각했던 걸까, 아니면 그저 해결이 잘 안 되는 것일까.

나도 이부키도 서로 어색하니까 빨리 이 상황이 끝났으면 좋겠다.

"하아."

이부키가 다시 노골적으로 한숨을 쉬었다.

하긴, 이런 상황에서는 한숨이 나올 수밖에 없겠지.

이제 나는 영화 내용 따위야 아무래도 좋다는 생각이 들기 시작했다.

"아………… 끝에 어떤 반전이 있을 것 같아?"

더 이상의 침묵도 힘들 것 같아 화제를 돌려보았다.

이부키도 반전이 궁금하니까 자리를 뜨지 않는 것이리라. 그게 아니라면 일찌감치 돌아갔겠지. 아니면 아무도 나가지 않아서 흐름을 탈 수 없는 건가.

하지만 이부키는 내 반대쪽 팔걸이에 기대 턱을 괸 채 나를 쳐다보려고도 하지 않았다.

마치 보이지 않는 유리창, 그것도 상당히 두꺼운 유리창이 나와 이부키 사이를 가로막고 있는 듯한 느낌이었다. 이부키의 태도는 굳이 말할 것도 없이, 짜증나니까 말 걸지 말라는 거겠지.

더 이상 덤불을 들쑤시는 건 그만두는 편이 좋겠군.

금방이라도 덤불 속에서 독사가 튀어나와 내 팔을 콱 물어버릴 것만 같다.

결국 나는 입을 다물기로 했다.

그나저나 언제쯤에야 영화가 재개될까.

드문드문이지만 기다리는 게 힘들어진 학생들이 자리를 떠났다.

이부키도 이 흐름에 편승해 돌아가지 않을까 싶었는데, 자리에서 일어날 기색은 보이지 않았다.

역시 단순히 영화의 이어지는 내용이 보고 싶은 걸까, 아니면——.

어쨌든 나도 일단 끝까지 봐서 반전을 확인하고 싶다. 그렇지 않으면 이 영화를 보러 온 의미조차 잃고 말 것이다. 지금은 뚝심을 보여줘야 할 때인가.

휴대폰 전원을 켜서 시간을 확인했다.

안내 방송이 흐른 지 거의 20분이 지난 것 같은데.

이 상영뿐 아니라 다음 상영에도 큰 영향을 미치겠군.

뒤돌아보니 이제 관객은 나와 이부키를 포함해서 몇 명 정도밖에 남지 않았다.

아마도 혼자 보러왔으면 더 끈기 있게 기다렸겠지만, 커플끼리 오면 파트너를 기다리게 하는 일도 되니까. 연인과의 소중한 시간을 여기서 허비하고 싶지는 않겠지. 분위기 깨지기 전에 자리를 이동했다고 봐야 할까.

"……너, 안 가니?"

휴대폰을 보고 있는데 이부키가 쳐다보지도 않고 말을 걸었다.

표정을 확인할 수 없을 정도로 얼굴이 다른 곳을 향해 있었다.

아무래도 내가 돌아가지 않는 것에 대한 불신감 때문에 가만히 입 다물고 있을 수 없었나 보다.

"8할을 봐버렸으니까. 솔직히 반전이 궁금해. 20분 기다렸으니 슬슬 복구될 때야."

이제껏 기다려놓고 돌아가는 것은 아깝다. 그런 아무 근거 없는 이론까지 머릿속에 떠올랐다.

"결말이야 인터넷에 검색하면 얼마든지 나오잖아. 재미있는지 어떤지까지 포함해서."

"남의 의견이 반영된 리뷰는 읽고 싶지 않아서."

그 작품이 훌륭한지 어떤지, 본질은 스스로 보지 않으면 알 수 없는 법이다.

물론 그 작품을 볼지 말지 결정짓는 데 참고지수는 되지만, 평가를 내릴 수는 없다.

하물며 가장 중요한 결과 부분을, 고작 한두 줄의 설명만 보고 납득할 생각이 있었으면 처음부터 영화관까지 와서 보려고 하지 않았으리라.

"난 이제 영화 따위 아무래도 좋아. 그냥 너보다 먼저 돌아가기 싫은 것뿐이야."

"완전 대놓고 말하네."

정말 영화와는 아무 상관도 없는 이유로 버티고 있는 듯했다.

다만 안타깝게도 이부키는 이 승부에서 이길 수 없다. 잘

해야 무승부다.

상영이 재개될 때까지 나는 자리에서 일어날 생각이 없다. 이것이 내일 이브에도 여정이 없는 남자의 강점이라고도 할 수 있을까.

우리 두 사람의 싸움에 종지부를 찍은 것은 슬픈 안내 방송이었다. 기자재 문제를 해결하지 못해서 상영을 중지하게 되었다는 것. 그리고 환불 처리를 해주겠다는 이야기 등이 흘러나왔다.

"되는 일이 없네."

결국 결말을 알고 싶으면 디브이디나 비디오가 나올 때까지 기다렸다가 빌려보거나 리뷰 웹사이트에 가서 스포일러를 읽고 보완하는 수밖에 없다.

상영 중지가 방송되었는데도 이부키는 나를 쳐다보지도 몸을 움직이지도 않았기 때문에, 나는 더는 볼일 없는 영화관을 뜨기로 결정했다.

3

괜히 기다리기만 한 시간도 있었던 탓인지 묘하게 어깨가 뭉쳐서 아팠다.

사카야나기, 이부키와의 예상치 못한 만남도 있어서, 어디 들렀다가 기숙사로 돌아갈 마음은 들지 않았다.

얼른 돌아가려고 영화관을 나왔을 때 등 뒤에서 누가 나를 불렀다.

"잠깐만 기다려. 이대로 네 정체를 주위에 계속 숨길 셈이야?"

이부키였다. 굳이 뒤따라와서 무슨 소리를 하려나 했더니 그거였나.

"그때 나눈 대화 못 들었어? 그때 일은 가슴에 묻기로 했는데."

"농담하지 마. 지금까지 넌 속으로 날 비웃었잖아."

그걸 용서할 수 없다고, 굳이 말로 하지 않아도 이부키의 얼굴에 다 드러나 있었다.

조금 전 내가 한 말과 행동, 신념에 대한 불만은 더욱 부풀어졌다.

"그럼 어떻게 할 건데. 소문내고 다닐 건가?"

"……그건 아니야. 그럼 나만 곤란해지는 게 아니잖아?"

"맞아. 어쩌면 옥상에 있었던 멤버 이외에 마나베 무리에게도 불똥이 튀겠지."

일련의 경위를 더듬어가다 보면 최종적으로 학교 측도 나라는 존재까지 도달할지도 모른다.

하지만 발뺌은 얼마든지 가능하다. 기껏해야 정학 처분이 고작일 것이다.

"어차피 이 학교는 반 대항이 기본이야. 나를 비난하는 건 번지수가 틀렸어."

거기서 정정당당함을 찾아도 곤란하다.

"알아, 나도 안다고……. 그냥 생리적으로 받아들일 수 없는 것뿐이야."

이부키 미오라는 소녀를 분석해볼 때, 그녀는 아직 어른으로 향한 한 걸음을 내딛지 못했다.

아마 어릴 때부터 무도를 배워 자신이 강하다고 계속 과시해왔을 것이다.

어릴 때는 신체적으로 남녀의 힘 차이가 별로 나지 않는다. 그래서 기술만 있으면 이성을 압도하기 쉽다. 하지만 나이를 먹어갈수록 그것은 점점 어려워지는데, 중학생 무렵즈음 되면 신체적인 변화가 일어나면서 그동안 벌어졌던 차이를 메운다.

육체적 힘만 놓고 생각하면, 여자가 남자를 이기는 것은 불가능에 가깝다.

차별이 아니라 순수하게 존재하는 차이.

물론 이부키는 다른 보통 고등학생과 비교하면 상당히 강한 부류에 속한다.

무술을 한 번도 배운 적 없는 남자라면 도저히 상대하기 어려우리라.

하지만 같은 재능, 같은 수준 이상으로 단련해온 남자에게는, 미안하지만 이길 수 없다.

그런 현실을 사람은 자연스레 배우게 되기 마련이다.

그런데 이부키는 아직 고등학교 1학년. 아직 그 차이에 따른 벽을 인정할 수 없는 모양이다.

"입 다물고 무슨 생각 하는 거야?"

"어떻게 하면 이 상황을 원만하게 수습할 수 있을지 고민했어."

"그래서, 결론이 나왔어?"

"공교롭게도 방법은 떠오르지 않았어. 무슨 말을 해도 받아들여줄 것 같지 않으니까 말이야."

이부키는 오늘 처음으로 살짝 입꼬리를 누그러뜨렸다.

"정답이야. 나는 받아들이지 않을 거고, 물러서지도 않을 거야."

그렇겠지…….

난해한 퍼즐을 풀려면 우선 정공법을 써야할지도 모르겠다.

"그런데……영화 좋아해?"

"뭐?"

갑자기 그걸 왜 묻는 거야, 하고 나오는 이부키의 태도는 당연했다.

하지만 나는 계속 무시했다.

나는 억지로 일상적인 화제를 이어갔다.

"혼자 영화를 보러 올 정도니까. 그것도 상당히 마이너한 영화였는데."

"무슨 상관이야. 나한테는 나만의 목표가 있거든."

뭔가 있는 듯한 말투가 마음에 걸렸다.

"목표?"

"……이 학교에서 상영되는 모든 영화를 보는 것. 별로 대단한 목표는 아니고."

아니, 그거 의외로 굉장한데.

누구나 학교생활을 하면서 스스로 정한 목표를 나름대로 가지고 있다.

친구 만들기. 휴일에는 반드시 외출하기. 지각이랑 결석 없이 졸업하기. 시험에서 계속 1등 하기. 간단한 것도 있는가 하면 달성하기 힘든 것도 있는 등 각양각색이다.

그중에서도 이부키가 말한 '공개되는 모든 영화 보기'는, 언뜻 간단해 보이지만 사실은 무척 어렵다고 생각한다. 자기가 좋아하는 영화라면 가볍게 영화관을 찾겠지만, 흥미 없는 장르는 당연히 내키지 않는 법이다.

많은 사람이 그런 목표는 단순한 놀이라고 여기리라.

하지만 그 무엇이 됐든 목표를 세우고 그것을 이루어가는 과정은 아주 소중하다.

"……뭐야. 날 바보로 보는 거야?"

"글쎄, 어떨까."

내 침묵을 기분 나쁘게 여긴 이부키가 노려보았다. 솔직하게 칭찬해줄 수도 있었지만, 일부러 그렇게 하지 않았다. 나도 좀 괴롭히고 싶으니까.

어쨌든 이부키와는 빨리 헤어지는 편이 좋겠지. 더 이상 얽혔다가는 괜히 쓸데없이 다른 애들이 우리를 목격하고 말

것이다.

“이제부터 뭐할 거야? 같이 차라도 마실래?”

“농담하지 마. 돌아갈 거야.”

당연히 내 제안에 응하지 않았다. 거절할 거라고 나도 생각했다.

그 흐름에 편승하듯 말을 이었다.

“그렇다면 오른쪽으로 가겠군. 난 왼쪽으로 꺾을게. 그럼 오늘은 이만.”

나는 그렇게 말하고 양 갈래로 난 길을 손가락으로 가리켰다.

우리가 각자 다른 길로 걷기만 하면 아무런 문제도 일어나지 않는다. 이상적인 코스다.

“뭐야. 나도 너랑 1초라도 더 빨리 헤어지고 싶거든? 말할 필요도 없다고.”

서로 마음이 통해서, 이부키는 곧 오른쪽으로 꺾었다.

나도 그런 이부키에게서 등을 돌리고 왼쪽으로 꺾으려고 했다.

그런데——

갑자기 뒤에서 누가 팔을 꽉 붙잡았다. 이부키가 내 팔을 잡아끌고 있었다.

“야, 뭐야?”

“쉿. 이시자키 무리가 오고 있어.”

몸을 숨기듯 그늘로 나를 잡아끌고는, 몰래 상황을 살폈다.

조금 뒤늦게 이부키의 시선을 따라가 보니, 정말 이시자키를 중심으로 코미야와 콘도가 걸어오고 있었다.

지금까지대로라면 거기에 류엔도 포함되어 있어야 하지만, 당연히 그는 보이지 않았다.

"괜찮겠냐? 이시자키. 아직 다리가 휘청거리는 것 같은데."

"시끄러워. 이제 아무렇지도 않아. 아야야……."

온몸이 아픈지, 이따금 고통에 표정이 일그러지면서 이시자키가 걷고 있었다.

그런 모습을 본 코미야가 불안한 듯 주변을 둘러보며 말했다.

"그런데 아까 한 이야기…… 류엔 씨랑 싸웠다는 거 진짜야?"

"……으응. 알베르트랑 이부키도 같이 있었어. 이제 류엔 씨…… 아니, 류엔의 시대는 끝났어. 앞으로 류엔 놈은 그 누구한테도 지시를 내리지 않을 거야."

"그건 잘된 일이지만 말이지. 그러면 앞으로 누가 작전을 세우냐?"

"내가 알 게 뭐야. 카네다 같은 애들이 하겠지, 뭐."

그런 대화를 주고받으며 세 사람이 우리의 눈앞을 스쳐 지나갔다.

"휴우. 들킬 뻔했네."

안도하는 이부키. 나와 단둘이 있는 모습을 반 아이들이 보는 게 싫었나 보다. 특히 이시자키는 어떤 반응을 내보일지 모르는 바도 아니다.

하지만 이시자키의 말은 우리의 귀에도 들어왔다.

"……아까 이시자키한테 문자가 왔어. 류엔 녀석, 퇴학하지 않았다고."

"그래?"

남 일 이야기 하듯 대답하자 이부키가 추궁했다.

"네가 뭔 짓 했지? 그렇지 않고서야 천하의 류엔이 단념했다고 생각하기 힘들어."

"말리려고 했는데 넌 그럴 수 없었던 건가?"

말꼬리와 태도, 그리고 어조를 통해 그렇지 않을까 생각했는데 적중했나 보다.

"난 류엔 따위 죽도록 싫어. 하지만 같은 반도 아닌 네가 그 녀석한테 강한 영향을 준다는 게 더 싫고 용납이 안 돼."

"제삼자여서 오히려 줄 수 있는 영향도 있지. 그리고 반대로, 나는 불가능한 일이라도 너라면 가능해. 이시자키 녀석이 의리를 다할 생각인 것처럼 말이야."

스쳐 지나가면서 들은 대화만 봐도, 무슨 일이 있었는지 추측하기란 그리 어렵지 않다.

의협심, 이라고 할까.

이시자키 역시 원래는 류엔을 싫어하지만 리더로 반을 이끌어준 것에 대해 예의를 다하려는 것이 느껴졌다.

"……정말 그렇게 생각해? 자기가 류엔보다 위라는 걸 어필할 수 있어서가 아니야?"

이시자키의 생각을 있는 그대로 인정하려고 하지 않고 이부키가 말했다.

하지만 그건 넌지시 떠보는 거겠지.

내가 어떤 생각을 가지고 있는지 끌어내려는 노림수였다.

그렇게 이부키의 눈빛이 호소했다.

"너야말로 정말 그렇게 생각하나?"

나는 그 질문을 그대로 돌려주기로 했다.

"……싫어하긴 할 텐데 말이야. 계속 시달려왔으니까. 셋이 동시에 덤비긴 했어도 어쨌든 류엔을 쓰러트렸다고 하면, 반에서 이시자키의 평가가 필연적으로 올라가게 돼."

"그렇군. 그렇게 볼 수도 있겠네."

내가 납득했다는 듯 고개를 끄덕였을 때 갑자기 이부키가 내 무릎 뒤쪽을 가볍게 발로 찼다.

"이건 안 피하네?"

"너 말이야. 난 초능력자도 뭣도 아니거든. 뭐든 다 피할 수 있을 거라고 생각해?"

이부키는 의아해하면서도 거기에 대해 더는 언급하지 않았다.

"그래서 넌 어떻게 생각해? 이시자키의 발언."

자기 의견만 말한 게 불만이었는지 그렇게 물었다.

"싫지만 실력은 인정한다는 거겠지."

류엔이 퇴학하면 겪게 될 불이익을, 이시자키는 피부로 느끼고 있을지도 모른다.

류엔이 꾸민 계획대로 서로의 사이가 틀어진 걸로 하고 있었다.

나에 대해 일절 드러내지 않고, 약속을 성실하게 지키는 것 같았다.

물론 그것도 계산에 들어 있었지만, 절대적인 보증 따위는 어디에도 없다. 지금까지는 그렇다고 치고, 내일은 마음이 바뀌어서 모든 것을 폭로할 가능성도 전혀 없진 않다. 카루이자와에 대한 것도, 언급하려고 마음만 먹으면 얼마든지 언급할 수 있을 것이다.

"알베르트는 말하지 않을 것 같지만, 이시자키 녀석은 과연 끝까지 입을 다물 거라고 생각해?"

그것을 이부키도 알고 있었다. 그래서 도발하듯 물었다.

"말하면 말하는 대로, 다 생각이 있어."

"……아, 그래."

내가 놀라거나 동요하지 않자 이부키는 금세 흥미를 잃었다.

어쨌든 이시자키 무리는 사라졌다. 그러니 이제 헤어지는 흐름으로——.

나는 재빨리 쭈그려 앉아 머리를 수십 센티 정도 숙였다.

그러기가 무섭게, 조금 전까지 내 머리가 있었던 위치에 이부키의 빠른 발차기가 날아들었다.

"……뭘 못 피한다는 거야? 이렇게 잘만 피하면서."

"예비동작부터 발차기였으니까 그렇지. 그나저나 너, 있는 힘을 다 실었지?"

무도 경험자의 돌려차기. 그대로 맞으면 뇌진탕을 피할 수 없을 수준이다.

"강하면서 그 힘을 드러내지 않다니. 도대체 이유가 뭐야?"

"넌 평소에 난 강해요, 하고 광고하면서 돌아다니냐?"

"그건……."

"무술이든 뭐든, 그걸 쓸 기회가 없으면 누가 알겠어? 난 스도랑 이시자키 등과 달리, 혈기왕성한 타입이 아니거든."

"승부를 겨루자."

"뭐라고?"

"나랑 다시 한번 싸워보자고. 진짜, 전력을 다해서 너랑 싸우게 해줘."

도저히 포기가 안 되는지, 이부키는 다시 전투 모드로 전환했다.

이시자키 무리가 나타나지만 않았어도 그대로 깔끔하게 헤어질 수 있었는데…….

"어째서 이야기가 그렇게 되는 거야?"

"난 네가 싫어. 드러난 얼굴과 속에 감춰진 얼굴이 다른 게 말이야."

"그렇군."

류엔과 이시자키 같은 아이들은 좋은 의미로든 나쁜 의미로든 보이는 모습 그대로니까 말이지. 이부키도 그렇다.

무인도 때도 스파이로 연기하기는 했어도, 이부키는 이부키 그대로였다.

"난 원래 이런 성격이니까 원망을 들을 이유가 없는데. 이렇게 말해도 안 되겠지?"

"무리."

단 두 글자로 부정했다.

"지금까지 있었던 일은 그렇다고 치고, 옥상에서의 빚을 갚아주지 않으면 성에 안 찰 것 같아."

이래서야 무슨 말을 해도 들으려고 하지 않겠군.

이부키는 자신의 컨디션을 되찾은 지금, 이길 가능성을 좇고 싶은 것 같았다.

여기서 피하는 건 간단하지만, 3학기 이후 학교생활이 시작되고 나서도 계속 지금처럼 달라붙으면 그게 더 성가시다. 그 점을 이부키도 당연히 지적했다.

"새 학기가 시작되고 내가 자꾸 너를 물고 늘어지면 그게 더 귀찮지 않겠니?"

직접 소문을 퍼트리지는 않더라도 다른 반 아이가 계속 들러붙으면 주위에서 수상하게 여길 것이다.

그래도 괜찮겠냐고 다소 강하게 협박했다.

말하자면 그것도 '소문을 퍼트리는' 짓이나 마찬가지지만, 이부키는 그렇지 않다고 말하고 싶은 모양이다.

"네가 나를 물러나게 하고 싶다면 한 번 더 승부를 겨루는 방법밖에 없어."

승부라고 한마디로 말했지만 방식은 다양하다.

"바둑이나 장기로 승부를 겨루자는 건 아니겠지?"

"할 줄 모르는데."

그거 아쉽군. 둘 다 실력에는 자신이 있는데 말이지.

"승부를 겨루는 방식이야 뻔하잖아?"

이부키는 그렇게 말하며 사람들이 지나다니는 몰 안에서 자세를 바로잡았다.

생각할 것도 없지만, 그렇다.

분명, 늘 그런 식으로 옳고 그름을 가려왔겠지.

"……아마, 달라지는 건 하나도 없을 텐데."

"핫. 해보지 않으면 결과는 모르는 거 아닌가?"

내 말이 마음에 걸렸는지 이마에 핏줄을 세운 이부키의 입술이 일그러졌다.

한순간 누그러졌던 입술 모양을 본 것도 먼 옛날 일 같다.

"결과뿐 아니라 이부키 네 생각도 말이야."

옥상에서 졌던 걸 고려하면 다시 싸워봐야 결과가 달라지지 않으리라는 걸 알 것이다.

하지만 어떤 형식으로 졌더라도 이부키는 받아들이지 않았을 게 틀림없다.

그럼 그냥 네가 이긴 걸로 해, 하고 말해봐야 불난 집에 기름을 붓는 격이겠지.

"어차피 내가 싸우자고 해도 받아주지 않을 거지?"

물론 평소 같으면 받아주지 않는다.

심지어 지금은 피곤하기도 하니, 괜한 행동은 하고 싶지 않은 게 내 진심이다.

하지만——

"시간은 괜찮아?"

나는 거절하지 않고 그렇게 물었다.

"……괜찮지. 영화 말고는 다른 일정도 없었고. 혹시 받아주려고?"

당연히 내가 응할 거라고는 생각하지 않았을 이부키는 당황했다.

오히려 한 걸음 뒤로 물러나는 것처럼 보이기도 했다.

"농담이었나?"

"그렇지 않아. 네가 받아주겠다면 바라던 바야."

깜짝 놀라면서도 이부키는 금세 혹해서 덤볐다.

당장이라도 시작하고 싶은지 몸이 앞으로 기울었다.

하지만 그럴 수는 없다.

케야키 몰 안에는 수많은 사람이 오가고 있다. 너무 눈에 띄는 장소다.

"받아줄 거야? 안 받아줄 거야?"

"글쎄. 그나저나 여기는 너무 눈에 띄는 곳이잖아. 만약 네 말대로 승부를 겨룬다고 하면 장소는 어떻게 정할 건데?"

이곳은 케야키 몰. 보는 눈이 너무 많다.

남의 눈을 피하려면 장소를 바꾸어야 한다.

하지만 부지 안은 기본적으로 부적격이다. 겨울방학인 지금, 어디에 누구의 눈이 있을지 모른다. 그렇다면 기숙사 방으로 이동할 수밖에 없는데, 그런 데서는 애초에 승부가 성립할 수 없다는 걸 이부키도 잘 알리라.

"……찾아볼게. 지금부터 찾아본다고."

"포기라는 선택지는 없나 보지."

"여기서 드디어 만났으니 넌 이제 끝장이다, 라고 말해주마."

이부키는 그렇게 말하고는 뒤돌아 걷기 시작했다. 따라오라는 뜻인 것 같다.

"도망가면 어쩔 거야?"

"당장 쫓아가서 잡은 다음 당장 날라차기를 할 거야."

그렇다고 한다. 나는 도망치고 싶은 충동을 억누르면서 뒤를 따랐다.

"미리 말해두는데 말이지. 적절한 장소가 있는 게 이 이야기의 대전제다."

"그건 나도 안다고."

그것만이라도 잘 알고 있다면 일단 받아들여 주자.

인기척 없는 장소를 찾아내지 못한다면 이 이야기도 그냥 끝날 것이다.

내가 일방적으로 거절했을 경우와 다르게, 이부키도 무모한 짓은 하지 않으리라.

그것을 알기에 하는 행동이다.

앞서 걷는 이부키와 몇 미터를 띄우고 걷긴 했지만, 오래 같이 다니고 싶지는 않다.

이부키는 케야키 몰을 필사적으로 돌아다녔다.

어딘가에 인기척 없는 사각지대가 없는지 살폈다. 하지만 그리 쉽게 찾을 수 없다. 몰 안의 구석에는 학생이 별로 다니지 않는 장소도 있긴 하지만, 당연히 감시카메라가 달려 있다. 게다가 학생은 없을지 몰라도 종업원은 반드시 있다.

그렇다고 몰 밖으로 나가도 마찬가지다. 학교 교정 뒤편이라면 이야기가 다르겠지만, 교복을 입지 않으면 들어갈 수 없으니 그것도 무리겠지.

굳이 옷을 갈아입고 다시 만나는 것도 이상하고, 우리가 학교에 들어가는 모습을 누군가 목격하기라도 한다면 그건 이미 실패나 마찬가지다.

그걸 내다보고 도발 행위에 응한 것인데, 역시 이게 정답이었던 것 같다.

"이제 그만 포기하지그래? 이 학교에는 애초에 사각지대가——."

"잠깐만."

내 말을 뚝 잘랐다.

그리고 뭔가 생각이 번뜩 떠올랐는지, 어느 방향으로 시선을 돌렸다.

이부키가 본 것은 '스태프 이외 출입 금지'라고 적힌 유리창이 달린 문이었다. 때마침 안에서 스태프가 작업 중이었는지, 손수레를 끌며 안에서 나왔다.

노란 앞치마를 하고 있었고, 가슴에는 '키무라'라고 적힌

네임 카드가 달려 있었다.

그리고 케야키 몰 드럭 스토어라는 글자가 큼직하게 프린트 되어 있었다.

손수레에는 상품이 들어 있는 것으로 보이는 종이박스가 3개 정도 실려 있었다. 스태프는 그 손수레를 밀며 몰 안 드럭 스토어로 향했다. 상품을 운반하는 거겠지.

"따라와."

"야, 거기는——."

그렇게 말했지만 이부키는 문에 손을 댔다.

문을 열자 역시 상품이 쌓인 창고 같았다.

스태프는 없었고, 최소한의 조명만 있는 어둑어둑한 공간이었다.

종이상자 안에는 과자와 가제 등도 쌓여 있었다.

역시 드럭 스토어의 상품들이다. 난방이 되어 있지 않아 조금 싸늘했다.

"여기라면 아무도 보지 못해. 내 말이 틀려?"

과연 스태프 전용 공간에는 감시카메라가 설치되어 있지 않다.

하지만 보통은 문단속을 해야 할 장소가 아닌가. 이런 곳을 평소에 열어둔 채로 있다고는 생각하기 어렵다.

그렇다는 건, 그 종업원이 우연히 문단속을 깜박한 걸까. 아니면 곧 돌아올 거여서 문단속을 하지 않고 가버렸거나 둘 중 하나겠지.

어찌됐든 이런 곳에 오래 머물렀다가는 문제만 생길 것이다.

이런 데 학생이 있는 건 부자연스럽기만 하니까.

들키면 혼날 게 분명하다.

"별로 대수로운 일도 아니잖아. 잘못 알고 들어왔다고 둘러대면 그만이야. 뭘 훔치기라도 했다면 이야기는 달라지겠지만 다행히 우린 물건을 숨길 가방도 없는 완전한 빈손이니까."

물론 변명이야 가능하겠지만…….

뭐라고 해도 이부키는 결착을 짓고 싶은 마음이 강한 듯했다. 다소의 위험 따위 상관없다는 것 같았다.

결과를 알아도 '혹시'라는 감정은 절대 사라지지 않는다.

"이렇게 좁은 공간에서는 승부를 내기란 아무래도 힘들텐데."

이래서는 처음에 생각했던 기숙사 방과 별반 다를 게 없다.

"난 별로 상관없는데?"

아무도 볼 수 없다는 조건만 충족된다면 이것저것 따질 때가 아닌가 보다.

"그렇지만 말이야……아까 그 스태프가 금방 돌아오면 어쩔래?"

게다가 보통, 이런 곳에는 길을 헤매는 사람이 들어오지 못하게 열쇠를 채우는 법이다.

상품을 도둑맞을 일은 없겠지만, 그래도 확률은 제로가

아니다.

나중에 돌아올 거라서 문을 잠그지 않았거나 아니면 문단속을 깜박 잊었거나.

어느 쪽이든 장시간 아무도 오지 않을 가능성은 낮으리라.

"그때까지 결착을 지으면 되지."

내 의견에 조금도 귀 기울이지 않고 계속 추진하려고 했다.

필사적으로 장소를 바꾸자고 제안하려고 하던 찰나, 찰칵하고 문을 잠그는 소리가 났다.

"아무래도 불길한 쪽으로 짐작되는데. 문단속을 잊어서 돌아온 것 같아."

"별로 당황할 필요 없잖아."

"이것 봐."

나는 손잡이를 보라고 이부키를 재촉했다. 이부키는 의아해하면서도 손잡이를 보았다.

"……잠깐만. 왜 잠금장치가 없지?"

"이런 유리창이 달린 문은 방 안쪽에 섬턴이 없는 경우가 있어. 섬턴이 뭐냐 하면, 네가 말한 그 잠금장치, 그러니까 비틀개를 말해."

섬턴이 달려 있지 않은 건 방범 때문이다. 유리창을 깨면 손을 넣어 안쪽에 있는 섬턴을 돌려서 데드 볼트를 해제할 수 있으니까.

"그 말은 밖으로 못 나간다는 거야?"

"그렇지."

"뭐야. 왜 너랑만 얽히면 밀실에 갇히는 거야? 아아 진짜, 엘리베이터 사건이 떠오르니까 더 열 받는다."

"이번 일은 나랑 전혀 무관하거든? 네가 이런 데 들어 왔으니까 그렇지."

"뭐? 그럼 내 탓이라고?"

아니, 정말로 이부키 이외에는 책임 소재지가 없는데.

저번에는 한여름의 엘리베이터 안이고, 이번에는 한겨울인가. 참 기묘한 일도 다 있다.

"그렇지만 엘리베이터 때랑은 상황이 달라. 창문의 소재는 평범해 보이니까 안 되면 깨부수는 것 자체는 간단해."

"그럼 최악의 상황이라도 나갈 수는 있겠네."

"다만, 다른 사람들이 알게 되겠지."

그럼 우리가 창고에 갇혔다는 사실이 들통나게 된다.

"……좋아. 생각을 전환해서 긍정적으로 임하겠어."

"불길한 예감이 드는데."

"그 예감은 적중했어. 여기라면 아무도 방해하지 않을 거라는 건 확실해."

이부키가 내 쪽으로 돌아보더니 천천히 자세를 취했다.

"규칙은 네가 정하게 해줄게. 상대가 패배를 인정할 때까지? 의식을 잃을 때까지?"

이부키는 절대 달아날 수 없는 이 상황을 오히려 이용할 셈인가 보군.

지금 같은 상황이라면 달아나고 싶어도 불가능하다.

"항복을 선언하는 쪽의 패배로."

"……잠깐. 역시 규칙은 내가 정할래."

"야."

"그런 규칙이면 넌 싸우기도 전에 항복할 거잖아?"

정답.

"그러니까 내가 승리라고 생각하거나 패배라고 생각하거나. 명확해질 때까지 승부를 이어가는 거야."

이 무슨 강제적이고 무모한 이야기란 말인가.

"알았어. 네 그 제안에 기꺼이 응해주지. 다만 이것저것 조건을 달았으니까 내 조건도 하나 들어줘."

"뭔데."

"이번에 결론이 나면 앞으로 끝까지 나에게 도전하지 않는다. 알겠지? 물론 학교 시험에서의 정당한 승부라면, 그걸 금지할 권리는 나한테 없지만. 어디까지나 이번처럼 개인적인 싸움은 이걸로 끝내고 싶어."

"……어차피 나도 여기서 마무리 지을 생각이야."

불만은 없는지 이부키가 살짝 고개를 끄덕이며 수락했다.

그렇게 나온다면 나도 생각을 바꿀 수밖에 없군.

옥상 사건 때부터 계속된 육탄전은 계획에 없던 일이지만 어쩔 수 없다.

오히려 이부키를 쓰러트린 그 후가 문제다. 질질 끌지 말고 빨리 끝내자.

"진짜 열 받는 녀석이네. 여기서 나가는 쪽을 우선해서 생각하잖아.”

“장소가 장소니까. 우리가 창고에 갇혀 있다는 사실을 누가 알게 되면 문제가 될 거야.”

모르고 들어왔다, 라는 변명은 곧바로 연락하지 않은 시점에서 이미 효과가 없다.

물품이 보관된 창고에 장시간 들어가 있었다는 사실은 무겁다.

그런 내 마음을 아는지 모르는지, 이부키는 경계하면서도 발차기를 날렸다.

역시 발재간이 주무기인가.

좁은 창고 안에서 계속 피하는 건 쉬운 일이 아니다. 게다가 될 수 있으면 쌓여 있는 상자를 망가뜨리고 싶지 않다.

나는 여러 가지로 돈이 들어갈 데가 많고 카루이자와에게도 ‘대량의 프라이빗 포인트’를 빌린 만큼 괜한 소비는 피하고 싶다.

하지만 다소의 반격으로 당장 이부키의 마음이 꺾일 거라는 생각은 들지 않는다. 자신의 자존심을 건 싸움이니만큼 쉽사리 항복하지는 않으리라.

그렇다고 의식을 잃게 만들어봐야 똑같다. 이부키는 고집을 부려서라도 패배를 인정하지 않을 것이다.

본인이 직접 승패를 판단한다는 규칙. 귀찮은 승부를 강요받은 셈이다.

이기려면 공격해야 하지만, 안이하게 때릴 수도 없는 노릇이다. 이게 사투를 벌여야 하는 현장이라면 나도 봐주지 않겠지만, 아무런 메리트도 없는 장외전. 얼굴이든 복부든, 괜한 상처나 멍을 상대에게 남기고 싶지는 않다.

그렇다면 내가 쓸 수 있는 기술은 필연적으로 제한된다.

상대가 졌다고 깨닫게 만들면서도 다치지 않게 하는 것. 두 가지를 양립할 수 있는 수단.

물론 어느 쪽도 절대적이지는 않지만…….

나는 이부키의 발차기를 최소한의 움직임으로 피한 다음 평소 쓰지 않는 왼손을 사용했다.

짝, 하는 건조한 소리와 함께 이부키의 관자놀이를 손바닥으로 때렸다.

손바닥과 손목 사이의 두꺼운 부분을 이용해 상대를 때리는 기술.

맞은 쪽의 내부에 대미지를 입힐 수 있다.

강렬한 소리와 통증에 이부키의 몸이 뒤로 날아가더니 그대로 쓰러졌다.

"하──."

타격을 입은 상대는 무슨 일이 일어났는지 모르고, 고통과 패닉 때문에 의식이 몽롱해졌을 것이다.

조금 더 강하게 때렸다면 필시 의식을 잃었으리라.

저돌맹진, 눈앞의 적만 쓰러트리는 데 전력을 쏟는 이부키. 의식을 잃게 만드는 건 쉬워도 마음을 단념시키는 건 쉽지 않다.

"……진짜 힘, 을 쓸 필요도 없다는 거야?"

흔들리는 시야를 겨우 붙잡으면서도 이부키는 손으로 이마를 누르며 나를 노려보았다.

"너도 무도 경험자니까 잘 알겠지."

"알아. 그런 건 굳이 지적하지 않아도…… 하지만 받아들이고 싶지 않은 것도 있다고."

그게 바로 나와의 싸움이라는 걸까.

이부키는 온전한 말이 되지 못한 소리를 내지르며 내게 다시 발차기를 날렸다.

빈틈은 결코 작지 않은, 위력만 중시한 발차기.

잔재주를 부려도 내게 명중하지 않는다는 걸 알기 때문에, 일격 필살로 걸고 싶다는 마음이 담겨 있었는지도 모르겠다. 아니면 카운터를 각오하고 무승부를 노린 걸까.

어느 쪽이 됐든, 그 공격을 순순히 받아줄 생각은 없다.

이부키의 거듭된 발차기를 오른손으로 막고, 놀고 있던 왼손으로 이부키의 목을 붙잡았다.

"컥……!"

만족스럽게 호흡도 하지 못하는 상태.

이부키는 발버둥 치듯 양손으로 내 왼손을 움켜쥐었다. 손톱을 세워 필사적으로 저항했지만 내 왼손은 꿈쩍도 하지 않았다.

"결정해, 이부키. 여기서 멈출지, 무의미하게 계속할지. 그리고 후자를 선택한다면 너에게 그다음은 없어."

그런 간단한 말에 납득할 거였다면 애초에 이런 사태도 되지 않았을 것이다.

그래도 마지막으로 한 번 더 나는 이부키를 시험해보기로 했다.

"류엔은 보여줬어. 넌 어때, 이부키. 보여줄 실력이 있나?"

"윽!"

마지막 힘이라는 듯 나를 노려보는 이부키.

하지만――.

이부키의 손이 떨리더니 천천히 내 왼손 위에 얹어졌다. 그리고 탁탁탁, 탭 하듯이 세 번 약하게 내 손을 때렸다. 그런 움직임과 눈을 감고 체념하는 표정을 본 나는 이해했다.

서서히 왼손의 힘을 풀어 이부키를 놓아주었다.

"하아…… 하아. 여자라고 봐주지 않을 거란 생각은 했는데, 정말 가차 없구나."

"봐줄 상대가 아니잖아, 너는."

게다가 봐주면 이부키는 더욱 거세게 나오리라.

뭐, 실제로는 힘 따위 거의 쓰지도 않았지만, 그건 별개의 문제다.

봐줬다고 보이지 않는 게 중요하다.

"아아, 진짜. 어째서……."

씩씩거리면서도 이부키는 속이 시원하다는 듯 그 자리에 주저앉았다.

"좋아. 인정하면 되잖아. 네 승리라고."

나야 승패는 아무래도 상관없지만, 그걸로 이부키가 납득한다면 부정하지는 않겠다.

이 무모한 싸움에도 피차 다소의 의미는 있었다고 생각한다.

"너만큼 강한 녀석, 어른 중에도 본 적이 없어. 어떻게 하면 그렇게까지 강해질 수 있어?"

"매일 꾸준히 단련하는 것. 무도에 소양이 있는 사람이라면 당연한 거지."

"아, 그래."

내가 진지하게 대답하지 않는다는 걸 안 이부키는 포기했다는 듯 한숨을 푹 내쉬었다.

"그나저나 여기서 어떻게 나갈 수 있는데? 나보고도 협력하라는 이야기겠지만."

"간단해."

나는 학교 홈페이지에 들어가 케야키 몰, 이 아니라 그 안에 있는 드럭 스토어의 전화번호로 전화를 걸었다.

"실례지만, 거기 키무라 씨라는 직원…… 네, 맞아요. 괜찮으시면 좀 바꿔주시겠어요?"

잠시 후 키무라가 전화를 받았다.

나는 그에게 여기 갇혔다는 사실을 알렸다.

"이대로라면 문제되는 것 아니야?"

"그렇지. 페널티 없이 끝난다는 보장은 없어. 일을 크게 만들지 않고 끝내려면 너도 바보인 척 연기해야 해, 이부키."

잠시 후 조금 전에 문단속을 했을 스태프가 문을 열고 안으로 들어왔다.

창고 안에 있던 우리를 보자마자 무슨 용건으로 여기에 들어왔는지, 그리고 왜 바로 연락하지 않았는지 캐물었다.

"죄송해요. 데이트한다고 잔뜩 들떠서, 사람 없는 곳을 찾아다녔거든요. 여기 문이 잠겨버린 줄도 몰랐어요."

크리스마스가 코앞에 왔다는 사실을 이용해서, 잔뜩 들뜬 바보 커플을 연기하기로 한 것이다.

물론 거짓말이라도 '연인 사이'라고 굳이 말하지는 않았다.

여기서 있었던 일은 스태프가 상부에 보고한다면 허위라는 게 들통날지도 모르기 때문이다.

나는 어디까지나 불분명하게 말해서, 상대방이 혼자 그렇게 짐작하도록 만들었다.

"그렇지, 미오? 너도 사과해."

"뭐, 뭐라고? 너 왜 네 멋대로——."

성이 아닌 이름을 부르자 민감하게 반응하는 이부키였지만, 나는 눈빛으로 입을 막았다.

이런 상황이니, 노골적인 실언이 자신에게 부메랑으로 돌아오리라는 건 잘 알고 있을 것이다.

물론 만에 하나 배신했을 경우에도 대비해 두었다. 최악의 경우에는 나도 타격을 입겠지만, 이부키에게 절반 이상의 책임을 전가할 계획은 있다. 적극적으로 이 방에 들어온 사람은 이부키였다는 걸 증명하기란 그리 어렵지 않으니까 말이다.

"……죄송, 합니다."

내키지 않아 하면서도 고개를 숙이는 이부키.

그 흐름을 이어서, 물건에는 손가락 하나 대지 않았다는 사실까지 전했다.

남자 스태프는 거듭 엄하게 주의를 주긴 했지만 자신이 문단속을 잊어버린 것에도 원인이 있었기 때문에 이번에는 상부에 보고하지 않는 선에서 끝났다. 몰 내의 다른 스태프가 아닌, 문단속을 한 당사자를 불러낸 것도 그게 목적이었다.

설교를 들은 후 풀려나자, 키무라는 문을 다시 잠그고 자기 일로 돌아갔다.

이렇게 해서 우리는 밀실에서의 고난을 극복하고 무사히 바깥으로 나올 수 있었다.

"어떻게든 해결됐네."

"……너, 어떻게 그 순간에 점원 이름까지 본 거야?"

자기 이름을 불린 것보다 그 점이 더 신경 쓰이나 보다.

"의도한 건 아니야. 어쩌다가 눈에 들어왔을 뿐이지."

"아아, 그래."

자기가 물어봐놓고 대답은 어딘지 싸했다.

"아무튼 이제 너랑은 절대 얽히지 않을 거야. 그걸로 끝이야."

"그럼 고맙고."

"하지만 그전에…… 마지막으로 딱 하나만 네 의견을 들려줘."

"의견?"

"A반에 올라가려면 한 사람당 2000만 포인트가 든다는 건 알고 있지? 반 전체로 보면 합계 8억 포인트. 그런 엄청난 프라이빗 포인트를 졸업할 때까지 정말 모을 수 있다고 생각해?"

"불가능하지. 누가 생각해도 결국 포기할 전략이야."

나는 즉시 대답했다.

"그래, 그렇지."

"그게 마지막으로 물어보고 싶었던 거야?"

"응, 끝. 그럼 안녕."

더는 아무것도 말할 게 없는지 조용히 걸음을 떼기 시작했다.

이렇게 해서 이부키와의 인연은 끝났다, 라고 생각하고 싶지만…… 3년간 같은 학교에 있는 이상 그렇게 말하지 못할 날은 분명 오겠지. 그런 예감만은 들었다.

3

"여러 가지로 재난이었어."

당초 예정에서 일부 변경되기도 하면서 기나긴 반나절이 끝나고, 나는 겨우 기숙사로 돌아갈 수 있을 것 같았다. 겨울방학의 외출은 위험이 따르는군.
사카야나기에 카무로, 그리고 이부키와의 한바탕 분쟁. 이시자키 무리가 스쳐지나가기도 했다.
휴대폰으로 시각을 확인하니, 벌써 오후 3시를 지나고 있었다.
“아하하. 맞아 맞아.”
귀가를 서두르려고 케야키 몰을 걷고 있는데, 3인조 여학생이 길모퉁이를 돌아 나를 조금 앞서서 걷고 있었다.
사토, 시노하라, 그리고 마츠시타. 모두 D반 애들이었다. 사이좋게 대화를 나누며 걸어갔다.
사토와는 모레 만날 예정이기 때문에 무의식중에 시선을 빼앗겼다.
나는 내 존재를 눈치채지 못하도록 몰래, 이야기를 엿들을 수 있는 거리를 유지했다.
뭔가 내게 도움이 될 정보가 들어온다면 럭키, 라는 생각 때문이었다.
“우리, 결국 크리스마스 때까지 남자친구를 못 만들었네.”
마츠시타가 주위의 커플들을 둘러보며 한숨과 함께 말했다.
“만들려고 마음만 먹으면 바로 만들 수 있으면서. 넌 귀엽잖아.”
시노하라가 히죽 웃으며 마츠시타의 옆구리를 찔렀다.
“타협하면서까지 사귀고 싶지 않은걸.”

"그건 그렇지만. 그래도 역시 남자친구가 있으면 좋겠어."

"그럼 남자친구 후보 같은 건 있어?"

마츠시타가 묻자, 시노하라는 팔짱을 끼고 어렵다는 표정을 지었다.

"그게 전혀. 일단 우리 반은 절망적이니까."

"유일한 최고의 물건은 카루이자와가 채갔고 말이야."

물론 그 물건이란 히라타를 말한다.

"다른 반이랑은 시험으로 싸우기만 하고 친해질 여유도 없잖아. 차라리 선배랑 사귀는 게 낫겠어. 사실은 대학생이 좋지만."

마츠시타는 동급생은 대상에서 제외라고 말했다.

"선배라. 난 오히려 연상이 더 별로인 것 같은데. 연애를 한다면 동갑내기가 좋아."

반면 시노하라는 동급생이 좋은 모양이다.

"사토는 어때?"

"응? 나? 그, 그래. 나도 시노하라처럼 같은 반이 좋아."

"아니, 난 같은 반이라고 말 안 했는데."

곧바로 부정하는 시노하라. 그 부분은 반드시 짚고 넘어가야 하나 보다.

"그러고 보니 사토는…… 아야노코지한테 말 걸지 않았어?"

갑자기 내 이름이 튀어나왔다. 갑자기 뒤라도 돌아본다면 그 즉시 아웃이다.

나는 옆에 있는 서점의 통로 쪽 코너로 시선을 돌렸다.

뒤따라 걷는 것을 포기하기로 즉시 태세를 전환했다.

"올해 유행하는 굿즈 랭킹, 이라."

일용품부터 가전제품까지, 다양한 생활용품에 랭킹을 매긴 것이었다.

이 브랜드의 세제가 좋다거나 나쁘다거나, 그런 세세한 내용이 적혀 있었다.

좀 궁금해져서 대충 훑어보기로 했다.

"……사 가도 좋겠다."

부록인 베스트 자동차용품 정리는 필요 없었지만, 어차피 덤이니까 신경 쓰지 말자.

가전제품 등의 사정에는 둔한 편이니까 물건을 살 때 참고가 될지도 모른다.

일단 사토 일행이 돌아갔으리라고 생각하고 고개를 들었다.

그런데 무슨 영문인지 시선의 끝에 시노하라가 혼자 서 있었다.

나머지 두 사람이 화장실에라도 갔는지, 시노하라만 그 자리에서 기다리고 있었다.

조금 더 책을 구경해야 할 것 같다.

나는 굿즈 랭킹 책을 고른 후 다른 것도 살펴보았다.

서점에는 손님이 별로 없었는데, 그때 그곳과 어울리지 않는 인물을 발견했다.

아무리 봐도 나쁜 짓을 일삼을 것 같은 인물, 류엔 카케루였다.

학술서 코너에서 책을 보고 있었다.

내 쪽에서는 등밖에 보이지 않아 표정은 알 수 없었다.

"안 어울리는데……."

추종자들도 없이 혼자 서 있는 모습을 보고 있으니 어딘가 쓸쓸하게 보였다.

다만 어제 옥상에서 내게 진 다음 날임에도 불구하고, 당당히 돌아다니고 있는 건 역시 그답다고 할까. 류엔이 돌아다니고 있다는 확인이 된 것만으로도 큰 수확이다.

내 존재를 알아차린다고 해도 서서 대화를 나눌 사이는 아니기 때문에 지금은 알은체하지 않기로 결심했다.

"저기, 너 1학년이지?"

"네?"

"방금 우리를 노려보지 않았어?"

"아, 아닌데요. 저는 그런…… 전혀 그런 적 없는데요……."

다른 책을 살피고 있는데, 시노하라의 당혹스러운 목소리가 들려왔다.

고개를 들자 무슨 영문인지 선배로 보이는 남녀 두 사람이 시노하라를 에워싸고 노려보고 있었다. 여자 쪽은 처음 보지만 남자는 낯이 익었다. 3학년 D반 학생으로, 입학 초기에 내가 부탁해서 과거 시험 문제를 팔아 준 선배였다. 2학년이나 3학년은 퇴학당한 학생도 적지 않다고 들었는데, 산채정식으로 연명하면서도 오늘까지 퇴학당하지 않고 무사히 남아 있었던 모양이다.

두 선배는 물방울 줄무늬가 들어간 커플룩을 입고 있었다. 게다가 팔이 닿을 만큼 서로의 거리가 가까웠다. 틀림없이 연인 사이이겠지.

"노려본 거 맞잖아. 네가 앞을 제대로 안 보고 걸은 게 잘못 아니야?"

"됐으니까 가자……. 신경 쓰지 마."

남자 쪽은 괘념치 않는 것 같았지만 여자는 잔뜩 화난 모양이었다.

"용서 못 하겠는데. 1학년인 주제에. 너도 D반이지?"

"그건, 그, 그렇지만…… 저는 정말로 안 노려봤는데요……."

"거짓말하지 마. 네가 부딪쳐놓고 적반화장으로 화낸 주제에."

상황을 보건대, 둘 중 하나가 앞을 제대로 보지 않아 어깨끼리 부딪친 모양인가. 둘 다 다쳤거나 넘어지지 않은 걸 봐서 그 정도로 강한 접촉은 없었다는 걸 알 수 있었다.

"애초에 말이야. 선배한테 부딪쳐놓고, 그 태도는 뭐지? 사과해."

"하, 하지만 앞을 제대로 안 본 건……."

"뭐? 설마 나라는 거니?"

자신의 정당성을 주장하려던 시노하라였지만, 선배라는 압박을 견디지 못했는지 떨떠름하게 고개를 숙였다.

"윽…… 아니에요. 죄송합니다."

하지만 그, 마지못한 태도가 당연히 나쁜 아니라 선배에게도 전해졌다.

이미 여자 선배의 도화선에 불이 붙었는데, 그 불이 더욱 크게 번졌다.

“핫. 그런 태도로 사과해봐야 아무런 성의도 못 느끼겠거든?”

“서, 성의라니…… 하지만 앞을 제대로 안 본 건 선배잖아요.”

아무래도 시노하라의 태도로 봐서, 노려보고 노려보지 않고의 문제를 떠나 선배가 먼저 부딪친 모양이었다.

“웃기지 마. 네가 앞을 제대로 안 본 거잖아?”

“그런.”

선배의 주장은 앞을 보고 걷지 않은 게 시노하라라는 것이었다. 시노하라의 주장과 엇갈렸다.

하지만 진실은 당사자와 목격자밖에 모른다.

시노하라 혼자서는 해결하기 어려운 상황인지도 모르겠다.

일단 도와주는 게 좋을까. 나도 부딪치는 순간을 본 건 아니어서 진실을 판단하기가…… 뭐, 어떻게든 되겠지.

그렇게 생각하고 책을 책장에 꽂으려던 순간, 누군가가 등장했다.

그는 시노하라가 시비에 휘말린 것을 알았는지 가까이 다가갔다.

혹시, 하고 가만히 지켜보니 그가 시노하라에게 말을 걸었다.

"여기서 뭐해, 시노하라."

선배들은 쳐다보지도 않고, 같은 반 이케 칸지가 그렇게 물었다.

"아…… 이케…… 그게……."

살았다, 라는 반응이 아니었다. 굳이 말하자면, 폭풍우가 지나가기만을 기다리고 있는데 또 다른 폭풍우가 몰려온 듯 곤혹스러운 모습을 보이는 시노하라.

이케가 평소에 자주 트러블을 일으키곤 하니 무리도 아니다.

"뭐야, 너. 끼어들지 마."

이케의 갑작스러운 등장에 여자선배가 쏘아붙였다.

"아아, 죄송합니다, 선배. 하지만 같은 반이어서요, 이 녀석. 무슨 일로 그러시죠?"

말투를 봐서 이케는 이미 상황을 파악한 것 같았다.

나처럼 멀리서 지켜봤는지도 모른다.

"얘가 나한테 부딪쳤다고. 그런데 오히려 자기가 화나서 날 노려보잖아."

"아아~ 알겠네요, 알겠어. 이 녀석은 저도 자주 노려보거든요."

실실 웃으며 이케가 시노하라를 손가락으로 가리켰다.

시노하라는 불만스러워 보였지만, 이케의 행동이 이해되지 않아 황당해할 뿐이었다.

"하지만 이 녀석, 눈이 원래 이렇게 생겨서 사람을 노려보는 인상이에요. 선배를 노려볼 만큼 간이 크지 않다고 할까. 아마도 타고나길 이렇게 생긴 게 아닐까 해요."

그렇게 시노하라를 험담하면서 선배에게 싸움을 그만두라고 재촉했다.

부딪친 것, 즉 누가 잘못했는지는 굳이 다루지 않았다.

"그리고 괜히 소동을 일으키지 않는 게 좋을 것 같아요. 아까 선생님도 여기 계셨거든요."

만약 선생님이 보기라도 한다면 문제의 불씨가 커지고 말 것이다.

그런 식으로 이케가 기지를 발휘했다.

무엇보다 큰 포인트였던 건 그 말을 여자가 아니라 남자에게 했다는 점이다.

무슨 말인지 잘 아시겠죠? 하고 눈빛으로 남자친구에게 말한 것이 효과적으로 보였다.

"……그냥 가자."

모처럼 크리스마스이브를 눈앞에 두고 있다. 남자도 더는 문제를 일으키고 싶지 않겠지.

싸움을 내키지 않아 했던 남자친구 입장에서는 지금이 상황을 끝낼 기회다.

여자 쪽은 아직 불만이 조금 남아 있는 듯했지만, 그래도 화가 조금은 풀린 것 같았다.

"흥."

그렇게 콧방귀를 뀐 후 남자와 걷기 시작했다. 드디어 무사히 끝난 건가.

두 선배가 사라지자 시노하라는 마음이 놓였는지 한숨을 토했다.

"고마워……."

그렇게 말하면 이케가 좋아할 줄 알았는데, 의외로 태도가 냉담했다.

"별로……."

그런 짧은 말만 돌아왔다.

"하지만 아까 한 말은 너무 심했어. 내가 무슨 평소에 노려보는 인상이라는 거야?"

"그건 널 돕기 위해서 둘러댄 거지."

"더 나은 방법도 있지 않았어?"

"내가 그걸 어떻게 알아?"

"……그, 저기……고, 고마……."

"그, 그럼 이만. 남자친구도 없는 크리스마스를 실컷 만끽해랏!"

"뭐, 뭐라고?! 너도 여자친구 따위 1만 년은 못 만들 거면서!"

이케는 무슨 영문인지 실언을 선물로 남기고 그 자리를 벗어나기로 한 것 같았다. 화장실에서 나오는 사토와 마츠시타를 봤기 때문이리라.

하지만 두 사람은 그가 떠나는 모습을 당연히 목격했다.

시노하라와 합류하자마자 둘은 의아한 표정을 지었다.

"방금, 이케였지? 무슨 일 있었어?"

"또 시비 걸었어? 왜 우리 반에는 그런 바보들만 있는 걸까?"

"아, 아니, 그런 거 아니야. 좀 그런 일이."

두 사람에게 마구 한탄하려나 싶었는데, 시노하라는 딱히 아무 말도 하려고 하지 않았다.

그리고 그저 조용히, 멀어져 가는 이케의 뒷모습을 눈으로 배웅했다.

문제도 크게 번지지 않았으니, 나도 돌아가 볼까.

여기서는 사토에 대한 정보를 얻을 수 없을 것 같다.

5

책이 든 쇼핑봉투를 손에 들고 귀가하던 중 한 통의 전화가 걸려왔다.

액정에 뜬 하세베 하루카라는 이름을 확인한 나는 전화를 받았다.

"아, 난데. 갑작스럽긴 한데 말이야, 모레 모두 모여서 파리피 안 할래?"

"뭐? 모여서 뭘 하자고?"

모레는 이미 약속이 있지만 생전 들어본 적 없는 단어에 무심코 되물었다.

"파리피 몰라? 파리 피플. 줄여서 파리피."

언제 그런 신조어가 생겼다는 말인가.

아, 돌이켜 생각해보니 반에 누군가가 그렇게 말하는 걸 들어본 것 같기도 하고.

파티를 좋아하는 사람들이 모여서 시끌벅적 즐기는 것을 가리키는 말인가 보다.

"크리스마스는 연인들만의 전유물이 아니다, 가 메인 테마야."

그렇군. 역시 크리스마스가 주는 영향은 커플들에게만 머무르지 않는다.

그 주위에 있는 솔로들에게도 미치는 것이군.

"미안. 모레는 약속이 있어."

재미있을 것 같다는 생각은 했지만, 거절할 수밖에 없다.

"……응? 모레는 크리스마스인데, 무슨 일이지?"

무슨 일이냐고 되물어도 곤란한데, 하루카 무리도 밖에서 놀 계획이라면 우리를 목격할 가능성이 있다. 그러니 여기서는 솔직하게 말해두는 편이 낫겠다.

"사토랑 만나기로 했어."

"사토라면, 각설탕을 말하는 거야? 주머니에라도 넣어서 나가려고?"(일본어로 '사토'는 설탕을 뜻한다)

웃기려고 하는 말인가.

"앗, 아앗? 뭐야, 설마 사토랑 데이트를? 크리스마스에?"

내가 굳이 설명하지 않아도 하루카는 당연히 그 의미를 알아차렸다.

하지만 정정해야 할 부분은 고쳐주기로 하자.

"데이트가 아니야. 그냥 만나서 노는 것뿐이라고."

"세상 사람들은 바로 그걸 데이트라고 부르는데."

그럴지도 모르지만, 나는 데이트라는 단어를 쓸 생각이 없다.

"전에 몇 번인가 거절한 것도 있고, 사토가 25일에 보자고 해서."

"아~니 아니 아니, 그건 좀 그렇지 않아?"

물론 나도 이 학교에 들어와 세상이라는 것을 배우고 있다.

크리스마스에 남녀가 만나는 것의 의미를 전혀 모르는 바는 아니다.

그래도 내가 사토의 제안을 받아들인 건 그녀가 25일을 골랐기 때문이지 다른 이유는 없다.

"확인하겠는데 사귀는 사이는 아니지?"

"시이나 때랑 똑같아. 난 사귀는 사람 없어."

"그래. 뭐, 내가 이러쿵저러쿵 말할 입장은 못 되지만…… 아이리가 말이야."

"아이리?"

"키요뽕이 모레 못 온다고 하면 엄청 신경 쓸 것 같은데. 아프다고 둘러댈 수도 없고."

진실을 말하지 않으면 된다. 이렇게 전하면 간단하지만,

그건 힘들겠지.

"알았어. 내가 어떻게든 해볼게. 모레 어디 가는데?"

"내 일정이랑 겹치지 않게 움직이겠다는 거야?"

"그 방법밖에 없잖아. 키요뽕이랑 사토가 크리스마스에 데이트하는 모습을 보면 그 애 기절해버릴지도 몰라."

기절은 너무 과장 같지만, 아이리라면 그럴 수도 있으려나.

심각하게 우울해할지도 모른다.

그렇게 생각하고 있는데, 수화기 너머로 하루카의 분위기가 바뀌었다.

"혹시, 아이리의 마음…… 눈치챈 거야?"

하루카가 핵심에 가까운 질문을 던졌다.

"하루카 네 생각이 뭔지는 모르겠지만, 다른 사람이 나에게 보내는 감정이랑 좀 다르다는 것 정도는 느끼고 있어."

"뭔가 말이 좀 이상한데, 그래? 그 정도로 둔하지는 않다는 거네. 물론 그걸 알았다고 해서 내가 쓸데없이 간섭하지는 않을 거지만."

쓸데없는 간섭.

즉, 아이리의 마음에 대답해주지 않겠는가? 하는 말이겠지.

내가 보기에 아이리는 이제 막 스스로 걸음을 떼기 시작한 병아리.

아직 많은 사람을 잘 모르는 상태에서, 몇 안 되는 가까운 이성인 내게 다소 감정을 느끼는 것은 무리도 아니다. 일단은 많은 남녀와 시간을 공유하면서 그 안에서 성장해나가야 한다.

그러니까, 눈에 보이는 연애와는 또 다른 별개의 감정도 있을지 모른다는 거다.

그리고 그건 나에게도 해당하는 말.

학교란 무엇인가, 친구란 무엇인가, 그리고 좋아하는 사람이란 무엇인가.

아직 잘 이해되지 않는 것들뿐이어서 성급한 판단은 불가능하다.

"일단 다시 연락할게."

"미안, 그날 못 가서."

그렇게 사과하자, 하루카가 곧바로 대답했다.

"우리는 원래 그런 구속이 없는 그룹이잖아. 괜히 구속력이 강해져버리면 그룹의 장점이 사라져버릴 거야. 내킬 때 모이고 안 내키면 거절하고. 그게 가능한 그룹이니까 매력적인 거지."

하루카는 그렇게 말한 후 전화를 끊었다.

"그건 그래."

제안에 강제력이 생기는 순간 이 그룹의 매력은 퇴색된다.

무척 고마운 그룹이라는 것을 다시금 실감했다.

○이브를 보내는 각자의 방식

24일 이브가 되었다.

오늘과 내일, 커플들은 바쁘지만 행복한 시간을 보내게 되겠지.

한편 대다수의 학생에게는 특별할 것 없는 하루일지도 모른다.

하지만 그들에게도 똑같이 이브는 찾아왔으므로, 이 날을 어떻게 보낼지 조금 궁금했다.

나는 이른 아침, 7시도 되기 전에 방을 나왔다.

오늘은 이상하게도 남자와 만날 약속이 두 건이나 된다. 한쪽은 내가 만나자고 했고, 다른 한쪽은 상대방이 만나자고 했는데, 참으로 기묘한 일이다.

기숙사 밖으로 나오자 주위가 온통 새하얘서 본격적인 겨울이라는 생각이 들었다.

"이렇게 쌓이는 거군."

자연의 힘이란 실로 대단하다.

하늘에서는 아직도 눈이 조금씩 흩날리고 있었는데, 일기예보에 따르면 7시에는 그친다고 했으니 이제 곧이리라.

시각적으로도 추위가 강조된 탓인지, 어제와 기온이 거의 다르지 않을 텐데도 묘하게 춥게 느껴졌다. 슬슬 장갑과 목도리를 꺼내야겠군.

당연한 말이지만, 겨울방학 아침 7시 전이면 학생 대부분이 아직 쿨쿨 자고 있을 시간이리라.

“추워.”

케야키 몰과 가까운 벤치 옆에는 당연히 한 사람도 보이지 않았다.

나는 벤치의 눈을 대충 털어낸 후 앉았다.

계속 날리던 눈이 완전히 그쳤을 무렵 그 남자가 모습을 드러냈다.

“아침 댓바람부터 사람을 오라 가라 하지 말라고.”

그렇게 쏘아붙인 그는 C반 리더 류엔 카케루. 아니, 이제는 전 리더라고 해야 하나.

날카로운 눈빛으로 나를 노려보았다.

“이렇게 사람 없는 시간이 아니면 널 못 불러내잖아.”

“그건 네 사정이고. 나랑은 상관없어.”

류엔이 그렇게 쏘아대는 것도 당연하다.

하긴, 류엔과 단둘이 만나는 걸 누가 보기라도 하면 곤란한 쪽은 나.

터무니없는 소문……까지는 아니더라도, 괜한 소문이 도는 것은 피할 수 없다.

“그래, 나한테 무슨 용건이냐.”

“그냥 시시콜콜한 잡담이나 나눠볼까 하고. 내가 이렇게 말하면 어쩔래?”

“하. 더럽게 잠 오는 아침에 참 재미있는 농담이군.”

이른 아침이라고는 하나 내가 위험을 감수하고 있다는 걸 류엔은 잘 알고 있었다.

그러니 내가 하려는 이야기에 의미가 없다고는 처음부터 생각도 하지 않았겠지.

"참, 어제 너 봤어. 그리고 다른 데서 이시자키 무리도 봤고."

류엔이 선언한 대로 정말 리더를 그만두었다는 증거이기도 하다.

페이크, 같은 것도 전혀 불가능하지는 않지만, 이시자키 무리를 보건대 그건 아니리라.

애초에 내게 그런 모습을 보여준다고 해서 아무런 이득도 없다.

"네가 의도한 대로 내가 학교를 그만두지 못해서 기뻤냐?"

"좀 감탄했어. 외톨이가 되었다고 혼자 방에 틀어박히진 않는군."

"내가 어디서 뭘 하든 그건 내 자유다. 아니면, 나를 볼 때마다 막 불안해지냐? 언제 어느 타이밍에 만회를 노릴지 모르니까?"

"그리고 그때 후회할 거라고? 너를 퇴학시키지 못한 걸?"

류엔은 내가 앉은 벤치 옆의 또 다른 벤치에 다리를 올려 대담하게 눈을 치워냈다.

그리고 털썩 벤치에 몸을 맡겼다.

"그건 가능하면 사양하고 싶네. 평온한 학교생활을 위해서이기도 하지만, 널 상대하는 건 너무 성가시니까."

류엔의 방식에 휘말리면 필요 이상으로 체력을 소모하게 된다.

인내심에 져서, 류엔의 산하에 들어간 녀석들의 모습이 떠오른다.

"그럼 이런 식으로 사람 불러내지 마라. 이렇게 찾아온 기적을 헛되이 하지 말라고."

쓸데없는 이야기는 이 정도로 하고, 본론에 들어가야겠다.

괜히 타이밍을 놓치면 류엔은 뒤도 돌아보지 않고 이 자리를 뜰 것이다.

아니, 그것도 모자라 정말 옥상 사건의 연장전이 시작될지도 모른다.

"저번 옥상 일에 대해, 이야기를 좀 더 보충하고 싶어서 말이야."

"보충이라고?"

뭘 이제 와서, 하고 류엔은 생각하겠지.

특히 패배 분석 따위를 들어봐야 기분이 좋을 리 없다.

그래도 사실을 제대로 알려주는 것은 중요하다.

"그때는 아주 현명한 판단을 했어, 류엔. 아마 너 혼자였다면 아직도 옥상에서 끈질기게 나랑 싸울 수도 있었겠지."

하지만 그곳에는 이부키와 이시자키, 알베르트도 같이 있었다. 그게 류엔이 결단을 서두르게 한 요인이었던 것도 사실이리라. 사태가 악화되면 될수록 위험성이 늘어난다.

최악의 경우 류엔 혼자만의 책임 문제로 끝나지 않을 가능성도 있었다.

그 순간뿐 아니라 앞날까지 내다보고 한 항복. 가치 있는 한 수였다.

물론 그렇게 만든 것도 나였지만, 내 기대에 부응해주었다는 의미에서는 역시 류엔의 잠재능력이 높다.

"진짜 건방진 놈이네. 사람을 무조건 내려다보는 태도에는 두 손 두 발 다 들었다. 내 전매특허라고 생각했는데 너한테 당했으니 폐업이야."

"사실을 전했을 뿐이야."

"그런 걸 말해줘서 네가 얻을 이익은 생각할 것까지도 없네. 이시자키랑 다른 애들을 이용하면서까지 내 퇴학을 막은 이유랑 관련된 거겠지?"

흐름을 잘 이어나갈 수 있기를 기대했는데, 거의 가망 없었나 보다.

"잔재주를 부리면 아직도 내가 움직일 거라고 생각하나?"

"움직이다니? 무슨 소리야."

"시치미 떼지 마. 나를 다른 반이랑 싸우게 만들려는 속셈이잖아. 그렇지 않다면 나를 이 학교에 남겨둘 의미가 없어."

이용하지 않는다면 류엔의 존재는 방해만 된다.

스스로 퇴학을 선택했으니 그냥 내버려두는 게 나았다, 라고 생각하는 건 쉬운가.

"의욕이 다시 생기지 않아? 넌 싸움 자체를 즐기는 남자잖아."

"설령 내가 B반이나 A반을 쓰러트린다고 해도, 네가 남아 있으면 의미가 없어."

의미가 없다니 너무 단정적이군.

"뭐야. 고작 한 번 진 것 가지고 그렇게까지 좌절했냐?"

내 말을 들은 류엔의 눈동자에 희미하게 분노의 빛이 실렸다.

"지금 여기서 날뛰어볼까? 네가 정 원한다면."

"내가 말이 좀 심했어. 용서해라."

만약 이부키와 이시자키 무리의 일이 없다면 나는 벌써 맞고 나가떨어졌겠지.

이 남자는 공포를 몰랐다.

그리고 이제 공포를 안다.

하지만 류엔은 그래도 이 자리에서 아무렇지 않다는 듯 내게 맞서리라.

두려워하면서도 앞으로 나아갈 잠재능력은 충분히 지니고 있다.

물론 그것은 퇴학하지 않고 계속 나아가 성장을 배울 때의 이야기이지만.

"우리 사이는 한 번 결착을 지었으니까. 앞으로 옥상 사건에 대해서는 언급하지 않을 거야. 지금이 마지막이라는 걸 약속할게. 그렇게 알고 대화 좀 하자."

물론 구두약속 따위 류엔은 믿지 않는다.

어디까지나 형식상, 기체 같은 수준의 말.

"이상하군. 계속 얘기를 나눠봐야 소용없는데. 나한테 유익한 이야기가 나오리라는 생각도 안 들고. 난 돌아가련다."

불쾌지수가 올라갔는지, 이야기를 끝내려고 했다.

"꼭 그렇다고 할 수는 없지."

나는 일어나려는 류엔을 불러 세웠다.

돌아가려는 동작도, 류엔의 입장에서 보면 내게서 말을 이끌어내는 술책일지도 모른다.

뭔가 있다고 생각했으니까 이른 아침부터 기숙사를 나왔으리라.

그러니 빈손으로 돌아갈 생각 따위는 애초부터 없었을 것이다.

류엔은 나를 쳐다보지 않고 다시 자리에 앉았다.

"지금부터 내가 하는 이야기를 어떻게 받아들일지는 전부 네 자유야. 다만, 앞으로 심플한 싸움이 계속 이어져봐야 재미없을 거라는 생각 안 들어?"

내가 수수께끼 같은 질문을 계속 던지자 류엔은 조바심나 보였지만, 곧 되물었다.

"심플한 싸움이라고?"

"D반이 C반을 쓰러트리고, B반을 쓰러트리고, 마지막으로 A반을 쓰러트린다. 그리고 호리키타와 아이들은 보란 듯이 A반이 된다. 이야기의 대략적인 줄거리로서는 왕도이고 대중적이지만, 그런 양식미에 연연할 필요가 없다는 말이야."

이게 모험활극의 왕도라면 당연히 약한 순서대로 깨부술지 모른다.

하지만 이건 현실이다. 싸우는 데 순서 따위는 없다.

A부터 때리든 B부터 때리든 자유다. 적인 C와 손을 잡는 것도 열외는 아니다.

"흥미롭게도 3학기부터 A반은 B반에 싸움을 걸 모양이야. 상대의 눈이 B반에 집중되어 있을 때 뒤를 쳐서 단숨에 A반을 무너뜨리는 게 가능하지."

그리고 그것은 류엔에게 무의미한 이야기가 아니다.

"어디까지 믿을 수 있는 정보지, 그건?"

"글쎄. 오십 대 오십이라고 할까?"

사카야나기가 속임수를 썼을 가능성도 고려해야 하니까.

성격을 봐서는 거의 백 퍼센트 그대로 실행하리라고 보지만.

"그 정보가 확실하다면 절호의 기회라고도 할 수 있겠지. 하지만 너희 D반이랑 B반은 서로를 적으로 돌리지 않겠다는 협정을 맺었다고 생각했는데? A반을 치는 건 좋지만 그러는 동안 B반이 당할걸? 이치노세는 사카야나기한테 못 이겨."

"이기고 지는 건 아무래도 좋아. 난 관여할 생각 없어."

"못 본 척하겠다고?"

"이치노세를 무너뜨려준다면 수고를 덜 수 있으니 좋지. D반은 수월하게 A반까지 올라갈 수 있을지도 모르겠네. 게

다가 사카야나기라면 퇴학자를 만들어줄지도 몰라. 퇴학자가 나왔을 때 페널티가 얼마인지 슬슬 알아두고 싶은 참이기도 하고."

"여러 가지로 마음에 안 드는군. 넌 윗반을 노릴 의사가 없어. 눈에 띄고 싶지 않다는 생각을 바탕으로 움직이고 있던 거 아니었냐?"

"그건 사실이야. 하지만 주변 애들이 멋대로 움직인다고 해서 딱히 불편할 건 없지. 자동으로 A반에 올라갈 수 있다면 썩 나쁜 이야기도 아니고."

그 주변이란 물론 A반과 B반. 그리고 류엔을 가리켰다.

"넌 아무것도 하지 않고 그냥 얌전히 구경만 하겠다고?"

"정리해야 하는 문제는 있어. 우리 반에 성가신 존재가 남아 있거든."

그 존재는 류엔도 잘 아는 인물.

굳이 고민할 것도 없이, 그 인물의 이름이 바로 입에서 튀어나왔다.

"키쿄 말인가. 하긴 너희한테는 성가시긴 하겠지. 이 학교의 구조상 내부에 적이 있으면 그것만으로도 상당한 제한을 받으니까."

눈엣가시는 빨리 처리하고 싶은 게 내 솔직한 심정이다.

A반에 올라가는 것도 반에서 퇴학자가 나오는 것도 지금은 별로 신경쓸 필요가 없지만, 쿠시다는 그녀가 노리는 상대가 호리키타인 것이 문제다.

나도 옥상 사건에서 터무니없는 짓을 벌인 이상, 전 학생회장인 호리키타 마나부를 적으로 돌릴 수 없다. 그 녀석이 재학 중일 때 여동생 호리키타 스즈네가 퇴학당하게 되기라도 한다면, 아마도 그 남자는 인정사정없이 나올 것이다.

내 학교생활에 노란불이 켜지는 것은 피하고 싶다.

"저번에도 키쿄가 나한테 연락을 해왔지. 언제 움직이겠다고. 공교롭게도 나는 너를 추적하는 데 정신이 팔려서 상대해주지 않았지만, 시험에서 진 후로도 호시탐탐 스즈네의 퇴학을 위해 멈추지 않고 움직이는 모양이야. 크큭, 상당히 흥미로운 여자라니까."

"쿠시다를 이용해서 우리 반에 타격을 줄 수도 있지 않았나?"

"스즈네와 너희 반을 칠 거였으면 그보다 더 좋은 재료가 없지만 말이야. 반에 별로 관심 없는 너를 쓰러트리기에 키쿄는 너무 약해."

하긴, 내게 수작을 걸려면 쿠시다로는 역부족이다.

"어쩔 셈이야? 암은 약을 쓰면 일시적으로 증상을 가라앉힐 수야 있지만, 절제하지 않는 이상 완전히 없어지지는 않아. 없어지기는커녕 다른 장기에까지 전이하잖아?"

그리고 마침내 장기가 전부 썩어 죽음에 이른다.

"결론은 이미 나왔어. 논의할 필요도 없지."

"호오? 들려주라, 아야노코지. 무슨 수로 키쿄를 완전히 눌러버릴 건지."

"대답할 의무가 있나?"

"네가 바라는 전개가 될지 안 될지는 네 대답 여하에 달렸을지도 몰라."

류엔이 즐겁다는 듯 희미하게 웃었다.

하지만 입안이 따끔거렸는지 미소는 금세 사라졌다.

좀 추워졌다. 이런 시기에 오랜 시간 밖에 있으면 체온이 떨어져서 좋지 않다.

"D반은 3학기에 C반으로 올라간다. 하지만 아마 다시 한 번 D반으로 돌아가게 될 거야."

"왜냐하면—— 내가 쿠시다 키쿄를 퇴학시킬 거니까."

"크, 크큭. 크하하하!"

고통을 무시하고 류엔이 큰 소리로 웃었다.

"진짜 무서운 남자군, 너. 자기 살을 베어서라도 상대의 뼈를 부러뜨리겠다는 건가. 쓸모없는 피라미라도 이 학교에서는 쳐낼 수 없는 성가신 시스템이 줄줄이 비엔나인데. 그걸 알면서도 퇴학시킬 셈이냐?"

물론 말처럼 그리 단순한 일은 아니다.

퇴학시킬 만한 재료가 현재까지 없는 이상, 다음 번 이후의 시험 내용에도 좌우된다.

게다가 마음에 걸리는 존재가 있는 것도 사실이다.

"좋아. 역시 넌 그래야지, 아야노코지."

"납득한 건가? 아예 손을 잡지는 못해도 서로 도움을 줄 수는 있어. 그렇게 생각하지 않나?"

"크큭. 키쿄를 끌어내리겠다는 이야기는 재미있었다. 하지만 내가 네 감언이설에 속아서 쉽사리 A반에 공격을 가할지는 별개의 문제야."

"가능성은 있다고 생각하는데."

"헛소리 집어 치워. 다른 누군가랑 싸울 바에야 너를 죽이지."

나를 향하는 시선에 언뜻 생기가 돌아온 것처럼 보였다.

공포를 알게 되었는데도 류엔의 눈이 더욱 반짝 빛났다.

우리 두 사람의 시선이 만나 마구 뒤엉켰다.

"아야노코지, 넌 강제로라도 날 이용하고 싶은가 본데, 난 싸울 생각이 없어."

"그런 것 같군."

의지가 확고해 보였다. 류엔은 완전히 본무대에서 내려갈 작정인가 보다.

아니면 수면 아래에서 계속 움직이려는 것일까.

"류엔, 하나만 충고해줄게. 네가 생각한 프라이빗 포인트를 고집하는 작전은 나쁘지 않았어. 하지만 허점이 있는 것도 사실이야. 한두 사람을 이기게 하는 건 가능해도 반 전체를 위로 끌어올리는 건 불가능해."

"이부키 녀석이 다 토했냐?"

"그런 건 아니야. 그냥 8억을 모으는 게 정말 가능한 일인지 나한테 물었을 뿐이야."

그것이 류엔이 실행하려던 작전이라는 건 짐작하기 어렵지 않다. 그리고 그 전략에 승산이 없다는 사실은 지금까지 이어져 온 학교의 역사가 말해주고 있다.

약 8억 프라이빗 포인트를 모으는 것은 비현실적이다.

나는 이제껏 류엔이 혼자 이기기 위해, 혹은 친한 사람만 끌어올리기 위해 프라이빗 포인트를 모으는 작전을 펼쳤다고 생각했다.

옥상에서 프라이빗 포인트를 넘기려고 했던 건 퇴학할 생각 때문이었지, 재학을 선택한다면 수면 아래에서 다시 프라이빗 포인트를 모을 거라고 여겼던 것이다.

그런데 이부키의 모습으로 짐작하건대, 류엔은 반 전체를 이기게 만드는 전략으로 프라이빗 포인트를 모았던 것 같다. 과연 폭군으로 존재하려면 그에 상응하는 보상을 준비해야만 하는데, 그런 건 가장 마지막 순간에 가서 파기해버리면 그만이다. 명확하게 그렇게 하겠다는 약속을 기록으로 남겼을 리도 없고 말이다.

"아니면 겉으로만 8억을 모은다고 했을 뿐인가?"

이부키까지 속인 거라면 이 이야기는 여기서 끝이다.

"만약 지금 너한테 포인트가 하나도 없다고 해도 A반과의 계약은 남아 있어. 한 달에 80만 포인트가 들어온다는 계산으로 단순히 생각해도 남은 달은 25개월. 졸업 때까지 아슬아슬하게 채울 수 있다는 계산이 나오지. 매달 자기한테 들어오는 프라이빗 포인트까지 더하면 좀 더 단축시킬 수 있고. 그 이상은 욕심 부리지 마라."

그렇게 해서 류엔 카케루는 제도에 따라 정식으로 A반이 되어 졸업할 수 있다. 물론 A반이 파탄나지 않는다는 것이 대전제로 깔리고 불필요한 지출도 피해야만 하지만, 전혀 불가능한 이야기는 아니다.

"아야노코지. 넌 역시 머리가 좋고 실력도 뛰어나. 하지만 그래도 완벽하기에는 아직 먼 것 같군."

류엔이 비웃듯이 말했다. 하지만 농담조는 아니었다.

그 말은 곧── 정말 8억을 모을 방법이 있다는 것을 의미했다.

"반 아이들 모두 위로 끌어올릴 비책이 있다는 건가? 류엔."

"잘 들어. 연간 움직이는 프라이빗 포인트의 양은 막대해. 퇴학자를 빼고 생각하면 각 학년당 160명. 세 학년을 전부 합치면 480명. 만약 한 달에 10만 포인트를 모두에게서 착취하는 게 가능하다면 그것만으로도 4800만 포인트. 달에 20만 포인트 이상이면 1억까지도 도달하지."

그것을 8달 동안 계속하면 약 8억. 목표액에 도달하는 것도 꿈이 아니라는?

계산상으로는 말이 되는 이야기지만 아무래도 실행하기란 불가능하다. 탁상공론도 정도가 있다.

서로 속고 속이는 전략도, 대량의 포인트가 움직이게 된

다면 학교 측의 감시가 훨씬 심해지리라. 만약 비상한 책략을 써서 모든 학생으로부터 한 달은 착취하는 데 성공한다고 해도, 고작해야 1억이다. 역시 불가능하다.

그 1억조차 부정의 여지가 있다면 곧바로 회수당하고 페널티를 받을 것이다.

지혜를 쥐어짜내 정공법으로 공격한다고 해도 얼마나 모을 수 있을까?

헛수고라고 생각하면서도 새삼 주판을 튕겨 본다.

반 전원의 협력은 필연적이고, 반 포인트를 높은 수준인 1,000 포인트로 유지한다고 가정. 1년이면 약 5000만 포인트.

특별시험 등을 잘 치러내고 순조롭게 포인트를 모은다면 거기에 1000만 포인트 전후를 더할 수 있을까. 즉, 연간 6000만 포인트 정도.

쓸데없는 곳에 쓰지 않고 시험을 완벽하게 치른다고 해도 이 정도가 한계다.

3년이면 1억 8000만. 2억에도 미치지 못한다. 이게 한 반이 모을 수 있는 최대한의 프라이빗 포인트인데, 실제로는 그 수치가 확 내려갈 것이다.

현실적으로는 1억 5000만 포인트에 도달할 수 있으면 감지덕지겠지.

그렇게 결론을 내렸는데 류엔이 한 말은 왠지 근거가 있는 이야기라는 생각이 지워지지 않았다.

그의 옆모습을 봤을 때 내 뇌리를 스치고 지나간 것.

"꼭 불가능한 것도 아닌가."

류엔이 직시한 전략.

내 눈에는 보이지 않았던 전략.

"나랑 너는 방식은 비슷하지만 근본적인 사고는 다른 것 같군."

"승산이 낮은 선택지는 웬만하면 고르지 않는 주의거든."

"그렇겠지. 하지만 네 눈에도 보이겠지? 내가 생각한 전략이."

"그래. 처음에는 승산이 0이라고 생각했는데, 5% 이상으로 올라가긴 했어."

하지만 성공시키기 위해서는 반드시 필요한 것이 한두 개가 아니다.

"그것보다도 아야노코지. ……너, 왜 눈을 뒤집어쓰고 있냐?"

그의 지적에 나는 옷을 내려다보았다.

"아아, 그냥. 왠지 닿는 느낌이 좋아서. 이상해?"

눈이 내리는 동안 흥미로워서 나도 모르게 가만히 있었더니 옷 위로 눈이 쌓였다.

나는 머리에서 어깨, 팔과 무릎에 걸쳐 남아 있는 눈을 보았다.

지적해준 건 고맙지만 굳이 눈을 털어내진 않았다.

어차피 곧 녹아 없어질 테니까.

그러니 이렇게, 눈과 계속 닿아 있는 것도 나쁘지 않다.

"웃기는 녀석이네."

"그 이야기를 들으니 더욱 이해의 일치로 이어질 것 같은데."

"구미가 당기는 이야기에는 당연히 위험한 냄새도 물씬 풍기기 마련이지. 넌 같은 편이라도 필요하다면 아무렇지도 않게 버려. 서로의 등을 찌를 것 같은 상대랑도 손을 잡을 수 있다는 건가?"

"그만큼의 도량이 있다면 우려할 필요도 없어. 허를 찔릴까 봐 무섭다면 자기도 허를 찌르면 돼. 그뿐 아닌가? 류엔."

친밀한 협력 관계 따위는 바라지 않는다.

양쪽의 이해관계만 일치시키는 것이다. 그것이, 어떤 의미로는 가장 강한 관계를 낳는다.

"그럼 이건 어때, 아야노코지. 내가 마지막으로 사전 작업을 해줄게."

"사전 작업?"

"3학기의 동향에 따라 달라지겠지만 C반, 아니 D반이 될 우리 반은 아마 카네다와 히요리가 반을 이끌게 될 거다. 그러니 최종적으로는 그 녀석들이 결정하겠지만 A반을 공격하고 이후 C반이 된 너희한테는 일절 손대지 않는 게 상책이라고 옆에서 바람을 잡을게."

어디까지나 최종 판단을 내리는 건 류엔이 아닌 다른 사람이란 말인가.

"나쁘지 않은 이야기군."

류엔이 물러난다고 해도 카네다 무리가 우리를 공격하면 그만큼 수고를 피할 수 없다.

특히 이시자키와 이부키는 나에 대해 별로 좋지 않은 이미지를 가지고 있다. 적극적으로 나서서 우리 반에 싸움을 걸 수도 있으리라.

"하지만 그 사전 작업의 조건에는 아까 한 이야기가 포함돼. 너희가 A반에 올라갔을 때 내 요구를 받아들인다면 들어주지."

"그럼 뒤에서 시이나 무리를 움직여 줄 건가?"

"말도 안 돼. 난 이제 손 뗐다고 했을 텐데."

"그렇다는 건 단순히 사전 작업만…… 정말 어이가 없네."

불가침을 조건으로 한다 하더라도, 우리 쪽이 압도적으로 불리한 이야기이다.

"나를 쉽사리 움직이려는 생각은 하지 마라, 아야노코지."

카츠라기와 맺은 계약이라면서, 류엔은 상대의 속마음을 잘도 파고들었다.

"그 제안, 받아들일 순 있지만 글로 남기는 건 안 돼. 어디까지나 구두약속이다."

"크큭. 나도 뒤에서 움직이는 너한테 그런 걸 요구할 생각은 없어. 하지만 말이야, 약속을 어기면 용서치 않을 거다. 무슨 수를 써서라도 후회하게 만들 거야."

궁금하면 어겨보든지, 하는 식으로도 들렸다.

"중요한 건 아닌데 하나만 물어보자. 설령 여기서 밀약을 맺어도 너를 제외한 『작전』이 성립하리라는 생각은 안 드는데."

0%가 5%로 올라가더라도 거기서부터는 상당한 실력과 운이 필요하다.

그걸 모두 겸비한 사람을 대라고 한다면 류엔 정도인 것이다.

"거기까지는 내 알 바 아니야. 그 기회를 살리는 것도 죽이는 것도 카네다 무리가 하기 나름이지."

어디까지나 밥상만 차려줄 뿐, 이라는 모양이다.

그것이 옛 C반을 폭력과 공포로 지배해온 남자가 책임을 지는 방식.

부족하리나마 보상이라는 거겠지.

"교섭 성립이야."

나는 류엔의 손을 잡기로 했다.

어찌됐든 류엔은 간단히 제어할 수 있는 존재가 아니다.

은거하게 만들어서, 방해되지 않도록 유도할 수 있다면 우리에게 이득인 거래겠지.

아니, 이번 건만으로는 아직 방심할 수 없다.

"이제 할 말 끝났나? 처음에 날 불러냈을 때는 만나게 해주고 싶은 사람이 있다고 했었잖아. 그럴 가치가 있는 녀석이 1학년 중에는 없는 것 같은데."

"그래. 1학년에는 없을지도 모르지."

"뭐?"

"마침 말 잘했다."

예정 시간이 임박했을 무렵 내가 의도한 대로 한 남자가 멀리서 모습을 드러냈다.

그 모습을 보고 류엔도 의외의 손님에 놀라움을 감추지 않았다.

그 남자는 우리가 있는 곳까지 걸어오더니 정확히 나와 류엔 사이에서 발걸음을 멈추었다.

"……설마 이 녀석이야? 네가 만나게 해주고 싶다고 말한 사람이."

나는 류엔의 질문을 부정하지 않고 그 남자를 쳐다보았다.

"이른 아침부터 미안."

"괜찮아. 밀회를 갖기에는 좋은 시간이니까. 장소 선택도 나쁘지 않아."

제한된 학교 부지, 그 주어진 환경 속에서는 말이지.

양쪽으로 누가 오는지 멀리서도 금방 알 수 있는 위치.

만에 하나 누군가 온다면 이 남자는 모르는 사람인 척 그대로 스쳐 지나가리라.

"전 학생회장이랑 꽤나 친한 모양이군. 스즈네한테도 도움을 준 적 있었나?"

저번 옥상 사건까지 포함해서, 류엔이 작게 웃었다. 이미 호리키타가 학생회장의 여동생이라는 사실을 눈치챘거나 조사를 끝낸 모양이다.

"아야노코지만 있는 줄 알았는데 류엔도 같이 있을 줄이야."

놀랐다기보다는 혹시 몰라 확인했다고 해야 할까.

내 머리 위에 묻은 눈을 한 번 본 후 호리키타의 오빠는 별로 신경 쓰지 않고 말을 시작했다.

"그럼 류엔 카케루도 네 협력자, 라는 전제를 깔고 바로 이야기를 시작하지. 너무 시간을 끌면 누군가 볼지도 모르니까 말이야."

"잠깐만. 누가 협력자라고?"

"적어도 적이 아니라는 것만은 보장할게."

거짓말이라도 같은 편이라고는 말할 수 없었기 때문에 그런 식으로만 대답해두었다.

"아야노코지, 이전에 내게 도움을 구했을 때 약속한 건 기억하고 있겠지?"

"그래. 나구모 미야비를 막는 데 힘을 보태라는 거였지."

"나구모? 새 학생회장?"

이 자리에 류엔을 동석시킨 것은 호리키타의 오빠가 무슨 생각을 하고 있는지 류엔도 알게 하고 싶어서였다. 물론 내가 따로 말해줄 수도 있지만, 호리키타 마나부가 직접 말하는 편이 훨씬 설득력 있다.

"나구모의 방식이 마음에 들지 않는 모양이야."

"그렇군. 그래서 아야노코지를 이용해 나구모를 막겠다는 심산인가. 2학년 전체가 녀석에게 지배당하고 있다는 건 유명한 이야기니까. 대처하려면 1학년을 쓰는 수밖에 없지. 하나만 가르쳐주라, 호리키타. 언제부터 아야노코지를 눈여겨보고 있었지?"

류엔은 호리키타 오빠에게 반말을 썼다. 그뿐 아니라 태도도 거만 그 자체였다.

뭐, 나도 비슷하니까 남 말은 못 하겠지만.

"입학하고 얼마 안 돼서. 넌 알아내느라 꽤 고생한 모양이지만 말이지."

되받아칠 의도는 아니었겠지만, 호리키타의 오빠가 담담히 대답했다.

"크큭. 난 과정을 느긋하게 즐기는 타입이거든."

"그런 것치고는 호되게 당한 것 같던데."

고압적인 태도로 나오는 류엔에게 따끔한 맛을 보여주듯 말을 내뱉었다.

류엔도 그걸 느꼈는지 눈빛이 험악해졌다.

"내 실력이 별것 아니라고 생각한다면 지금 이 자리에서 실제로 보여줄까?"

자기가 상처를 입더라도 얼마든지 숨통을 끊어놓을 수 있는 상대, 라는 식으로 도발했다.

"사양하지. 그런 것엔 흥미 없어."

호리키타의 오빠가 냉정하게 대답했다

"큭큭. 그럴 줄 알았어."

류엔은 살짝 비웃더니 꼬고 있던 다리를 땅에 내려놓았다.

그 직후 앞차기를 해서 눈을 호리키타의 얼굴에 뿌렸다. 시야를 가리려는 꼼수.

눈 때문에 순간 앞이 보이지 않아 동요하는 순간을 노리고, 류엔은 오른쪽 주먹을 호리키타 마나부의 복부를 향해 날렸다.

하지만 호리키타는 시야를 방해받은 느낌도 없이 감만으로 완벽하게 방어했다.

뒤로 물러나면서 당황하지 않고 냉정하게, 살짝 흐트러진 안경을 가운뎃손가락으로 들어 올려 위치를 바로잡았다.

"영리하기만 한 인텔리 녀석인 줄 알았더니 생각보다 좀 하잖아?"

불시의 공격이었는데도 거뜬히 막아낸 호리키타를 칭찬했다.

"사양하겠다고 말했을 텐데."

"뭐 어쩌라고. 불만 있으면 언제든지 덤벼. 아니면 1학년한테는 반격을 못 하나?"

"아주 듬직한 친구를 얻었군, 아야노코지."

옷에 묻은 눈과 흙을 털어내는 호리키타 마나부.

"나도 그렇게 생각하던 참이야."

누구든 가리지 않고 덤벼드는 류엔의 자세는 변함없다.

"뭐, 좋아. 나름대로 실력 있는 남자라는 사실을 안 것만은 평가해주지. 호리키타 『선배』."

기분 나쁘게 만들려는 것 같기도 했지만, 어쨌든 류엔은 경칭을 붙였다.

"나도 마찬가지야. 넌 학생회에는 어울리지 않지만 어느 정도 평가는 해줄게."

"전 학생회장님한테 칭찬을 다 받고, 감개가 무량하군."

류엔은 진지하게 받아들이지 않고 건성으로 손을 들고 대답했다.

그런 두 사람의 대화가 끝나갈 무렵 호리키타의 오빠가 본론으로 넘어갔다.

"아야노코지한테 부탁하고 싶은 건 이 학교의 질서를 지키고 유지하는 거야. 그걸 위해서라면 어떤 수단이든 상관없어. 학생회장 나구모 미야비를 그 자리에서 끌어내리는 것, 혹은 부주의한 행동을 자제시키거나 막는 것, 둘 중 편한 쪽을 선택하면 돼. 3학기가 되면 나구모의 실권이 강해지고 본격적으로 행동을 일으키기 시작하겠지."

"구체적으로는 어떻게 바뀌는데? 학생회에 그럴 권력이 있다는 거야?"

"물론 학생회는 만능이 아니야. 하지만 다른 학교처럼 명색뿐인 학생회와 달리 일정한 권한이 부여된 건 사실이다. 실제로 학교에서 문제가 일어나면 학생회가 중심이 되어 해결하지. 그건 너희 둘 다 잘 알고 있을 거다."

스도 폭행 사건 때도 심판을 내렸던 것은 교원이 아니라 호리키타 마나부가 이끄는 학생회였다.

"그리고 학생회는 특별시험의 일부를 생각하고 결정할 권리도 있어. 올해는 1학년이 무인도에서 서바이벌 시험을 치렀었는데, 그건 옛날 학생회가 고안한 걸 주축으로 했지."

즉, 나구모가 특별시험에서 지금까지와는 다른 걸 만들어낼 가능성도 있는 건가.

"네놈들이 쌓아온 지랄 맞게 따분한 학교생활을 재미있게 만들려고 하는 거잖아. 환영해주라고."

류엔이 코웃음 치면서 다시 다리를 꼬았다.

"정당한 방법을 쓴다면 그렇게 하겠지만. 나구모는 지금까지 몇 명이나 퇴학시키는 수단을 써왔어. 실제로 2학년에 17명이나 퇴학자가 나왔다고. 퇴학 전 면담에 따르면, 드러난 것만 해도 그 절반 이상에 나구모가 관여되어 있어."

17명. 결코 적지 않는 수라는 건 안다.

"그렇게 많은 퇴학자를 만들어내면 학년을 지배하는 것도 어렵지 않겠지."

아마 나구모를 막으려고 한 세력도 있었을 것이다.

하지만 보복당하는 사이 점점 세력이 약화되고 흡수되어 결국 항복하게 되었다.

그렇게 해서 나구모는 2학년 모두를 통솔하는 데 성공했겠지.

"학생회장에 취임한 지금 그는 1학년, 3학년에게도 손을 뻗치겠지. 내년에 새로 들어올 1학년에게도 영향을 미칠 거라고 예상한다."

그대로 내버려두면 10명, 20명의 퇴학자로 그치지 않을지도 모르겠군.

"참 합리적이잖아, 나구모는. 그 17명은 그저 아무 가치

없는 인간이어서 나가떨어진 것뿐 아니겠어?"

"규칙을 어기면 퇴학을 당해. 그건 당연하다. 하지만 낙오자 없이 모두를 졸업까지 이끌어가는 것. 그게 이상적인 지도자의 모습이라고."

"그러는 호리키타 선배는 퇴학자를 단 한 사람도 내지 않았다는 말인가?"

"어디까지나 이상론이야. 적어도 지금 단계에서 1학년 중에는 퇴학자가 나오지 않았어. 그 이상을 추구하는 건 나쁜 게 아니야."

"그렇다는데, 아야노코지. 넌 어떻게 생각하냐? 이 남자의 이상인지 뭔지."

"이상적이라는 건 이해돼. 그걸 지향하는 인간이 있어서 나쁠 건 없지. 다만 적어도 나나 류엔은 그런 이상을 추구하는 타입이 아니라는 건 단호하게 말할 수 있겠군."

"크크큭. 내 말이 그 말이다."

현재 그럴 자격이 있는 사람이라면 B반의 이치노세 호나미밖에 없으리라.

"물론 너한테 그것까지 바랄 생각은 없다. 나구모의 폭주를 막아주기만 하면 그걸로 족해."

간단히 말하지만 쉽게 해결될 일이었으면 호리키타의 오빠도 이렇게 부탁하지 않을 것이다.

학생회에 나름의 실권이 있다면 그를 얼마든지 막을 수 있지 않겠는가.

부주의하게 퇴학자가 나오지 않게 하려고 한다면 1학년 이 시험 내용이나 페널티에 휘둘리지 않도록 힘쓰는 것 정도밖에 할 수 없을 테니까 말이다.

"난 이만 돌아가련다. 비밀 공유자도 됐으니까."

류엔은 학생회의 분쟁에 흥미가 없다는 뜻이겠지.

"상당히 흥미로운 이야기였지만 말이야, 더는 시간 낭비야. 그럼 이만."

만족스러운 교섭이었는지 류엔은 망설임 없이 기숙사로 발걸음을 돌렸다.

그런 류엔의 등을 향해 내가 입을 열었다.

"앞으로 계속 혼자 다닐 생각이야?"

"내버려둬. 원래 난 이게 더 체질에 맞으니까."

그 말을 남긴 류엔은 눈 발자국과 함께 사라져갔다.

"아야노코지. 네가 류엔한테 이 이야기를 들려준 건 같은 편으로 끌어들이기 위해서야?"

"그것도 전혀 아닌 건 아니지만…… 굳이 따지자면 녀석의 흥미 대상에서 벗어나는 목적이 강해."

내가 확실하게 1학년의 반별 싸움에 끼지 않는다는 것을 류엔에게 어필하려는 의도가 있었다.

앞으로 학생회 대책에 뛰어들 거라는 걸 느끼면 다시 이를 드러낼 가능성이 낮아진다.

호전적이어서 상대해 줄 사카야나기 쪽이 아직 류엔에게는 더 즐거움을 줄 것이다.

무엇보다도 그 녀석은 더는 그 누구와도 진심으로 싸울 생각이 없는 것처럼도 보이지만.

"어찌됐든, 앞으로는 너도 널 이해할 친구가 필요하게 되겠지. 그런 의미에서는 한 번 대결했던 류엔이 적임자가 될지도 모르겠군."

"친구, 말이지."

뭐, 그런 것보다도 지금은 정보를 얻을 수 있는 만큼 얻어야 하겠지.

류엔과 마찬가지로 호리키타 마나부 역시 자주 만나고 싶진 않다. 그러니 그때그때의 기회를 소중히 여겨야 한다.

"난 상급생에 관한 정보가 거의 없어. 제공해줄 수 있어?"

"물론이지. 그 준비는 이미 마쳐두었어."

호리키타 마나부가 휴대폰을 꺼냈다. 내 연락처를 알려주자 곧 메시지를 보냈다. 나는 메시지 내용을 읽으며 호리키타의 설명을 들었다.

"학생회 멤버 중에 나구모를 제외하고 눌러야 할 존재를 알려줄게. 한 사람은 부회장으로 취임한 2학년 B반의『키리야마』라는 남자. 그리고 서기『미조와키』. 또, 다른 서기인『토노카와』야. 이 서기 둘은 나구모랑 처음부터 고락을 함께 한 원래 B반 학생들인데, 나구모에게 적잖은 의견을 낼 수 있지. 그리고 나머지 멤버다."

정성스레 쓴 이력서 같은 형태로, 얼굴 사진까지 함께 전송되었다.

누가 몇 반에 소속되어 있는지 한 눈에 알 수 있었다.

부회장을 비롯해서 현재 A반에 소속되지 않은 학생도 몇 명 들어 있는 것을 볼 때, 나구모의 지배력이 얼마나 대단한지 짐작이 갔다.

어쨌든 이 정보는 귀중하다. 다른 학년 학생에게 접근하는 것은 쉬운 일이 아니다. 특히 학생회장 주변 인물은 내가 경솔하게 행동할 수 없다.

지금 받은 이 정보는 원래라면 모으는 데에만도 상당한 시간이 걸릴 것이다.

"나구모의 행동과 성격을 자세히 알고 있는 건 같은 학년 애들뿐이겠지. 학생회로 이어져 있다고는 해도 나 역시 나구모의 모든 것을 알고 있는 건 아니야."

사실 나구모를 무너뜨리려면 더 많은 정보가 반드시 필요하다. 어떤 성격이고, 어떤 전략을 좋아하는지. 그러한 것을 파악해두어야 한다.

"제일 중요한 2학년이 나구모에게 장악 당했으니 그것도 어렵겠군."

"맞아…… 하지만 2학년 중에 여전히 나구모를 적대시하는 학생도 있어."

짐작 가는 부분이 있는 듯한 말투였다.

"이름이 뭔데?"

"미안하지만 지금 단계에서는 알려줄 수 없어. 나랑 연결되어 있다는 사실이 나구모의 귀에 들어가면 그 애의 안전을 보장할 수 없으니까."

"배신자로 간주되어 처분…… 퇴학될 가능성이 있다는 말인가?"

"내가 있을 때는 지켜줄 수 있겠지만, 졸업하고 나면 뒷배도 없어져."

신경 써야 할 부분은 그가 왜 이 이야기를 꺼냈는가이다.

"나랑 그 2학년을 연결하기 위해 뭔가 할 생각이구나?"

"너한테 그럴 생각이 있다면 1학년 중에 움직일 수 있는 학생으로 네 이름을 대고 싶다."

그런 거군.

상대가 정체를 밝히지 않는 이상, 내가 이름을 댈 수밖에 없다는 것이다.

나구모를 적대시한다고는 해도 2학년. 내년 이후까지 고려하면 괜히 내 존재가 알려지는 건 가능하면 피하고 싶다.

"어떻게 할지는 네가 정하기에 달렸어."

평소 같으면 거절하는 게 상책이리라. 다만 이건 내가 누구에게도 내 스펙을 드러내지 않는 경우에 한한다. 혹은 절대 발설하지 않을 거라고 단언할 수 있는 학생에 한한다.

하지만 현재, 이미 사카야나기와 류엔 등이 내 본 모습을 어느 정도 알고 있다.

특히 사카야나기는 화이트룸이라는 배경까지 알고 있는 학생이다.

비밀로 지키면 지킬수록, 사카야나기에게는 하나의 무기

를 주는 것이나 마찬가지이리라. 여기서 제안을 거절해도 얻는 게 적은가.

"알았어. 그 2학년한테 나에 대해 알려도 상관없어."

"고심했을 텐데, 올바른 판단이다."

"이제 네 말에 무게가 있는가 없는가에 달렸어."

믿을 수 있는 학생이 있다, 라고 해도 상대방의 입장에서 보면 나는 1학년. 연하를 의지해도 괜찮은지 불안할 게 틀림없다.

"내 말을 믿지 못하면 나구모를 끌어내리는 건 절대 불가능해."

"뭐, 믿어 보지."

"처음 만났을 때를 생각하면 상상하기 힘들 정도로 겸손하군."

"너한테는 빚도 있으니까."

물론 이건 순순히 호리키타의 오빠를 따라 행동했을 때의 이야기이다.

평온한 일상을 목표로 하는 몸으로서, 학생회에 관여하는 것은 당연히 피하고 싶다. 호리키타의 오빠가 졸업할 때까지만 참으면 된다지만, 신경 쓰이는 점도 있다.

자신이 졸업한 후에 내가 약속을 성실하게 지켜서 나구모 끌어내리기를 도울 거라고 정말 생각하는 것일까?

그럴 리 없지 않은가.

"내가 무슨 생각을 하는지 알아?"

"내가 졸업한 후의 일, 아닌가?"
훌륭하군.
"먼저 그렇게 운을 뗄 줄은 몰랐다. 덮어두는 편이 좋은 문제라고 생각하는데?"
"네 진짜 속마음을 모르겠어서, 좀 꺼림칙한 느낌이 들었으니까."
"결과적으로 네 협력은 내가 졸업할 때까지만이어도 상관없어. 그때까지 재학생의 의식이 바뀌지 않는다면 이 학교는 거기까지라는 얘기니까."
"그 이전의 문제일지도 몰라. 내가 나구모에게 상대가 안 된다면?"
"불가능할 것 같은 사람한테 중요한 안건을 맡기지는 않아."
호리키타의 오빠는 나라면 나구모를 막을 수 있다고 믿는 건가.
아니면 칭찬은 고래도 춤추게 한다는 말도 있듯, 일단 칭찬하고 보는 건가.
어찌됐든 아직 이 남자의 진짜 속을 모르겠다.
"방법은 생각해 보겠지만, 네가 졸업할 때까지 성과를 남길 수 있다는 보장은 없어."
"그건 나도 알아."
왜 이 남자는 미지의 존재인 나에게 이렇게까지 부탁하는 것일까. 고도 육성 고등학교의 전통을 지키고 싶다면 좀 더 열의에 찬 사람에게 의뢰해야 옳다.

전 학생회장으로서, 학교에 자긍심을 가지고 있다고 생각해도 너무 이상하다.

애초에, 호리키타의 오빠는 나구모의 이상한 부분을 알아차렸으면서도 가만히 지켜보았다.

내가 나타났기 때문이라고 표현했지만, 그래도 좀 마음에 걸린다.

"네가 빚진 것 하나만 가지고 내 희망대로 온전히 움직일 거라고는 생각하지 않아. 너도 처음부터 그럴 생각으로 나구모 끌어내리기를 받아들였을 거야. 내 말이 틀리나?"

호리키타 오빠도 그 부분은 제대로 이해하고 있는 것 같군.

"전 학생회장이라고는 하지만 너한테는 일정 권력…… 아니, 영향력이 있으니까 말이지. 같은 편으로 두면 유용하게 쓰일 때가 있을 거라고 생각했어. 그건 당연하잖아?"

그는 직접적으로는 공정한 태도로 일관하면서, 내 편을 들지는 않겠지.

하지만 뒤로 연결되어 있는 이상 그때그때 도움을 받을 수 있다. 이 학교에 다니고 있는 한, 적잖은 위험과 대면하게 되겠지.

그럴 때 이해관계, 파트너 관계를 구축해두면 무척 유용할 것이다.

"나를 의지하는 건 네 마음이지만, 과도한 기대는 곤란해."

"그럴 생각 없어. 어디까지나 『최후의 추천』 정도로 도움이 된다면 그걸로 족해."

물론 그런 '추천'이 필요하지 않는 게 가장 낫겠지만.

어쨌든 중요한 것은 그 '추천'을 가지고 있는가 없는가이다.

"괜찮겠지. 나구모 끌어내리기는 쉽게 가능한 일이 아니니까 말이야."

호리키타의 오빠가 졸업할 때까지 성가신 일에 휘말리게 되는 반면, 여차할 때의 비장의 카드는 얻었다.

"참고로 나구모에게 어떻게 대처할지는 지금부터 천천히 세울 거야. 그런데 그 전에 확인해두고 싶은 게 있어. 네 여동생에 대해서야."

"스즈네를 이용하든 말든 그건 네 자유다."

"그런 말이 아니야. 1년 가까이 호리키타와 같은 반으로 지내면서 느낀 건데, 그 녀석에게는 어느 정도 재능이 있어. 여동생을 옆에서 오래 봐왔는데도 모르는 건가?"

"재능이라고? 뭘 가지고 재능을 판단하지? 공부를 잘하나 못하나? 아니면 운동능력의 유무?"

내가 신경 쓰는 부분을 이미 알고 있는 듯하다.

"종합적인 의미야. 호리키타는 물론 약점도 있지만 종합적으로 보면 능력이 높아."

"시원찮은 여동생이야. 늘 내 그늘만 쫓고, 그걸 목표로 삼고 있지."

어리석어, 라고 말을 내뱉었다.

하지만 지금 그 말은…….

"혹시…… 그건 『종착역』으로서의 문제인가?"

"어떻게 해석할지는 너한테 맡긴다. 이걸로 뭔가가 바뀌는 것도 아니잖아?"

"그럴지도 모르지."

하지만 이걸로, 호리키타의 오빠가 왜 여동생에게 엄격하게 구는지 그 이유를 알 것 같은 느낌이 든다.

"만약 네 여동생이 학생회에 들어가겠다고 하면 『추천』해 주겠지?"

"가능한 선에서는 협력할 거다."

그 말을 들은 것만으로도 희미하게나마 나구모 공략의 실마리까지 보인다.

"정보는 잘 받았다. 경위도 이해했고. 이제 느긋하게 기다리고 있어라."

"그렇게 하지. 앞으로의 학교생활은 너에게 달렸다고도 할 수 있으니까 말이야."

과도한 압박을 주면서 호리키타의 오빠는 자리를 떠났다.

1

류엔, 호리키타 마나부와의 대화를 끝낸 나는 계획보다 조금 늦은 시간에 일단 기숙사로 돌아왔다.

늦은 오후까지 방에서 뒹굴거리면서 인터넷도 하고 책을 읽으며 시간을 보냈다.

그런 다음 할 행동은 호리키타에게 채팅을 날리는 것.

호리키타의 오빠로부터 추천도 약속받았기 때문에 호리키타에게 학생회에 들어갈 생각이 있는지 떠볼 수 있을 것 같았다.

기본적으로 혼자 행동하는 호리키타이니, 나처럼 방에 틀어박혀 있을지도 모른다. 왠지 추위에 약할 것 같고. 그렇다면 이야기가 빠르겠는데 말이지.

'좀 할 이야기가 있어.'

그렇게 보낸 메시지는 몇 분 후 바로 읽음이 떴다.

'상관없는데, 전화가 좋아? 아니면 직접 만나서?'

'직접 만나고 싶은데, 가능하면 지금 당장 어때?'

'나 지금 카페에 있어. 이리로 오면 이야기를 들어줄게.'

내 멋대로 그린 이미지와 정반대로, 호리키타는 외출 중이었다.

좀 귀찮은 생각도 들었지만, 성가신 일일수록 빨리 끝내는 게 낫다.

'바로 갈게.'

이렇게만 답장을 보낸 나는 코트를 걸쳤다.

기숙사 로비에 내려오니 이케와 야마우치, 그리고 스도 세 사람이 모여 있었다.

엘리베이터에서 내려 밖으로 나가는 도중이라 뒤에 있는 나를 보지 못했다.

딱히 아는 척하지 않고 같은 방향으로 걷고 있으니 대화

내용이 귀에 들어왔다.

"뭐야, 켄. 결국 호리키타한테 크리스마스 데이트 신청 거절당했냐?"

"시끄러워, 하루키. 상관 말라고."

"우린 결국 여자친구도 없이 올해를 끝내는 건가. 허무하다."

"쳇. 난 서두르지 않을 거야. 스즈네 녀석에게 남자친구가 있는 건 아니니까. 그저 뭐랄까, 아직 연애에 흥미를 보이지 않을 뿐이라고. 앞으로는 조바심 내지 않겠어."

아무래도 스도가 호리키타에게 대시했다가 멋지게 차였나 보다.

그래도 포기하기는커녕 인내심을 가지고 기다리는 쪽을 선택한 것 같다.

"일편단심이네. 야, 칸지, 오늘 노래방에서 밤새우지 않을래? 고독한 크리스마스 노래나 열창해 보자고."

"에, 뭐, 뭐라고?"

"뭐야. 오늘 노래방에서 밤새우자고 말했잖아?"

"아니, 미안한데 하루키. 난 좀 무리야."

"뭐? 뭐야, 무리라니. 이브에 딱히 할 일도 없잖아? 오른손만이 연인인 주제에."

"……그게, 나한테도 여러 가지로 사정이 있다고."

노골적으로 동요하는 이케였는데, 노래방에 가지 못하는 이유를 밝히지는 않았다.

"어어, 설마 칸지 너……!"

이상한 분위기에 스도도 뭔가 눈치챈 듯 바싹 다가섰다.

"그, 그런 거 아니라니까."

이케는 뭘 물어보지도 않았는데 대뜸 부정하면서 이유를 댔다.

"그냥, 친구랑 밥 먹기로 했을 뿐이라고……."

그렇게 말하는 이케는 시선도 피하고 목소리도 작았다.

그 '친구'라는 게 남자가 아니라는 건 뒤에서 엿듣고 있는 나라도 알 수 있었다.

그리고 지난번에 봤던 광경이 머리를 스치고 지나갔다.

"누구야! 누구랑 만나는데?! 토해! 토해내라고!"

냉정함을 잃은 야마우치가 이케의 멱살을 붙잡으며 소리쳤다.

"지, 진짜 별일 아니라니까 그러네. ……시, 시노하라야."

"시노하라…… 라면, 우리 반의, 그 시노하라?!"

모든 것을 털어놓은 이케가 소심하게 고개를 끄덕였다.

"시노하라랑 왜? 너, 그 녀석이랑 허구한 날 싸우기만 했잖아."

스도의 소박한 의문에 야마우치도 동감했을 것이다. 정말 의외의 조합이다.

"같이 밥만 먹을 거야. 내가 그런 여자애로 만족할 리 없잖아? 저번에 좀 성가신 일이 있었는데, 내가 도와줬더니 고마움의 표시를 하고 싶다잖아!"

"아니아니아니, 고마움의 표시고 뭐고 이브잖아, 이브!"
"아무것도 아니라니까, 진짜로! 그런 애랑 사귀는 일 따위, 천재지변이 일어나도 없을 거니까!"
"못 믿겠다! 미행하자, 켄. 미행 미행!"
"야, 그건 진짜 관둬라. 시노하라 같은 못난이랑 소문이라도 나버리면 곤란하니까!"
그런 식으로 대답하는 이케였지만, 그렇다고 아주 마음에 없는 건 아닌 듯 보였다.
이케랑 시노하라인가. 의외로 잘 어울리는 커플이 될지도 모르겠다.
물론 그렇게 될 가능성은, 아직까지는 미지수라고밖에 말할 수 없지만 말이다.

2

겨울 방학, 거의 모든 학생이 매일같이 찾는 케야키 몰.
목적지는 혼잡했다. 손님의 8할 이상이 여자이기 때문에 호리키타를 바로 찾기는 힘들었다.
가게 안을 어슬렁거리며 둘러보다가 겨우 그녀의 뒷모습을 발견했다.
"나 왔어."
"빨리 왔네."

호리키타와 그런 짧은 대화를 나눈 직후, 옆에 있던 또 다른 한 사람이 내게 말을 걸었다.

"좋은 아침이야, 아야노코지."

이 무슨 의외의 조합인가.

이제껏 이런 적이 있었나. 호리키타와 쿠시다가 둘만 있다니. 제삼자가 또 있다는 생각밖에 들지 않는다. 나는 눈만 돌려서 주위를 살폈다.

"우리 둘밖에 없는데."

굳이 내 시선에 대답하듯 호리키타가 담담하게 말했다.

히라타라도 끼어 있지 않을까 했는데, 그것도 아니라는 말인가.

"기본적으로 방해할 생각은 없는데…… 누가 먼저 보자고 했어?"

내가 그렇게 묻자 쿠시다가 다정하게 미소 지었다.

"나야. 내가 쿠시다를 불러냈어."

그 답은 아닐 거라고 여긴 방향에서 나왔다.

아니, 꼭 부자연스럽지는 않은가. 오히려 호리키타는 최근 들어 적극적으로 쿠시다와의 불화를 해결하려고 하고 있다. 아마 지금 이 만남도 그런 점에 기인했겠지.

쿠시다는 호리키타랑 둘만 있을 때는 거침없는 본래 말투를 쓰지만 이런 공공장소에서는 가면을 써야 한다. 잘도 밖으로 끌어냈군.

"그런데 호리키타, 스도랑은 요즘 어때?"

"어때, 라는 게 무슨 의미지?"

"혹시 크리스마스에 같이 지낼 계획이 있지 않을까 싶어서."

"그럴 리 있니?"

호리키타가 딱 잘라 말했다.

"그래? 스도가 만나자고 안 했어?"

"지금 이 자리와는 상관없는 이야기잖아?"

나의 등장으로 분위기를 바꿔 보려고 질문한 쿠시다였는데, 호리키타에게 저지당했다.

평소에도 태도가 완고한 호리키타는 시험에서 승리한 우위성, 보는 눈이 많은 카페라는 두 가지 점을 무기로 삼아 쿠시다라는 철벽 성에 가차 없는 공격을 퍼부었다.

"그리고 아야노코지. 넌 언제까지 계속 거기 서 있을 작정이지? 할 말이 있으면 빨리 해줄래?"

지금은 쿠시다와 얘기 중이라 바쁘다, 라고 말하고 싶은 투였다.

실제로 호리키타의 입장에서는 소중한 자리겠지.

"미안. 너 말고 또 누가 있는 줄 몰랐어. 다음 기회에 할게."

이 자리에 필요 없는 인물인 게 명백한 나는 자리를 피해주기로 결심했다.

하지만 쿠시다는 지금 이 순간만큼은 오히려 내 존재가 필요하다고 판단한 모양이었다.

"괜찮지 않아? 호리키타. 이왕 이렇게 된 거 아야노코지도 같이 차 마시자."

그렇게 말해서 돌아가려는 나를 붙잡았다.

"다음에."

나는 얼른 달아나기로 했다.

"기다려. 여기서 들을래."

"아니, 전혀 상관없는 이야기여서 말이야."

나는 쿠시다의 귀에 쓸데없는 이야기가 흘러들어가는 게 싫었다.

요즘 들어 이런저런 사람에게 사정을 들려주었지만, 지금만큼은 쿠시다에게 들려줘서 생길 이익이 하나도 없다. 아니, 오히려 불이익만 가득하다.

"혹시 쿠시다는 들으면 안 되는 이야기니?"

호리키타의 날카로운 지적이 날아들었다.

"그런 거야? 아야노코지."

쿠시다가 슬픈 눈빛으로 나를 쳐다보았다.

물론 나는 곧바로 부정할 생각이었다.

하지만 그걸 막듯 호리키타가 끼어들었다.

"미안하지만 쿠시다는 우리 반의 일원이야. 괜한 비밀 같은 거 만들 필요 없어."

"그런 게 아니야. 이건 우리 반이랑은 전혀 관계없는 이야기야. 어디까지나 나랑 호리키타의 개인적인 문제라고."

"그래. 그럼 난 딱히 상관없어. 나랑 관련 있는 이야기라는 거지? 그냥 여기서 말해."

"사양할게."

"그럼 지금부터 네가 하려던 이야기를, 다른 장소에서도 절대 듣지 않을 거야."

아무래도 호리키타의 의지가 확고해 보였다.

감추지 않고 다 말하는 게 쿠시다와의 관계 개선으로 가는 첫걸음이라고 여기는 것일까.

쿠시다의 표정은 평소와 다름없이 다정함으로 가득 차 있었다.

그녀가 몇 번이나 늪으로 유인해서 죽기 일보 직전인 상황에 처해진대도 그 미소를 보면 또 이번에는, 하고 믿고 싶어지겠지. 적당히 이야기를 꾸미면 이 자리에서는 납득할지도 모른다.

하지만 경계심이 강해진 호리키타가 훗날, 내가 지금 하려는 제안을 받아줄 거라는 생각은 들지 않는다.

"알았어. 그럼 솔직하게 말할게. 정말 그래도 되지?"

"그래. 말해."

"너 학생회에 들어갈 생각 없어?"

후회해도 소용없다. 호리키타가 어떻게 받아들일지는 나도 모르겠다. 나는 용건을 있는 그대로 전달했다.

"……미안. 무슨 말인지 이해가 잘 안 되는데?"

왜 그런 이야기를 꺼낸 거지, 하고 고개를 갸우뚱거렸다.

"맥락이 너무 없지 않아? 왜 갑자기 그런 말을 꺼낸 거야?"

"그 부분까지 같이 이야기를 좀 하고 싶은데."

"좋아, 계속해."

"저기, 괜찮겠어? 호리키타."

이야기를 막은 것은 쿠시다였다.

"괜찮겠냐니?"

"학생회라고 하면 호리키타의 오빠도 관계된 이야기일 거라고 생각해. 그걸 내가 들어버려도 괜찮겠어?"

"넌 중학교 때부터 나랑 오빠에 대해 알고 있잖아. 이제 와서 뭘 새삼."

호리키타가 오빠를 증인으로 내세운 것도, 두 사람이 남매라는 사실을 쿠시다가 알고 있는 것과 관련 있다. 숨기는 게 아닌 이상 유효하게 쓰겠다는 건가.

빨리 끝날 이야기도 아니다. 나는 각오하고 두 사람의 옆자리에 앉았다.

"어떤 사람이 네가 학생회에 들어가기를 열망하고 있어."

"어떤 사람?"

"……너희 오빠야."

물론 엄밀히 말하면 호리키타 오빠에게 부탁받은 건 아니다. 호리키타를 이용하든 말든 알아서 하라는 말을 들었을 뿐. 하지만 호리키타를 움직이게 하려면 오빠를 이용하는 수밖에 없다.

"오빠가 왜 내가 학생회에 들어가길 바라는데? 말도 안 돼."

살짝 납득이 가지 않는 듯 부정하는 호리키타.

"진짜야."

"만약 정말 그렇다면 오빠는 나한테 직접 말할 거야. 왜 너를 통하는 거지?"

"너희 오빠 성격에, 직접 말할 거라고 생각해?"

"아니. 애당초 학생회에 들어가라고 말할 리가 없는걸."

그러니까 호리키타는 내 이야기를 처음부터 믿지 않고 있다는 거다.

이 정도로 딱딱하게 굳은 남매 사이이니, 거짓말은 거짓말로밖에 받아들여지지 않는가 보군.

그렇다고 해서 더 이상 진실을 포함해 자세히 말하기에는 쿠시다의 존재가 걸린다. 3학기가 되면 류엔의 실각을 알게 될 테고, 내가 뒤에서 몰래 움직인 것도 확신하게 될지 모른다.

"네 거짓말을 상대해 줄 생각 없어. 도대체 하고 싶은 말이 뭐야?"

"진짜라니까. 거짓말 같으면 네가 직접 확인해보면 될 것 아니야?"

거짓말로 꺼낸 이야기를 진실로 바꾸었다.

"꽤 강하게 나오네……."

"강하게 나오든 말든 의심하고 있지? 연락해서 물어보면 그만이야."

"그럼 넌 그러니까, 오빠의 연락처를 알고 있다는 거야?"

"난 모르지만 여동생인 넌 당연히 알 거 아냐?"

"모르는데."

"혹시 괜찮으면 타치바나 선배한테 연락해볼까?"

"타치바나라면, 오빠가 회장일 때 서기였던 사람?"

"응. 나, 타치바나 선배랑 몇 번 말해본 적 있어서 전화번호 알거든."

역시 쿠시다, 생각지 못한 곳에서도 친구를 만들고 있었군.

"정말 확인해도 되는 거지? 아야노코지. 거짓말로 드러나면 책임이 무거울 거야."

"마음대로 해."

어차피 호리키타의 오빠는 내 책략이라는 걸 알면 말을 잘 맞춰줄 것이다. 호리키타가 확인하는 건 전부 진실로 바뀌게 되는 셈이다.

"고마워요, 선배. 네, 그럼 이만."

직접 전화를 걸었던 쿠시다가 통화를 끝내더니 곧바로 휴대폰을 눌렀다. 호리키타의 휴대폰이 바로 짧게 울렸다. 아무래도 호리키타 오빠의 전화번호를 무사히 알아내 호리키타에게 전송한 모양이다.

"고마워, 쿠시다."

"아니야, 천만에."

보는 눈이 많다고는 해도 호리키타에게 다정하게 대하려니 얼마나 괴로울까. 그걸 전혀 티내지 않는 점은 역시 대단하지만. 호리키타는 휴대폰 화면으로 시선을 떨궜다.

그리고 곧 전화를 걸 줄 알았는데 손을 움직이지는 않고 양손으로 휴대폰을 꽉 움켜쥔 채 멈춰 있었다.

"……후우."

깊은 한숨, 아니 심호흡.

가족에게 전화를 거는 것일 뿐인데 이토록 긴장하는 것 역시 정상은 아니리라.

"만약 모든 게 거짓말이면…… 각오하는 게 좋을 거야."

"그렇게 주의 줄 필요도 없다니까."

이것은 호리키타의 술책.

자기 오빠가 학생회에 들어오라고 말했을 리가 없다. 그런데 내가 자신감에 가득 차 있는 게 신경 쓰인다. 허풍이라고 생각하지만 어쩌면 진짜일지도 모른다.

나를 믿지 못하는 호리키타는 마음을 굳게 먹고 통화 버튼을 눌렀다.

휴대폰을 귀에 댄 지 몇 초 후.

상대가 전화를 받았는지, 호리키타가 한층 더 긴장하는 게 느껴졌다.

"저, 저기. 저, 저예요. 호리키타 스즈네입니다."

서먹서먹하게 입을 떼는 호리키타.

"타치바나 선배한테 전화번호를 물어 봐서, 그러니까, 오빠한테 연락한 거예요."

그리고 호리키타는 평소에는 보기 힘든 횡설수설하는 모습을 우리 앞에서 보이면서도(본인은 보여주고 싶지 않겠지만) 궁금했던 이야기를 꺼냈다.

그리고 내가 말한 학생회 이야기가 진짜라는 것을 들었으리라.

"네. 고, 고마워요. 그럼 이만 끊겠습니다."

통화를 끝내고 한숨 돌리더니, 나를 강렬하게 노려보았다.

"진짜 맞지? 왜 날 그렇게 노려보는 거야?"

"왜 네가 중간 다리 역할을 하고 있는지, 그게 이해가 안 되니까."

실로 이해하기 쉬운 이야기이다. 정말 누가 봐도 부자연스럽긴 하네.

"호리키타, 너 학생회에 들어갈 거야?"

"……아니, 안 들어가."

"잠깐만. 너희 오빠가 들어가라고 했잖아?"

"들어가는 게 나를 위한 길이 될 거라고, 오빠는 그렇게 말했어. 하지만…… 난 학생회에 들어가는 게 날 위한 길이라고 생각하지 않아."

절대적인 존재인 오빠의 희망이라고 해도, 호리키타는 받아들일 생각이 없는 모양이었다.

더는 여기서 매달려봐야 좋은 일이 없을 것 같다.

쿠시다에게 괜한 정보를 주는 건 이쯤에서 그만두고 싶다.

"알았어. 일단 다음에 다시 이야기할 기회를 줘."

"글쎄? 시간낭비라고 생각하는데?"

"그럴지도 모르고."

내가 그만 이야기를 마무리 지으려 한다는 것을 호리키타도 알아차렸는지, 가려는 나를 굳이 붙잡으려고 하지 않았다. 지금 중요한 건 다음으로 이어지는 것이다.

쿠시다가 있으면 더 자세한 이야기는 못 하니까 말이지.

"다음에 봐, 아야노코지."

그렇게 다정하게 인사를 건네는 쿠시다에게서 심상치 않은 기색을 느꼈다.

3

밤 10시가 지났다.

이브는 계속해서 흘러가고 있었다.

나는 남자애들과 왁자지껄 떠들고 놀거나 하지 않고, 혼자 텔레비전을 보고 있었다.

도쿄의 밤거리가 생중계되고 있었는데 크리스마스 일색인 분위기가 전해졌다. 시험 삼아 채널을 돌려보아도 역시 크리스마스와 관련된 방송뿐이었다. 여성에게 주는 선물 랭킹(타이밍 상 늦은 느낌도 들지만)이라거나 아이가 받으면 기뻐하는 크리스마스 선물 랭킹도 있었는데(역시 타이밍 상 늦은 느낌이 든다), 특별히 재미있어 보이는 방송은 없었다.

텔레비전을 끄고 컴퓨터를 켰다.

크리스마스 말고 다른 정보를 알고 싶어서, 뉴스 기사를 대충 살폈다. 사건 사고, 해외 스포츠 선수의 낭보 등 다양했다. 크리스마스라고 해도 하루는 그저 하루일 뿐, 시간은 다른 날과 다름없이 흘러가고 있다.

그때 초인종이 울렸다. 로비가 아니라 현관 쪽이었다.

"아, 아아, 안녕."

많이 들어 본, 우리 반 아이의 목소리였다.

나는 현관의 잠금장치를 풀고 문을 열었다.

"키, 키요타카 군!"

"무슨 일이야, 아이리. 이런 밤중에."

이미 밤 10시를 지나고 있었는데, 모습을 보아하니 이제 막 기숙사로 돌아온 듯했다.

"이 시간까지 밖에 있었어? 그런데 모이는 날은 내일 아니었나?"

"응. 그거랑 다른 약속. 하루카랑 낮부터 둘이서 놀았어."

"그래?"

낮부터 놀았으면 거의 반나절인가.

"재미있었어?"

"좀 피곤하긴 한데, 그래도 즐거웠어."

"그거 다행이네."

이제는 내가 매번 아이리를 걱정할 필요 따위 없겠지. 적어도 우리 그룹 내에서는 이런 상태가 유지될 것이다. 내일도 즐겁게 지낼 수 있으리라.

"하루카가 내일 키요타카 군은 일이 있어서 못 온다고 하

던데…….”

그런가. 그러고 보니 하루카에게 그런 말을 했었지.

어떻게든 해보겠다는 말은 오늘 논 것과도 관계있을지 모르겠군.

“일이 좀 있어서. 같이 못 놀아서 미안.”

“아니야, 그건 전혀 상관없어. 사실 말이야, 내일 주려고 한 게 있는데!”

그렇게 말한 아이리는 나를 향해 두 손을 내밀었다.

심플하면서도 귀여운 빨간 리본이 묶인 꾸러미가 손에 들려 있었다.

“이거…… 괜찮으면.”

아무래도 크리스마스 선물을 준비한 모양이다.

“괜찮아? 내가 받아도?”

“응! 그, 그게, 다른 애들 것도 준비했으니까.”

그럼 나도 덜 부담스러우니 고맙게 받기로 한다.

나는 아이리가 내민 선물을 받아들었다.

이럴 때는 어떻게 해야 될까?

이 자리에서 바로 내용물을 확인하는 편이 좋을까, 아니면 아이리가 돌아간 후에 열어보는 게 좋을까.

어떻게 해야 할지 몰라 고민하고 있는데 아이리가 수줍어하며 말했다.

“여, 열어 봐도 돼.”

그래서 나는 사양하지 않고 그 말에 따르기로 했다. 작은 꾸러미를 열자 안에서 나온 것은 따뜻해 보이는 장갑이었다.

"키요타카 군. 얼마 전부터 장갑을 갖고 싶어 하는 것 같아서……. 아직 없는 거, 맞지?"

"사려고 생각만 하다가 결국 못 샀어. 고맙다, 아이리."

"헤헤헤…… 다행이야."

불과 얼마 전에 사려다가 미뤘던 심플한 파란색 장갑이었다. 괜히 일러스트나 무늬가 있는 것보다 훨씬 무난해서 끼기 편하다.

지금 당장 껴 봐야겠다. 인생 첫 장갑이지만 그렇다고 말하지는 않았다.

나는 왼손을 먼저 끼운 다음 오른손도 끼웠다. 그리고 두세 번 주먹을 쥐었다가 폈다. 아이리가 그런 내 모습을 기쁜 표정으로 지켜보았다.

"어, 어때?"

"사이즈도 딱 맞고, 따뜻해."

"잘됐다."

취향에 대해 말해준 적도 없는데, 내가 사러 갔어도 골랐을 것 같은 장갑이었다.

"그럼, 저기, 밤늦게 미안. 푹 쉬어, 키요타카 군."

오래 있어서 미안하다고 생각했는지, 아이리가 그렇게 말하며 몸을 돌렸다. 들어와서 차라도 한 잔 마시고 가도 괜찮지만 이미 밤도 늦었으니까.

아이리는 살짝 손을 흔든 후 엘리베이터를 타고 위층으로 돌아갔다.

그 모습을 끝까지 지켜본 나는 방으로 돌아왔다.

"……언제 답례를 해야 좋을까."

밸런타인데이의 답례는 화이트데이에, 라는 건 나도 아는데 크리스마스 선물은 언제 답례를 해야 하나?

나중에 조사해봐야겠다.

○파란의 더블데이트

크리스마스, 25일의 아침이 밝았다.

지금까지는 내게 아무런 의미도 없던 하루였지만 오늘은 그렇지 않다.

인생 처음으로 이성과 보내는 크리스마스.

사토에게는 오늘이 어떤 하루로 비치고 있을까?

우리는 서로에 대해 잘 모른다.

그런 의미에서 오늘 하루가 참 좋았으면 좋겠는데.

"……왠지 신기한 감각이야."

지금까지 정식으로 일대일 데이트라 말할 수 있는 행위를 해본 적이 없다.

그래서 붕 뜨는 기분이랄까, 어떻게 해야 좋을지 알 수 없는 부분이 있다.

그런 나이기 때문에 오늘 데이트에는 큰 의미가 있다고도 할 수 있겠다.

다만 성공할지 실패할지, 그건 현재로서는 불투명하다.

"될 대로 되겠지, 뭐."

어차피 고민해봐야 답이 나올 것 같지도 않다.

나는 방을 나와 엘리베이터를 타고 기숙사 로비로 내려갔다.

그러고 보니 오늘 개봉하는 영화를 보기로 했었지…….

날씨는 공교롭게도 흐려서, 종일 두터운 구름이 깔릴 것만 같았다.

약속 시각은 11시 30분이었지만 조금 일찍 도착하도록 해 보자.

1

약속 장소에 도착한 나는 시계를 확인했다.

이제 10분 뒤면 약속 시각인가.

그렇게 생각하고 고개를 들자 이쪽을 향해 걸어오는 사토가 보였다. 나를 찾고 있는 것인지, 어딘가 불안한 모습으로 주위를 두리번거렸다.

잠시 후 나와 눈이 마주치자 사토는 기쁘다는 투로 눈을 가늘게 떴다.

"안녕, 아야노코지!"

그렇게 인사하며 종종걸음으로 다가왔다.

내 앞에서 발걸음을 멈춘 사토에게 좋은 향기가 풍겼다.

"일찍 왔네."

"아야노코지도……. 혹시 많이 기다렸어?"

"나도 이제 막 온 참이야."

식상한 문구였지만 사실이니 그대로 전했다.

"정말?"

잡아먹을 듯한 기세로 다가오는 사토에게 조금 기가 눌리면서도 고개를 끄덕였다.

예정된 시각까지는 몇 분이 남아 있었지만 일찍 움직인다고 해서 문제될 건 없겠지.

바로 이동할까 생각했는데 왜 그러는지 사토는 다시 주변을 두리번거리기 시작했다.

다른 곳으로 출발할 생각이 없는 것 같아 말을 걸었다.

"안 가?"

"그, 그래. 아, 잠깐만."

사토는 들고 있던 가방 안으로 손을 넣어 뭔가를 찾기 시작했다.

"설마 잊어버린 건가……."

내 귀에도 들릴 정도의 성량으로 그런 말을 중얼거렸다.

"뭐 두고 온 거라도 있어?"

"아아, 아니, 휴대폰을 어디 뒀나 하고."

흔들리는 가방으로 시선을 던지자 포장지로 싼 얇고 긴 상자가 시야에 들어왔는데, 빤히 들여다보는 건 실례인 것 같아 시선을 돌렸다.

"벨소리로 해놔도 돼."

"응, 고마워. 참 다정하구나, 아야노코지."

휴대폰 찾게 돕는 것, 하물며 벨소리가 울리게 놔두는 것 정도는 딱히 다정하다고 할 수 없다.

분명 다른 누구라도 똑같이 말했을 텐데.

"분명히 아침에——."

사토가 어딘지 어색한 투로 말하더니.

"아, 있다, 있다."

잠시 후 좋은 소식이 들렸다.

다시 쳐다보니 휴대폰을 손에 쥔 사토가 활짝 웃고 있었다.

"많이 기다렸지? 그럼 가볼까?"

사토는 주머니에 휴대폰을 넣었는데——.

"좋은 아침이야, 아야노코지."

바로 그때, 등 뒤에서 누가 내 이름을 불렀다.

뒤돌아본 곳에 서 있던 사람은 히라타 요스케였다. 여느 때와 다름없이 산뜻한 분위기를 풍기는 미소년이다.

안녕, 하고 나도 가볍게 손을 들어 인사했다.

참고로 히라타의 옆에는 여자친구인 카루이자와 케이도 있었다.

크리스마스인 오늘, 두 사람도 데이트할 예정이었나 보다. 두 사람의 관계가 거짓이라는 사실을 아는데, 주위에 진짜 커플이라는 것을 인지시키려는 행동인 걸까? 그렇다면 효과는 즉시 나타나겠군.

"안녕, 카루이자와."

사토가 카루이자와에게 다가갔다.

"안녕."

그런 사토에게 카루이자와도 자연스레 미소 지으며 대화를 시작했다.

"꽤 보기 드문 조합인데?"

나와 사토를 보며 히라타가 그렇게 말하는 것도 무리는 아니다.

"너희는 데이트?"

일단 형식만이라도 그렇게 물어두는 편이 좋겠지.

"응. 『혹시 모르니까』 크리스마스 기간에는 특별한 일정을 넣지 않았거든. 다행히 아무도 만나자고 하지 않았고."

만전을 기하는 차원에서, 가짜 연인인 카루이자와를 위해 시간을 비워둔 모양이다.

히라타는 자신은 뒷전이고 늘 주변 사람을 위해 행동하려고 노력하고 있다.

그런 모습을 보고 배워야겠다는 생각은 하지만 그리 쉽게 될 일이 아니다.

"친구들이 많이 만나자고 할 것 같은데. 연락 없었어?"

동급생뿐 아니라 축구부 등의 선배들로부터 연락이 있었을 것 같은데.

"글쎄. 아마 배려해준 것 아닐까?"

그렇게 대답한 히라타는 따뜻한 눈빛으로 카루이자와를 쳐다보았다.

그렇군. 히라타와 카루이자와는 주위에서 이상적인 커플로 여기고 있다. 여자친구가 있는 사람한테 크리스마스 전후로 만나자고 하는 무개념 짓은 아무도 하지 않겠지.

히라타와 카루이자와가 커플로 잘 기능하고 있다는 증거

인가.

하지만 가짜 커플이 성립하는 동안에는 다른 여자애와 가까워지기 힘들다. 이성에게 마음껏 다가갈 수 없다는 건 좀 불쌍하군. 만약 마음이 가는 존재가 생겨도, 히라타니까 카루이자와의 부탁을 뿌리치는 짓은 하지 않으리라.

그런 신뢰 때문에 카루이자와 역시 히라타를 기생할 나무로 고르기 쉬웠을 것이다.

"카루이자와야 원래 반 여자애들이랑 잘 지내는 편이지만 그래도 사토랑 이 정도로 사이가 좋았는지는 몰랐어."

여동생 혹은 딸을 생각하는 가족 같은 눈빛으로 두 사람을 바라보며 히라타가 중얼거렸다.

"쉬는 날에도 자주 만나서 놀 것 같은 이미지가 있는데. 아니야?"

"적어도 휴일에 같이 놀 정도, 는 아니었다고 생각해."

"그래?"

"왜 흔한 일이라고 생각했어?"

"음, 그냥 왠지."

어쨌든 더 이상 히라타와 카루이자와를 방해하는 것도 좀 그렇다.

나는 휴대폰으로 시계를 확인했다.

벌써 11시 40분, 상영시간이 다 되어가고 있었다.

슬슬 사토와 함께 영화관으로 가야겠다.

그렇게 생각했지만 사토와 카루이자와는 너무도 즐겁게

대화를 나누고 있었다.

두 사람의 목소리가 작았기 때문에 무슨 말을 하는지 그 내용까지는 들리지 않았다.

이대로 계속 기다리면 대화가 영영 끝나지 않을 것 같군.

어떻게 할지 망설이다가 히라타와 눈이 마주쳤다.

그것만으로도 그는 내가 무슨 생각을 하고 있는지 파악한 모양이다.

오래 머무르면 방해된다고 판단한 히라타가 카루이자와를 불렀다.

"더는 방해하면 안 될 것 같은데. 카루이자와, 우린 슬슬 갈까?"

평소와 다름없는 다정한 말투로 두 사람의 대화를 마무리 짓기 위해 능숙하게 끼어들었다.

현실로 끌려오듯 카루이자와와 사토가 가까이 걸어왔다.

"그런데 말이야. 두 사람, 언제부터 사귄 거야?"

카루이자와가 갑자기 그런 질문을 던졌다.

아니, 어떤 의미로는 처음에 꺼내도 이상하지 않을 자연스러운 질문이었는지도 모른다.

"뭐? 따, 딱히 우리, 사귀는 거 아닌데?! 그, 그렇지, 아야노코지?"

당황하는 사토의 시선에 나 역시 작게 고개를 끄덕였다.

하지만 카루이자와가 노골적으로 수상쩍은 눈빛을 보냈다.

"엥? 하지만 크리스마스에 데이트하고 있기도 하고, 아무리 봐도 사귀는 것 같은데? 요스케 군도 그렇게 생각하지?"

"그……건 그래. 두 사람이 부정한다면 아닌 거겠지만, 다른 사람 눈에는 사귀는 것처럼 보일 것 같은데."

"그건, 그러니까…… 내가 아야노코지한테 놀자고 제안한 것뿐이어서……."

사토가 우물거리며 다시 내게로 시선을 보냈다.

"아, 아야노코지, 괜찮아? 크리스마스를 나랑 보내도?"

"싫으면 거절했지."

"……헤헤헤."

수줍은지 사토가 볼을 긁적였다.

"호오…… 아주 마음에 없지는 않다는 거네. 그렇다는 건 아야노코지는 사토가 신경 쓰인다는 얘기야?"

"하, 하지 마, 카루이자와아~."

얼굴이 새빨개진 사토가 파닥파닥 손으로 부채질을 했다.

하지만 카루이자와는 멈추지 않았다.

"그럼 차라리 지금부터 사귀지그래? 그럼 정말 연인끼리 하는 데이트가 되니까."

"카루이자와. 아무리 그래도 그건 우리가 간섭할 문제가 아니라고 생각해."

곤란해하는 나를 보며 히라타가 살며시 카루이자와를 말렸다.

"미안, 미안. 내가 오지랖이 너무 심했네. 미안해, 사토."

"아니야, 하나도 신경 안 써."

"요스케 군. 두 사람도 신경 쓰이고 하니까, 이왕 이렇게 된 거 더블데이트를 해도 재미있을 것 같지 않아?"

무슨 영문인지 카루이자와가 그렇게 제안했다.

"더블데이트?"

나와 히라타는 생각지도 못한 제안에 서로의 얼굴을 마주 보았다.

"응응. 나랑 히라타, 그리고 사토랑 아야노코지가 같이 데이트를 하는 거야. 재미있을 것 같지 않아? 이따금 넷이서 데이트하는 것도 나쁘지 않은 것 같은데."

미리 이야기가 된 거라면 모를까 당일에, 그것도 이런 단계에서 더블데이트를 제안받으면 당연히 당혹스럽다. 세워두었던 하루 계획도 대폭 변경되어 망가져 버린다. 그런 것들을 조율하는 것은 간단하지 않다.

히라타의 표정을 봐도, 나와 똑같이 걱정이 스멀스멀 올라오고 있다는 게 쉽게 읽혔다.

한편 사토는 그런 갑작스러운 제안에도 놀란 표정 하나 보이지 않았다.

"그건 좀 어렵지 않을까? 두 사람한테도 다른 일정이 있을 거고."

히라타가 슬며시 그 사실을 주지시켰지만 카루이자와는 듣지 않았다.

"사토도 재미있을 것 같다고 그랬지?"

"응. 재미있을 것 같아."

아무래도 두 사람이 아까 길게, 더블데이트에 대해 대화를 나눈 모양이다.

하지만 누가 먼저 꺼낸 제안이든, 다소 억지스러운 이야기다.

"다음 기회로 돌리는 게 어떨까? 오늘은 따로따로 보내는 게 좋을 것 같아. 더블데이트를 하려면 나름대로 계획을 세운 후여야 별 문제 없을 거야."

당연한 배려, 라기보다 우려가 히라타로부터 나왔다.

"그럴지도 모르겠지만, 무슨 일이 일어날지 모른다는 재미도 있잖아?"

카루이자와는 이미 더블데이트 쪽으로 마음이 쏠리는지 의욕적으로 대답했다.

무계획이라는 점을 불안하게 여기는 우리와 달리, 카루이자와는 앞이 보이지 않는 전개에 기대감을 드러냈다. 히라타와의 데이트가 형식적인 것에 불과해서 자극을 원하나? 이게 나와는 아무 상관없는 곳에서 일어난 일이라면 순순히 그렇게 받아들였겠지만, 과연 어떨까? 카루이자와의 모든 것을 아는 내가 하루를 같이 보내는데, 과연 앞으로 펼쳐질 불투명한 상황을 즐길 수 있을지 심히 의문이 남는다.

그렇다고는 하나, 그것 말고는 더블데이트를 제안하는 이유가 짐작되지 않는다.

"일단은 크리스마스니까, 말이지."

우리에게 방해가 되리라고 생각하는 히라타가 곤란한 표

정을 지었다.

그 얼굴을 본 카루이자와는 에스인지 노인지 직접 물었다.

"히라타는 반대라는 거야?"

"나야 괜찮지만, 말이지. 사토랑 아야노코지가 정하기에 달린 것 아닐까?"

우리의 의견을 모르는 히라타로서는 그렇게 대답할 수밖에 없겠지.

히라타의 동의를 얻어낸 카루이자와는 혹시 민폐가 될까? 하고 사토 쪽으로 시선을 보냈다.

제일 중요한 사토는 이 더블데이트에 대해 어떻게 받아들이고 있을까?

"좀 갑작스러운 이야기이기는 하지만, 난 한 번 해보고 싶은……."

정말 너무 갑작스러운 전개다. 하지만 사토는 이 상황을 받아들이고 동의한다고 대답했다. D반의 스쿨 카스트, 그 최상위에 있는 카루이자와로부터의 제안에 사토가 반론할 수 없어서인가, 하고도 생각했지만 그건 아닌 듯하다.

"아야노코지는 어떻게 생각해?"

히라타에게서 카루이자와, 카루이자와에게서 사토. 그리고 사토에게서 내게로 넘어온 배턴.

"으음……."

바로 대답하지 않고 고민에 빠졌다.

여자와 단둘이 놀러 가는 것만으로도 여러 가지로 힘에

부치는 상황인데, 더블데이트라니.

정말이지 이런 상황이 낯선 초보로서는 짐이 무거운 추가 이벤트이다.

하지만 더블데이트는 내키지 않으니까 사양할게, 하고 말하기도 몹시 어렵다.

주위가 동조하는 흐름 속에서 혼자만 반대를 주장하는 건 거의 불가능에 가까우니까.

오늘의 주인공이기도 한 사토가 흔쾌히 받아들였으니 내가 거부할 필요는 없겠지.

카루이자와가 말하는 '무슨 일이 일어날지 모르는 재미'에 동참해보는 것도 나쁘지 않다.

다만, 그래도 조금 마음에 걸리는 부분이 있다.

지금부터 영화를 보러 갈 건데, 뜬금없이 더블데이트라니 그게 가능한가?

그런 당연한 의문이었다.

급히 자리를 예매한다고 해도, 나란히 앉기란 백퍼센트 불가능이다. 아니면 그것조차도 '재미' 중 하나에 속하는 걸까.

원래 '데이트'의 목적에서 멀어지는 인상을 지울 수 없지만, 다른 측면에서 보면 더블데이트는 꼭 단점만 있는 건 아닐지도 모른다. 사토랑 단둘이 대화를 나누다가 막히거나 어색한 분위기가 흐르는 순간도 있겠지. 그런데 히라타와 카루이자와가 있으면 화제를 잘 이어줄 것이다. 그리고 하루카는 아이리랑 마주치지 않도록 피해주겠다고 말했지만,

그래도 만일의 사태는 얼마든지 일어날 수 있다. 그때 사토랑 둘만 있는 모습을 보이는 것보다야 넷이 있는 편이 훨씬 자연스럽게 비치지 않겠는가? 어차피 거절할 수 없는 분위기라면, 그런 식으로 생각하는 편이 좋겠다.

"세 사람이 찬성한다면 딱히 이의는 없어."

계속 기다리게 하기도 미안해서 '예스'라는 대답을 내놓자 카루이자와가 곧바로 나섰다.

"그럼 결정됐네. 두 사람은 지금부터 어디 갈 예정이었어?"

시원시원하게 더블데이트를 확정짓고 쭉쭉 일을 진행하기 시작했다.

그런 카루이자와의 모습에 사토는 왠지 마음이 놓인다는 듯 차분한 분위기를 보였다.

어쩌면 사토도 잔뜩 긴장해서, 우리 둘만 다니는 게 불안했는지도 모르겠다.

이 뜬금없이 생긴 이벤트가 부디 보람 있기를 기대하자.

"으음, 아야노코지랑 영화를 보러 가기로 했었어."

사토가 우리의 데이트 계획을 휴대폰으로 보여주며 카루이자와와 의논했다.

"오늘 개봉하는 영화? 그럼 엄청 럭키인데? 우리도 보러 갈 예정이었거든. 우와, 심지어 상영 시간까지 똑같아. 대박, 대박!"

묘한 우연에 흥분하는 두 사람.

사토의 표정이 살짝 굳어졌다고 할까, 어딘지 어색한 게 마음에 걸리는군.

"이런 우연이 다 있네, 아야노코지."

"그러게 말이야."

같은 영화를 같은 시간대에 보러 가는 것은 히라타도 놀라운 모양이었다.

아무리 상영 첫날이라지만, 이렇게까지 겹치는 건 정말 행운 같은 이야기이다.

"같이 다닌다고 해도 영화니까, 자리는 어떻게 돼? 바꾸긴 힘들겠지?"

나는 두 사람에게 자리가 어딘지 물어보았다.

우연에 우연이 겹쳐질 것인가.

"음. 어디 보자……."

카루이자와가 휴대폰을 눌러서 확인했다.

"어디야? 카루이자와."

사토가 카루이자와의 휴대폰을 들여다보며 서로 자리를 확인했다.

"자리는…… 떨어졌네. 뭐, 그건 어쩔 수 없으려나."

카루이자와가 히라타에게 자리를 보여주었다. 위치가 완전히 달랐다.

아무래도 우연은 계속 이어지지 않는 모양인지 멀리 떨어진 자리였다.

"그럼 슬슬 가볼까, 아야노코지!"

만난 순간에는 잔뜩 긴장해서 얌전하게 굴었던 사토지만,

카루이자와 일행이 합류하자 평소의 모습을 되찾고 내 옆에 찰싹 달라붙어 걷기 시작했다.

"……가까워."

아무에게도 들리지 않게 작은 목소리로, 나는 무심코 중얼거렸다.

더블데이트를 하게 된 우리는 영화관을 향해 걸음을 옮겼다.

넷이 나란히 걷는 형태로 함께 케야키 몰 안을 걸었다. 끝에서부터 나, 사토, 그 옆에 카루이자와, 그리고 제일 먼 쪽이 히라타였다.

"호오…… 왠지 두 사람 꽤 그럴 듯한데?"

가까이 붙어서 걷는 우리를 보고 카루이자와가 중얼거렸다.

"그, 그래?"

"누가 아무리 봐도, 크리스마스를 함께 보내는 커플 같은 느낌?"

"헤헤헤. 왠지 쑥스럽다, 아야노코지. 우리가 커플처럼 보인대."

"……그렇군."

그렇게 보이는 상황인 건 부정하기 어렵나.

뭐, 크리스마스에 데이트하고 있는 이상 그런 말을 들어도 어쩔 수 없다.

"그런데 두 사람, 정말로 사귀는 거 아니야? 실은 사귀고 막!"

"아, 아니야. 전혀. 우린 아직 그런 사이가 아니라고!"
"정말로오? 숨기는 거면 지금 말해."
흥미 때문이라기보다는 노골적으로 우리를 놀리고 있었다.
다만 사토는 싫어한다거나 곤란해하는 모습이 아니었다.
굳이 말하자면 그런 카루이자와의 짓궂은 장난을 기쁘게 받아들이는 것 같았다.
그게 좀 이상하달까, 살짝 이해가 되지 않아 혼란스러웠다.
하지만 내 입장이라고 다시 생각해보니 어떤 면은 대충 이해가 갔다.
이를테면 학교에서 아이돌 같은 존재인 여자애와 내가 어떤 착오로 인해 데이트를 하게 되었는데 그 모습을 목격한 친구가 여자친구야? 하고 놀린다면 민망하겠지만, 착각일지라도 우월감 역시 느낄 것 같기 때문이다.
다만 이 예는 '학교의 아이돌'이라는 분명한 지위가 자랑거리인 건데, 사토가 내게 그런 감정을 느끼고 있을지 어떨지는 강한 의문이 남는다.
"그러고 보니 사토, 아직 남자친구 없다고 했지?"
"으, 으응."
카루이자와의 집요한 공세는 멈출 줄 모르고 계속해서 이어졌다.
나는 거의 반쯤은 이야기를 한 귀로 흘리며, 예상치 못한 더블데이트를 어떤 식으로 무난하게 헤쳐나갈지 고민하기로 했다.

그리고 얼마간 카루이자와의 질문에 적당히 대답하고 넘기는 시간이 이어졌는데…….

"우리는 우리끼리 즐겁게 보낼 테니까, 두 사람은 너무 신경 쓰지 마."

이윽고 그렇게 말한 카루이자와가 히라타 쪽으로 고개를 돌렸다.

실컷 다 말해놓고 이제 와서 방임인가.

카루이자와의 노림수는 왠지 예측이 가지만, 그래도 아직 모르는 부분이 많다.

어쨌든 이제부터 시작될 더블데이트는, 요컨대 다 함께 다니긴 하지만 기본적으로는 둘이 대화를 나누라는 건가 보다.

나는 그 규칙이랄지 선 긋기가 잘 이해되지 않았지만, 신경 쓰지 않기로 했다.

문제는 지금부터다. 사토와 무슨 이야기를 나누는 게 정답인지 모르겠다.

나는 반 친구로서의 사토를 거의 몰랐던 것이다.

시간이 없는 와중에 정보를 모으려고 움직이기도 했지만, 단서를 거의 얻지 못했다.

옥상 사건도 있었던 데다가 겨울방학까지 되어, 사토와 접촉할 기회도 없었다.

만약 데이트 날짜까지 유예 기간이 있었다면 좀 더 나은 상황으로 이끌어갈 수 있었을 텐데.

하지만 어떻게 해야 좋을지 모르는 상태인 건 사토도 마찬가지일 터. 긴장도 되겠지.

물론 전날까지 나름대로 애드리브 같은 질문도 생각해보았다.

좋아하는 음식이라든지, 취미라든지 그런 뻔한 것들이었다.

하지만 막상 상황이 닥치니 참 물어보기 힘들군.

으헥, 이 애 인터넷에 올라온 매뉴얼대로 말하잖아, 하고 생각하게 만들고 싶지 않아서인지도 모른다.

무슨 말을 할지 고민하고 있는데, 내 침묵이 신경 쓰였는지 카루이자와가 순간 우리를 쳐다보았다.

그리고 일초도 채 되지 않은 순간이었지만 서로 시선을 교환했다.

'꽤 얌전하게 구네? 얌전한 척 연기하는 것도 힘들 텐데.'

'딱히 연기하는 게 아니야. 단순히 어떻게 대화를 이끌어가야 할지 몰라서 그럴 뿐이야.'

그런 대화가 눈빛만으로 오갔다.

물론 카루이자와의 말은 내가 멋대로 한 상상이다.

계속 시간이 지나도 내가 말을 꺼내지 않고 있자…….

"사토. 아야노코지가 무슨 말을 해야 좋을지 모르는 것 같은데?"

침묵을 깨듯 카루이자와가 쏜 화살 하나가 날아왔다.

아무래도 내 상상은 거의 다 맞아떨어진 모양이다.

그걸 계기로 삼아 사토는 정신이 번쩍 든 표정을 지으며 대화를 시작했다.

"저기 말이야, 아야노코지는 아이돌 좋아해?"

사토도 이런저런 화제를 고민했었는지, 그렇게 물어봐주었다. 내게 던진 높은 공. 받기 편한 위치로 부드럽게 날아온다.

"아이돌, 은 솔직히 잘 몰라…… 그래서 좋지도 싫지도 않아. 사토는 좋아해?"

"난 굉장히 좋아해. 멋진 남자 아이돌도 좋지만 지금 제일 좋은 건 여자 아이돌 그룹이랄까. 들어본 적 없어? 멤버가 50명 정도인——."

"아아, 텔레비전에 매일 나오던데. 특이한 노래에 맞춰 춤추는 그룹을 말하는 거지?"

"맞아, 맞아. 나 그 그룹 엄청 좋아해. 노래도 좋은 게 많아."

"아아……."

죽죽 치고 들어오는 사토에게 기가 눌리면서도 나는 고개를 끄덕였다.

"특히 데뷔곡은 강력 추천하니까 꼭 들어봐. 다음에 CD 빌려줄게."

"고마워."

그렇게 대답했을 때, 내 대화법이 뭔가 잘못되었음을 깨달았다.

자연스레 생기고 마는 대화의 틈.

맞장구를 치거나 대답만 해서는 상대방만 일방적으로 공을 던지게 된다.

내가 받은 공이니, 당연히 다시 던져야 하는 사람은 나여야 한다.

"어떤 곡을 많이 들어?"

그런 내 고뇌를 아는지 모르는지 사토가 다시 공을 던졌다.

다시 날아오는 화제라는 이름의 공을, 이번에는 제대로 되돌려주자.

어떤 곡을 주로 듣는가. 단순하면서도 의외로 대답하기 어려운 화제다.

그렇게 생각했지만, 나는 목구멍 위까지 올라왔던 곡을 도로 밀어 넣었다.

만약 솔직하게 내 취미를 밝힌다면 어떻게 될까?

여기서 베토벤, 모차르트를 꺼내면 확실히 땡이다. 그렇다고 해서 힐링 뮤직, 그중에서도 빗소리나 새가 지저귀는 소리라고 대답하는 것도 미스다.

즉 내 취미가 어떻든, 지금 이 질문에 답할 때는 무시해야 한다.

요구되는 대답은 유명한 뮤지션이나 아이돌 쪽, 그러니까 요즘 유행하는 곡이리라. 사토의 기대하는 눈빛에 어떻게든 대답해야만 한다.

"……올해 유행한 영화가 있었잖아? 애니메이션."

"아아, 응. 그 연애 영화 말이지, 완전 감동적이었어."

"그 주제가를 불렀던 그룹이라든지, 그 정도야, 요즘에 듣는 곡은."

그룹명은 몰라도 노래는 몇 번인가 들어봤었다. 그것을 단서로 삼아 대화를 이어나갔다.

"아! 알아! 엄청 잘 알아! 나도 완전 좋아해!"

아무래도 공이 잘 돌아갔는지, 사토는 만세를 하듯 공을 받았다.

다만 이 화제가 더 깊어지면 중간에 다 들통나고 말리라.

그 부분은 잘 수습해야겠지.

"자세히 아는 게 많구나."

"그래? 난 아마 보통일 건데."

아무래도 여자라는 생물은 상상 이상으로 이런 정보에 빠삭한 모양이다. 원시시대 때부터 시작된 남녀의 역할 분담이 현대까지 강하게 침투되어 있다는 이야기를 들은 적이 있는데, 바로 그것인지도 모르겠다. 여성은 소통 능력이 특별히 발달된 모양이니까.

"지금은 동아리 같은 거 안 하지? 전에는 육상부였어?"

화제가 동아리로 바뀌었다. 왜 그렇게 되었는지는 잘 알 것 같다. 체육대회 때 내가 한 릴레이와 상관있겠지.

"아니, 난 동아리에 들어본 적이 없어."

"그래?! 그런데도 달리기를 그렇게 잘하다니 정말 대단하지 않아?! 그 학생회장보다도 더 빨랐잖아!"

만년 귀가부였다는 사실을 밝히자 사토가 왠지 감격한 듯 흥분했다. 그런 사토의 마구 떠드는 모습이 눈에 띄었는지, 카루이자와가 곁눈질하면서 한마디 던졌다.

"단순히 학생회장이 느렸던 건 아니고? 사람들이 멋대로 달리기가 빠를 거라고 착각했을 뿐이지, 사실은 느린 사람끼리의 경쟁이었다거나?"

"아무리 그래도 그건 아니지, 카루이자와. 두 사람 모두 엄청나게 빨랐어."

"흐음. 쉽게 믿기는 힘든데 말이야. 싸움 같은 것도 약해 보이고. 게다가 아야노코지는 의외로 무미건조해 보인달까, 소중한 사람이 감기에 걸려서 누워 있어도 병문안조차 오지 않을 것 같은 타입 같달까~."

전혀 관련 없는 흐름으로 딴죽을 거는 것을 보니, 심사가 뒤틀려 있군.

그리고 오늘 공격의 원인이 거기에 있었다는 것을 알았다.

옥상에서 류엔에게 계속 물벼락을 맞아 몸이 아팠을지도 모르는데 신경 쓰지 않았던 나를 원망하는 것 같았다. 어쩌면 더블데이트를 제안한 것도 나를 방해하면서 기분을 풀려는 의도가 들어 있는지도 모르겠다.

"난 그런 식으로 보이지 않는데. 아야노코지는 분명 다정한 사람이라고 생각해."

"뭐? 그래애~?"

"나도 아야노코지는 친절한 사람이라고 생각해."

"우왓, 왠지 나만 나쁜 사람 같잖아?"

불만스럽게 말하지만 카루이자와는 대화의 중심인물로 늘 돋보였다.

나를 괴롭히면서 사토가 나를 감싸도록 유도하는 것이 느껴졌다.

그리고 그게, 사토와 나를 커플로 만들려는 목적이라는 것도 알았다.

"저, 저기 말이야? 저기, 그게……."

문득 보니 어느새 미소가 사라진 사토.

내가 먼저 화제를 던지지 않아 기분이 상했나 싶었는데, 그건 아닌 것 같았다.

뭐라고 말하고 싶은데 말을 꺼내지 못하는, 그런 식으로 보였다.

잠시 침묵을 지키며 사토가 어떻게 나올지 살폈지만, 그녀의 입에서 다음 말은 결국 나오지 않았다.

"저, 저기. 나한테 뭐 궁금한 건 없어?"

대신 대화의 주도권을 내게 양보했다.

하긴 아까부터 화제의 중심은 나에 대한 것뿐이었다.

지금은 나도 사토에게 뭔가를 물어봐야 하는 시점이리라.

"이 학교에 들어오면 외부와 연락을 못하잖아? 그것 때문에 힘든 일은 없었어?"

그렇게 독특한 질문을 던지자 사토는 진지하게 생각에 잠겼다.

"으음…… 여러 가지 많았던 것 같은데……."

고민한 끝에, 그중에서도 특히 이것, 하고 생각한 것을 꺼냈다.

"나 중학교 때 고양이를 길렀거든. 지금은 엄마가 보살펴주실 텐데, 그 고양이를 못 보는 게 제일 힘든 것 같아."

가족과 멀어진다, 라는 건 과연 일반적인 대답일지도 모르겠다.

귀여워하던 반려동물을 보지 못하는 것은 자기 자식과의 만남을 허락받지 못하는 부모와 같은 심정이겠지.

"3년 동안 못 만나면 정말 괴롭긴 하겠다."

"아야노코지는 반려동물을 키운 적 없어?"

"아아. 개를 키우고 싶어서 관심은 있었는데 부모님이 허락해주지 않으셨어."

흥미가 있었던 건 사실이어서 그렇게 대답해 두었다.

"그렇구나. 개 이야기가 나와서 말인데, 얼마 전에 부지 안에서 강아지를 봤었어."

사토가 말했다.

"엥, 그래?"

자기 입으로 알아서 놀 테니 신경 쓰지 말라고 말했던 카루이자와가 무슨 생각인지 다시 사토의 말에 끼어들었다. 이야기는 다 듣고 있었던 모양이다.

"응. 심지어 키우는 강아지 같았어. 엄청 귀엽더라!"

"학생은 못 키울 테니까 어른 중에 누군가가 키우나 보네.

종업원 아니면 선생님?"

부지를 돌아다니는 유기견이 있다고는 생각하기 힘들었기 때문에 히라타가 그렇게 말했다.

하긴 그렇게 생각하는 게 제일 타당하겠지.

"좋겠다, 펫이라니, 기숙사에서도 키울 수 있으면 최고일 텐데."

"나도 찬성. 펫샵 같은 데 있으면 좋겠다."

"아니 왜 못 기르게 하는 걸까?"

"정말, 정말. 이것저것 많이 팔면서 펫은 안 된다는 건 좀 납득이 안 가."

여자 둘이 반려동물을 화제로 이야기꽃을 피우는데 남자 둘은 완전히 뒷전이다.

물론 반려동물은 힐링이 되는 존재라고 생각하지만 기숙사에서 키울 수 있게 되면 여러 가지 문제가 생기기 마련이다. 한 사람당 한 마리를 기를 수 있다고 전제했을 때, 수백 마리의 동물이 기숙사에서 사육될 가능성이 있다. 그렇다면 학생들이 학교에 가 있는 반나절 동안, 모든 방에 반려동물이 방치되어 곧 문제가 생기지 않겠는가.

필연적으로 키울 수 없다는 사실을 알 것 같은데, 생각이 거기까지 미치지 않는 모양이었다.

진지한 이유야 조금도 생각하지 않는 거겠지.

귀엽다, 키우고 싶다, 단순히 그것만으로 이야기를 완결시키고 있다.

"……시시한 생각이군."

나는 굉장히 재미없는 생각을 하고 있었다. 스스로도 그걸 잘 알았다.

지금 필요한 건 그런 현실적인 이야기가 아니다.

반려동물을 키우는 건 당연히 가능할 리 없다. 그렇게 투덜투덜 말해봐야 이 자리의 분위기만 망칠 뿐이다.

"난 토끼를 키우고 싶어. 비교적 키우기도 쉽고 얌전하니까."

여자애들의 대화에 순순히 합류한 히라타가 그렇게 말하자 여자애 둘도 미소로 찬성했다.

분명 이렇게 대화를 잘 이끌어가는 남자가 인기 있는 거겠지.

어느새 반려동물에 관한 화제도 끝나고 다음 주제를 모색할 시간이 되었다.

어떻게 해야 할지 이리저리 생각하다가 사토와 눈이 마주쳤다.

"저, 저기, 아야노코지. 그게 말이야……."

조금 전까지는 평소 모습을 되찾았던 사토였는데, 다시 갑자기 말을 머뭇거렸다.

아무래도 사토는 정말로 하고 싶은 말이 있을 때 극도로 긴장하는 모양이다. 이성과 얽혔을 때만 그런지, 평소에도 그런지는 잘 모르겠다.

하지만 결심을 굳힌 듯 말을 꺼내려……다가 다시 입을

닫았다.

아까보다 더 묻기 힘든 내용인 걸까?

"아야노코지는 이상형이 어떻게 돼?"

사토의 말이 나오기 전에 옆에 있던 카루이자와가 질문했다.

"나, 나도 궁금해."

편승하듯 사토도 동의했다.

자기 질문이 중간에 끊겼는데 불만을 드러내지 않는 사토.

어쩌면 같은 질문을 하려던 것일까?

만약 그렇다면 아무래도 이 더블데이트, 단순한 우연은 아닌 것 같다.

처음부터 어렴풋이 느끼고는 있었지만 아마도 미리 짰다고 보는 게 좋겠지.

어쨌든 지금은 질문에 대답해야 한다. 나의 이상형이라.

"……왠지 대답하기 어렵네."

눈을 반짝이며 쳐다보는 사토에, 뚫어져라 노려보는 카루이자와. 왠지 즐겁다는 듯이 나를 보는 히라타까지, 삼인삼색의 눈길이었다.

"활기찬 스타일…… 이라고 할까?"

겨우 짜낸 말이었는데, 그게 내 취향이냐고 하면 좀 이상하다.

단순히 여자애들 중에 활기찬 스타일이 많으니까, 분위기를 망치지 않으려고 그렇게 대답한 건데 분위기가 내 의도

대로 흘러가지 않았다.

"의외네. 왠지 아야노코지는 그런 취향이 아닐 것 같았거든."

혹시 사토나 카루이자와는 활기찬 스타일에 속하지 않는 건가?

호리키타야 확실하게 아니라고 말할 수 있지만 쿠시다나 이치노세도 활기찬 스타일……이겠지?

"혹시 아야노코지는 활기차거나 얌전하거나, 여자애는 그 두 종류밖에 없다고 생각하는 것 아니야?"

카루이자와가 묘하게 예리한 지적을 날렸다.

"그런 거야?"

"아니야. 난 비교적 조용한 성격이니까, 반대로 끌어주는 애가 좋다고 생각했을 뿐이야. 내 표현이 틀린 거면 정정할게."

그렇게 대답했지만, 사토와 카루이자와에게 제대로 전달되지 않은 것 같다.

"그럼 말이야. 호리키타랑은 어떤 느낌이야?"

또 갑자기, 카루이자와가 그런 말을 꺼냈다.

전혀 상관없잖아, 라고 말해주고 싶었지만 사토의 표정이 노골적으로 바뀌었다.

이것도 사토가 하고 싶었던 질문이었겠지.

묻기 힘들어하는 사토 대신 카루이자와가 물어봐준 것이리라.

키요
타카

나와 호리키타의 관계를 반에서 제대로 이해하고 있는 사람은 별로 없는데 그 몇 안 되는 사람 중 하나가 바로 카루이자와다.

그러니 이런 질문을 던지는 것 자체가 부자연스럽다. 분명 사토를 위해서일 것이다.

사토가 정말 내게 이성적인 호감을 느끼고 있는 거라면 그걸 카루이자와에게 털어놓고 더블데이트로 몰고 갔다는 전개가 눈에 훤히 보인다.

즉 카루이자와에게 지원사격을 부탁했겠지. 여러 가지로 슬쩍 속을 떠봐서 주변 장애물부터 제거해나가겠다는 건가.

보이지 않는 카루이자와가 어딘가에서 나를 노리고 있는, 그런 느낌이었다.

이번 더블데이트를 제안한 것이 둘 중 누구인지는 모르겠지만, 세밀하게 작전을 짠 사람은 카루이자와라고 추측할 수 있다.

"호리키타랑은 딱히 아무 사이도. 보다시피 크리스마스에도 이렇게 따로 보내잖아?"

주장보다 증거. 지금 여기에 호리키타가 없다는 것이, 무엇보다 중요한 증거라고 어필했다.

"하지만 그렇다고 꼭 아무 사이도 아니라고는 단언할 수 없지 않아?"

이걸로 충분할 텐데 카루이자와가 집요하게 물고 늘어졌다.

"아야노코지는 호리키타를 좋아하는데 호리키타가 상대

해주지 않는 걸 수도 있고, 사실은 만나자고 말하고 싶었는데 용기가 안 났을 수도 있고?"

"……하긴 그래."

진지하게 생각해보면 충분히 있을 법한 이야기이다.

"어, 어떤 거야? 내가 만나자고 한 게 민폐였어?"

불안한 듯 사토가 내 눈치를 살폈다.

"아까도 말했지만 만약 그랬으면 미리 거절했을 거야."

"그래애. 다행이다……!"

"그런데 그런 애 있지 않아? 좋아하는 상대가 자길 봐주지 않는다고 보험을 들어두는 남자애 말이야. 진짜 좋아하는 애랑 사귀지 못하면 보험인 여자애랑 만나고 막?"

카루이자와가 짓궂은 질문을 던졌다.

지금 여기에 그럴 깜냥이 되는 사람이 있냐? 하고 반문해봐야 있다고 대답할 것 같아서 그만두었다. 카루이자와는 사토를 위해서 그런 식으로 몰아붙이는 건지도 모르겠군.

마치 악어가 득시글거리는 나일강에 뛰어드는 느낌이다.

"내가 그럴 능력이 될 사람처럼 보여?"

"보이는데?"

"……야."

알면서도 뛰어들었다가 멋지게 물어 뜯겼다.

"진짜는 호리키타를 좋아하는데, 보험 차원으로 사토랑 놀고 있을 가능성도 있잖아?"

사토를 치켜세워주고 싶은 게 아니라 나를 끌어내리고 싶은 모양이군, 카루이자와는.

어쩌면 사토와 잘 되게 도와주려는 게 아니라 나 같은 인간은 사토와 어울리지 않는다는 것을 사토에게 알려주려는 건지도 모른다.

"아야노코지는 그런 짓을 할 사람이 아니라고 생각해."

카루이자와의 모진 말에 사토가 반론을 펼쳤다.

"그렇지? 아야노코지."

"그렇게까지 능력 있진 않거든."

나는 카루이자와의 맹공을 아슬아슬하게 피했다.

그렇게 생각하자마자 세 번째 공격이 날아왔다.

"그런데 말이야, 아야노코지는 쿠시다랑도 좀 친하지 않아?"

"앗, 그래?!"

몰랐어, 하고 사토가 화들짝 놀랐다.

"쿠시다야 안 친한 사람이 없다고 보는데……."

이제는 악어가 물어뜯는 수준이 아니다. 아예 물에서 뛰어올라 하늘을 날고 있다.

"남자애들 대부분은 쿠시다랑 사귀고 싶어 하지 않나?"

"그렇게 생각해? 히라타."

나는 악어에게서 도망치기 위해 히라타에게 도움을 구하기로 했다.

내가 곤혹스러워하고 있다는 걸 안다면 잘 대응해 줄 것이다.

"물론 쿠시다는 인기가 많지만 모두 다 그 애를 좋아하는 건 아닐 거야. 그리고 아야노코지는 아직, 특정한 누군가를 좋아한다거나 하는 감정이 없지 않을까?"

정답이다, 히라타. 넌 내가 원하는 방향성 100%로 대답해 주었다.

쿠시다에 대한 오해를 품과 동시에 그 이외의 문제까지 해결했다.

"요스케 군이 그렇게 말하면 정말 그렇겠지만."

불만스러워하면서도 카루이자와가 고개를 끄덕였다. 히라타의 말에는 신기하게도 무게감이 있어서 쉽사리 반박할 수 없다. 사토라면 더 그렇게 느끼고 있겠지.

나이스 히라타. 굉장하다, 히라타. 가라 가라 히라탓.

"어이, 거기 네 사람, 잠깐 나 좀 볼까?"

넷이서 영화관 근처까지 도착했을 때, 갑자기 등 뒤에서 누군가가 말을 걸었다. 우리는 모두 뒤돌아보았다.

"네가 아야노코지, 맞지?"

"……그런데요."

누구시죠, 하는 말은 목구멍 밑으로 곧 내려갔다. 날카로운 눈빛과 산뜻한 이미지를 모두 갖춘 그 남자를 몇 번인가 본 적 있었기 때문이다.

이 학교에서 모르는 학생이 없을, 2학년 A반 나구모 미야비.

그리고 그의 친구로 보이는 남녀 몇 명이 나구모의 주위에 모여 있었다. 멤버 중에는 학생회 학생들도 포함되어 있었다.

서기인 미조와키와 토노카와, 그리고 부회장 키리야마. 거기에다가 학생회의 여자 멤버들.

그리고 1학년 중 유일하게 학생회에 이름을 올린 소녀의 모습도 보였다.

1학년 B반 이치노세 호나미였다. 그런데 이 멤버들 속에서는 괜히 앞으로 나서지 않고 시선이 마주치자 가볍게 미소 짓는 정도의 반응을 보일 뿐이었다.

이치노세 이외의 학생회 멤버는 나를 쳐다보지도 않고 자기들끼리 잡담을 이어나갔다.

그나저나 쟁쟁한 상급생들의 등장. 이곳의 분위기가 무거워진다.

“1학년이지? 미야비의 친구?”

상급생 대부분이 우리를 인식하지 못하고 있는 가운데, 한 여학생이 시선을 보냈다.

예전에 길에서 부적을 떨어뜨렸던 상급생이다.

그렇다고는 해도, 상대방은 나를 알 리 없지만.

“말해본 적은 없어. 기억 안 나? 체육대회 릴레이 때 호리키타 선배랑 대결했던 애야.”

“아. 왠지 낯이 익더니…… 그때 그 애구나.”

“이야기 좀 할까? 시간 되지?”

나구모가 그렇게 말했다. 지금 넷이서 놀고 있다는 건 누가 봐도 분명하다. 그런데 상급생인 데다가 신임 학생회장인 그의 제안이니 함부로 거절할 수 없었다. 생각지 못한 사태에 사토는 위축되었고, 카루이자와 역시 살짝 동요하는 것 같았다.

그런 두 사람을 보고 히라타가 바로 나섰다.

이중에서 유일하게 나구모를 상대할 수 있는 학생이겠지.

그래도 지금 노는 중이어서 시간 없어요, 다음 기회로 해주셨으면 합니다, 하는 말은 못 하리라. 어떻게 대처할 생각일까.

"안녕하세요, 나구모 선배."

"요오, 히라타. 축구부는 요즘 어때?"

나구모는 학생회장에 취임하기 전, 축구부에 소속되어 있었다. 그 부분을 살려서 대화를 이끌어갈 심산인가 보다.

"모두 열심히 하고 있어요. 다음에 또 들러서 연습 같이 도와주세요. 그런데 선배, 아야노코지가 무슨 잘못이라도 했나요?"

조금 불안한 투로 말을 꺼내는 히라타.

"응? 아아, 아니, 그런 게 아니야. 내가 후배를 괴롭힐 리 없잖아? 그냥 사소한 흥미 차원에서."

나구모는 웃었지만 눈은 웃고 있지 않았다.

내가 나서지 않는 한 이곳의 분위기는 바뀌지 않겠지.

"무슨 일이신데요?"

"너무 경계하지 마. 그렇게 말해도 무리인가. 너희는 먼저 가 있어."

사람이 많으면 위압적일 거라고 생각했는지 나구모가 일행에게 그렇게 말했다.

"빨리 와야 해~?"

"알았어."

우리를 놓아줄 생각이 없는 듯, 나구모는 일행을 어딘가로 먼저 보냈다.

그 뒷모습을 아무 생각 없이 보고 있자 눈치를 채고 이렇게 말을 보탰다.

"노래방에 가는 거야. 너도 같이 갈래?"

"아니요……."

"농담이야. 친구도 아닌 네가 끼면 분위기만 흐려지지."

이번에는 냉소를 띠었다.

"호리키타 선배가 신경 쓰는 학생…… 그런 소문에 놀아났을 뿐이야."

"선배, 그건 릴레이 때를 말씀하시는 건가요?"

나를 감싸듯 히라타가 대화에 끼어들었다.

"그래. 너도 봤지?"

"네, 아야노코지가 달리기를 잘한다는 건 알고 있었거든요."

그건 히라타의 거짓말이었는데, 진실을 확인할 방법은 나구모에게 없다.

"하지만 그것 말고 선배들이 눈여겨 볼 법한 구석은 아야노코지에게 없을 텐데요."

"물론 평범한 학생처럼 보이지. 네가 말한 대로 달리기를 잘하는 것 이외에는…… 말이야."

나구모가 험악한 표정으로 내 팔을 강하게 붙잡았다.

그 이상한 광경에 당연히 다른 세 사람은 깜짝 놀랐으리라.

일촉즉발, 싸움이 시작될 것처럼 보이지 않았을까. 나구모를 잘 아는 히라타조차 순간 몸이 굳을 만큼 무서운 기세.

"나구모 회장, 표정이 좀 무서워요."

더 큰 사태로 번지지 않게, 카루이자와가 웃으며 나구모에게 다가갔다.

"무섭게 했나? 미안, 미안. 그럴 생각은 없었어."

나구모는 온화한 표정을 카루이자와에게 보냈지만 내 팔을 놓으려고는 하지 않았다.

그리고 내게 시선을 되돌렸다.

"하지만── 난 공교롭게도 호리키타 선배를 인정하거든. 그 사람이 너에게서 뭔가를 봤다면 그건 틀림없을 거다."

"아주 높이 평가하나 봐요, 학생회장을."

"전 학생회장, 이지. 앞으로가 기대되는데, 아야노코지. 그 사람이 졸업해서 사라지면 1년 동안 따분한 시간이 흐르겠지. 내 욕구를 채워주고 같이 놀아줄래?"

호리키타의 오빠와 나구모의 사이에 여러 가지 복잡한 사연이 있다는 것은 알고 있었지만, 당사자를 뛰어넘어 나에게까지 불똥이 튈 만큼 집착하고 있을 줄이야. 조금 예상 밖이었다.

나구모는 자신과 주변이 즐거우면 그걸로 됐다고 생각하는 타입이라고 여겼기 때문이다.

그런데 이런 태도를 보니, 그건 아닌 듯하다.

자신의 강한 힘, 자신의 대단함을 주위에 알리는 것에 무게를 두는 듯했다.

"하나만 물어도 될까요?"

지금까지 얌전히 듣기만 하던 내가 그렇게 묻자 나구모는 처음으로 살짝 미소를 보였다.

"예전에 학생회장에 취임했을 때, 앞으로 학교를 재미있고, 실력으로 승부하는 곳으로 만들어 가겠다고 했었죠. 구체적으로 어떻게 할 생각이죠?"

여기까지 왔으니 하나쯤 밝힌다고 해서 손해 볼 것은 없다.

그렇게 생각하고 물어보았다.

"1학년이 어떤 시험을 치러왔는지는 모르겠지만 시시하고 딱딱한 것뿐이었을 거야. 난 그런 시험에 질렸어. 그래, 꼭 유행하는 가상 온라인 게임에 의한 특별시험, 이런 거 하면 재미있을 것 같지 않아?"

"가상 온라인 게임……?"

나는 순간 휴대폰 어플을 연상했지만 나구모는 곧바로 웃으며 이렇게 말했다.

"진지하게 받아들이지 마라."

그리고 줄곧 잡고 있던 내 손을 놓더니 다시 한 번 웃었다. 눈은 웃고 있지 않았지만.

"데이트를 방해해서 미안하다. 그럼 또 보자."

그렇게 말한 나구모는 동료를 쫓아 노래방 쪽으로 걸어갔다.

잠시 후 찾아온 정적.

"후우. 사소한 해프닝이었어."

아무 일도 없었다는 듯 가슴을 쓸어내리는 히라타.

그러자 지금까지 위축되어 입을 꾹 다물고 있었던 사토가 흥분해서 소리쳤다.

"괴, 굉장해, 아야노코지! 하, 학생회장이 한눈에 점 찍다니!"

"아니, 별로 그런 거 아닌데."

텐션이 높은 사토에게 압도되면서도 나는 그렇게 대답했다.

"왜 그런지 납득은 안 가지만. 아야노코지야 단순히 달리기만 잘하는 거잖아? 요스케 군이 100배는 더 대단한데. 달리기 속도도 마하이고. 공부도 잘하고. 주목 받는 쪽이 요스케가 아니면 이상하지 않아?"

응? 하고 카루이자와가 히라타에게 미소 지으며 말을 걸었다.

"히라타도 물론 굉장하지만……. 그래도, 그래도 아야노코지도 지지 않는다고 난 생각해!"

콧김을 내뿜으며 그렇게 감싸주는 건 기쁘기도 하지만,

키요
타카

그 정도까지 바라는 건 아니다.

좋지도 나쁘지도 않은 정도로 평가해주면 그게 제일 좋다.

무엇보다 그런 식으로 말하면 카루이자와에게 트집 잡힐 것이다.

"지지 않는다니, 요스케 군보다 공부도 못하잖아?"

"그, 그건…… 그래도 나보다 머리가 좋으니까!"

하긴 그 부분은 부정하지 않겠지만, 그걸로 만족하는 거냐? 사토.

"좋겠네, 아야노코지는. 사토가 이렇게나 높이 평가해주니까, 어쩌다가 달리기를 잘하게 돼서 이득이라는 느낌?"

"그럴지도."

굉장한 압박이 느껴지는 카루이자와의 칭찬……이 아닌 말을 받아들였다.

어쨌든 오늘 하루, 카루이자와는 나를 계속 깔아뭉갤 방침이라는 것만은 잘 알겠다.

2

케야키 몰에 있는 영화관은 지난번보다 더 혼잡했다. 새로 공개된 영화의 영향, 그리고 기자재 문제와도 관련 있는지 모르겠다.

과연 이부키는 오지 않은 것 같았다.

외국의 대형 영화제작사가 만든 3D 애니메이션에는 흥미가 없는 것일까, 아니면 이 혼잡함을 예상하고 피한 것일까.
……아마 다른 날에 보러 오겠지.

우리는 다 함께 예약해둔 티켓을 발권한 후 직원에게 반권을 건네주고 안으로 들어갔다.

"아, 맞다, 카루이자와. 화장실에 같이 가지 않을래?"

"그래. 상영 시간도 다 되어가니까."

그렇게 말한 사토는 카루이자와를 약간 끌고 가듯이 데리고 화장실로 향했다.

나와 히라타 둘만 남았다.

"……뭐랄까, 고생이 많다."

가장 먼저 꺼낸 것은 그런 솔직한 말이었다. 히라타는 가짜 커플인 카루이자와에게 소중한 크리스마스를 할애해서 같이 다니고 있다. 순순히 존경할 만한 점이다.

아니면 사실은 카루이자와에게 마음이 있기라도 한 것일까?

"카루이자와는 내가 제일 처음 구해야 한다고 생각했던 반 친구니까."

그 눈빛은 카루이자와를 연애 대상으로 보는 느낌이 아니었다.

항상 반 친구들을 위해 분주한 남자. 히라타 요스케의 눈빛이었다.

"아야노코지 너한테 정말 고맙게 생각해. 카루이자와의

일 말이야."

"인사받을 일을 한 기억은 없는데."

"선상시험에서 너랑 카루이자와가 같은 그룹이어서 정말 다행이었어. 이제 그 애는 나란 존재가 없어도 혼자 잘 걸을 수 있어."

짐 하나를 천천히 내려놓듯이, 히라타가 안도의 한숨을 내쉬었다.

"그렇게 생각하기에는 아직 이르지 않나?"

"내가 그 애의 남자친구, 라는 역할을 맡고 있으니까?"

"그래."

카루이자와는 정신적으로 강해졌다. 성장했다. 그걸 히라타도 피부로 느끼고 있다.

하지만 진정한 의미로의 성장은 거기에 있을 것이다.

"그건 시간문제, 라고 난 생각해. 요즘에는 연락도 최소한으로만 하고 있기도 하고. 오늘처럼 다소 예외의 패턴은 제외하고, 난 더는 필요 없을 거야."

과연 히라타가 느끼고 있듯, 카루이자와는 이미 혼자서 걸음을 떼기 시작한 것 같다.

내가 인정하는 게 아니라, 제삼자가 그렇게 느끼고 있다면 틀림없다.

"바보 같은 질문인데, 크리스마스인데도 괜찮았어?"

"응. 난 카루이자와의 남자친구니까. 적어도 오늘까지 다른 여자애랑 뭔가를 해본 적은 없어. 그리고 아마 앞으로도."

"앞으로도?"

알 수 없는 앞으로의 일을, 히라타는 예언하듯 말했다.

"난 말이야, 아야노코지. 주변 사람들이 사이좋게 지내준다면 그걸로 만족해."

"그래서 연애는 필요 없다는 말이야?"

"그렇, 지. 적어도 지금은 그렇게 느끼고 있어."

이렇게나 축복받은 외모, 성격, 능력을 가지고 있으면서 아깝군.

"아야노코지는 어때? 사토랑 사귈 생각이 있어?"

"그게……."

그럴 생각은 없어, 하고 부정하자니 이 데이트 자체를 부정하는 게 되어 버려서 말을 머뭇거렸다.

"글쎄 어떨까. 지금은 뭐라고 말할 수 없어."

그렇게 대답하는 것밖에 할 수 없었다.

"연애하지 않겠다고 말한 내가 이런 말 하는 것도 우스울지 모르겠지만, 아야노코지는 누군가와 한 번 사귀어봐도 좋을 것 같아."

"지금껏 여자친구를 사귀어본 적 없잖아? 하고 꼬집는 건가?"

"하하하, 아니야. 그야, 연애 경험이 없는 것 같긴 하지만. 그래도 그건 딱히 아야노코지가 인기 없어서 그런 게 아니잖아? 단지 연애하고 싶은 애가 없었을 뿐 아니야?"

"솔직히 말하면 둘 다야. 인기도 없었고 좋아할 만한 대상도 없었어."

그러니 연애에 발전이 있을 리도 없다.

화이트룸에서는 아이돌처럼 연애 금지라는 규칙은 없었지만, 연애가 성립할 만한 일이 절대 없으니까 말이지.

노는 시간, 휴일, 그런 것도 없었고, 화장실에 갈 때와 목욕할 때 이외에는 늘 감시 받았다. 연애 관계에 발전이 있을 턱이 없다.

"그렇게 살면 피곤하지 않아? 자기는 제쳐두고 반을 위해서만 생활한다는 게."

그런 당연하게 떠오른 의문을 그대로 물어보았다.

"피곤? 그렇지 않아. 오히려 나는, 단합되지 않은 반이 훨씬 힘드니까 말이야. 입학 초기에 느꼈던 불안은 솔직히 아주 많이 사라졌어."

히라타는 이 학교에 온 초기부터 반을 단합시키려고 열심히 움직였으니까 말이지. 무인도에서는 결속이 크게 무너져서 일시적으로 히라타의 정신상태가 불안해진 적도 있었다. 하지만 요즘 들어서는 나도 알 만큼 D반이 단합력을 보여주기 시작했다.

반 내에서 음습한 왕따 문제도 찾아볼 수 없었다. C반 등 외적 요인은 별개로 하고, 말이지만.

히라타 요스케는 D반에 있어서 아주 소중한 중핵이다.

만약 히라타가 없었더라면 틀림없이 D반은 지금도 최하위를 독주하고 있었을 것이다.

하지만 히라타는 어딘지 여린…… 위태로운 면도 가지고 있었다.

무인도 때는 무사히 넘어갈 수 있었지만 그때보다 더 심한 반 붕괴가 일어났을 때 히라타가 어떻게 될지 예측이 되지 않는다.

이런 생각을 할 수밖에 없는 건 쿠시다라는 존재가 머릿속에 있기 때문이다.

중학교 시절, 쿠시다는 반을 붕괴시킨 전적이 있다. 그리고 지금도, 호리키타에게 그게 넌지시 비치는 짓을 하고 있다.

즉 필요한 때가 오면 반에 폭탄을 투하할 수도 있다는 말이다. 그렇게 되면 히라타가 받을 심적 부담이 상당해지리라.

중핵이 기능을 멈추면, 하나로 뭉쳤던 D반도 어떻게 될지 알 수 없다.

나는 아직 두 사람이 돌아오지 않는 것을 확인하고 조금 다른 이야기를 꺼내기로 했다.

"나구모 학생회장에 대해서 히라타는 얼마나 알고 있어?"

같은 동아리 소속이기도 했으니 1학년 중에서도 나구모를 잘 아는 편에 속할 것이다.

이 타이밍이면 묻기 쉬울 거라고 판단했다.

"글쎄. 동아리 선배로서밖에, 평소에 만날 기회가 없었거든. 그것도 학생회장에 취임한 후로는 인사만 하는 정도였고."

"그럼 네가 가진 인상 같은 거라도 좋아."

그렇게 살짝 방향성을 바꾸어 다시 물었다.

"내가 받은 첫인상은, 재미있는 선배라고 할까? 축구 연습 하나만 해도, 지금까지 해본 적 없는 기발한 아이디어를 적극적으로 도입한 사람이었어. 물론 전부 잘 된 건 아니지만, 최종적으로는 재미있었다는 생각도 들었지. 연습이란 게 원래 혹독하고 힘든 건데 말이야."

그 연습 풍경을 떠올렸는지 히라타가 웃었다.

"그리고 끝에 가서는 결과를 냈다고 할까, 기술이 향상되었어. 우리가 입학하기 전부터 나구모 선배는 대회에서도 계속해서 결과를 냈던 모양이야."

"그렇군. 완벽한 선배였다는 건가?"

"그건, 또 다른 이야기지만."

긍정할 줄 알았더니, 히라타는 고개를 가로저었다.

"영광의 뒷면에는 고난이 늘 따르는 법이지. 동아리를 그만두는 사람들이 많았던 것 같아."

"하지만 별로 안 좋은 소문은 없는 것 같던데?"

"그건 그들이 이미 학교에 없으니까 그렇지 않을까? 2학년 선배는 나구모 선배와 충돌해서 동아리를 그만둔 다음 학교도 그만둔 모양이니까."

"동아리만 그만둔 게 아니라 학교까지 그만뒀다고?"

"자세한 이유는 나도 잘 몰라. 나구모 선배가 어디까지 관여했는지도."

어디가지나 일련의 흐름을 볼 때 나구모 선배가 연루되었을 가능성이 있을 뿐.

학생이 개인적인 이유로 학교를 그만두었을 가능성은 얼마든지 있다.

하지만 마음에 걸리는 부분이 있는 것도 사실이다.

비슷한 이야기를 호리키타의 오빠도 했기 때문이다.

나구모에게 방해가 되는 존재는 철저하게 배제시킨다고.

그 결과 2학년은 단단하게 결속되었다.

나구모가 빛이라고 하면, 그를 미워하는 상대는 어둠.

이제껏 철저하게 어둠을 제거해왔겠지만 세상이란 그리 단순하지 않다.

빛이 있는 곳에는 반드시 그림자가 있다. 아무리 배제해도 새로운 그림자는 생기기 마련이다.

"아야노코지, 혹시 학생회에 들어갈 생각인 거야?"

지금까지 한 이야기의 흐름을 봤을 때 히라타가 그렇게 추리하는 것도 무리가 없다.

"아니, 그럴 생각은 전혀 없어."

그 점은 분명하게 말해둔다. 만약 호리키타가 학생회에 들어가는 것을 거부하는 결과로 끝난다고 해도 내가 학생회에 들어갈 일은 절대 없을 것이다.

하지만 대책을 생각할 필요는 있다. 사소한 일을 부탁하는 것과 달리, 학생회에 들어가는 것은 일상생활에도 큰 영향을 주게 된다. 카루이자와라면 지시에는 따르겠지만, 잘

하는 일과 못하는 일을 고려했을 때 카루이자와에게 적합하지 않다는 건 명백하다.

내 지시에 따르면서 나름대로 우수하고 학생회에 들어가도 전혀 이상하지 않은 인물.

세 가지 기준을 통과할 수 있는 존재는 거의 없으니까 말이다.

"그렇구나. 아야노코지라면 잘 할 수 있을 것 같은데 말이지."

"그건 내가 할 소리야, 히라타. 너야말로 학생회에 어울리는 사람이라고."

"난 어울리지 않아. 그리고 동아리를 그만두고 싶지도 않고."

아무래도 히라타는 졸업 때까지 축구를 그만둘 생각이 없는 것 같았다.

히라타가 학생회에 들어간다면 내가 내밀 패도 한 장 늘어날 가능성이 있었는데.

지금은 거기에 대해 깊이 따지지는 않았다.

나는 어디까지나 외야에 있는 입장을 바꿀 생각이 없으니까 말이다.

"학생회 일은 그렇다고 치고, 우리도 다음 달부터는 더 힘든 위치가 되겠지?"

"그 말은, C반에 올라가니까?"

"응. 윗반은 경계하고, 아랫반은 치고 올라오고. 심지어 반 포인트 차이도 별로 안 나니까. 자칫 잘못하면 2월 초순에는 다시 D반으로 돌아가게 될지도 몰라.”

그렇게 두려워하는 것도 당연하다.

반 포인트는 매달 변동한다.

어떤 사소한 실수 하나에도 쉽게 히라타가 예상한 전개가 펼쳐지리라.

“그렇게 됐을 때 노력할 수 있는지 어떤지가 문제겠지.”

“전원 A반에 올라가고 싶다는 마음은 가지고 있을 거라고 생각하지만.”

“아주 많은 노력과 운이 필요하다고 해도, 그 마음이 변하지 않을 거라고 생각해?”

“문제는 그거겠지. 결국 위를 노리기 위해서는 반에 큰 부담을 강요해야 해.”

마음대로 고를 수 있다면 모두가 A반을 선택하리라. 반 싸움에 전혀 흥미가 없는 코엔지라고 해도 말이다. 하지만 A반과 그 밖의 다른 반은 요구되는 조건이 다르다.

“나는――.”

히라타가 말을 계속 이으려고 했을 때 멀리서 목소리가 들렸다.

“많이 기다렸지? 아야노코지!”

이야기 도중에 사토와 카루이자와가 돌아왔다.

영화 상영 시간도 다 되어서 이 이야기는 일단 매듭짓고 넷이 함께 극장 안으로 향했다.

3

3D 애니메이션 영화는 평소에 보지 않는데, 예상을 배신하고 아주 재미있었다.

동물들의 다양한 표정과 행동을 훌륭하게 재현했고, 뜨거운 감동을 주는 스토리였다고 할 수 있다. 왕도를 추구해나가면 이렇게 완성되는 거구나, 하는 생각이 드는 작품이었다.

나는 영화관에서 마셨던 주스를 양손에 들고 사토와 함께 영화관을 나왔다.

"재미있었어!"

흥분하며 그렇게 말하는 사토에게 동의할 수밖에 없었다.

때마침 배도 고파지려고 하는 참이다.

조금 뒤늦게 히라타와 카루이자와도 영화관에서 돌아왔다.

우리는 예약한 런치를 먹으러 다 함께 이동했다. 그 사이에 또 사토와 둘만의 대화가 시작되었다.

"있지, 아야노코지……. 좀 바보 같은 거 물어봐도 돼?"

영화를 같이 봐서 조금 거리감이 좁혀졌는지, 사토가 아까보다도 더 가까이 다가왔다.

물리적인 거리라기보다 마음과 마음이 반걸음 정도 가까워졌다고 표현하는 게 옳겠지.

“묻고 싶은 게 있으면 얼마든지 물어봐.”

뭐든지 다 대답해줄 수는 없지만, 할 수 있는 선에서는 최대한 대답해줄 작정이었다.

“아, 나도 묻고 싶다~.”

각자 대화를 나누자고 했으면서 또 카루이자와가 난입했다.

그 상황을 지켜보던 히라타가 의견을 냈다.

“좋은 기회니까 다 같이 서로에게 궁금한 점을 물어보는 건 어때?”

그 제안은 나쁘지 않은 느낌이다.

나도 이번 기회에 히라타에게 궁금했지만 묻지 못한 것을 질문해볼까.

“찬성~. 그럼 나부터.”

찬성을 표명하자마자 카루이자와가 바로 내게 시선을 보냈다.

“아야노코지는 누구랑 사귀어본 적 있어?”

그 질문은 아까 히라타에게 받았는데. 아니, 정확하게는 받은 것도 아니고 간파당한 거지만. 하루에 두 번이나 비슷한 이야기를 들을 줄은 몰랐다.

기본적으로 여자친구가 없다=한심하다, 가 통설인 남자로서는 슬프기만 할 뿐이다. 그다지 기분 좋게 대답할 수 있는 질문은 아니었지만, 카루이자와와 사토의 뜨거운 시선이 내게 쏟아졌다.

사토는 그렇다고 치고 카루이자와는 완전히 나를 가지고 놀고 있다는 생각밖에 들지 않는 태도다.

"지금은 없어."

나는 솔직하면서도 의미심장하게 대답했다.

이렇게 표현하면 과거에는 있었다, 는 식으로 받아들여질 수 있다.

"그래. 나이 이퀼 여자친구 없음이라는 언질, 잘 들었어."

애매모호하게 대답한 게 분명한데도 카루이자와는 단정적으로 그렇게 말했다.

"아야노코지. 그건 인기 없는 남자가 도망칠 구석을 만들 때 잘 하는 말이니까 잘 기억해두는 게 좋을걸?『지금은』이라는 걸 굳이 붙이는 게 더 수상하거든."

"그래? 과거에 여자친구가 있었어도 지금 없으면『지금은』없다고 말하는 게 맞는 것 같은데."

"그럼 과거에는 있었다는 거니?"

"그게…… 없었지만."

"그것 봐, 역시!"

카루이자와가 기쁜 투로 큰소리쳤다. 사토도 왠지 기뻐 보였다.

카루이자와의 이론에는 뭔가가 빠진 것 같았지만 부정할 재료가 딱히 없었다.

"난 여자친구가 없다는 게 전혀 걱정할 일이 아니라고 생각해. 야마우치라든가 오니즈카처럼 노골적으로 인기 없는 경우면 마이너스겠지만 말이야. 사귈 상대를 가렸다고 할까, 마음이 조급하지 않았을 뿐일 거야, 아야노코지는."

사토가 그렇게 감싸주었다.

"사토는 아야노코지를 꽤 잘 이해하고 있구나?"

"이해……하는 거면 좋겠어. 하지만 아직은 모르는 것투성이야. 나도 질문하게 해줘. 아야노코지는 말이야? 긴 머리랑 단발머리 중에 어느 쪽이 좋아?"

또 내게 질문이 날아왔다. 이번 질문도 상당히 직접적이다.

여자친구 유무에 좋아하는 타입, 이번에는 좋아하는 머리모양인가.

복수의 질문을 모두 조합하면 여성상이 떠오를 것 같군.

"의식해본 적 없는데……. 그 사람한테 어울리면 길든 짧은 좋지 않을까?"

"뭔가 정해진 모범답안 같아."

정말 모범답안을 한 바람에 카루이자와에게 지적 받았다.

"나도 똑같아. 남자든 여자든, 그 사람에게 어울리는 머리형이면 문제없다고 생각해."

절묘한 타이밍에 히라타가 도와주었다.

형세가 불리해 보이자마자 카루이자와는 히라타에게 환한 미소를 보였다.

"역시? 나도 사실 그런 쪽이야. 상대의 취향에 맞춰서 머리카락 길이를 바꾸는 애도 있지만, 자기한테 어울리는지 어떤지를 최우선으로 생각하지 않으면 아무 의미가 없다는 느낌?"

처음부터 카루이자와는 남들 앞에서 히라타를 미는 히라타이즘으로 일관하고 있는데, 여전히 훌륭하군. 거센 성격과 강인함이 태도에 묻어나고 있다.

사토와 나를 이어주는 게 카루이자와의 목적이라면 왜 굳이 내 안 좋은 이미지를 심어주는 걸까 싶지만, 때로는 예측이 크게 빗나갈지도 모른다.

"머리형 같은 데 구애받지 않는다니, 굉장히 멋지다고 생각해!"

사토는 내게 부정적인 인상을 가지기는커녕, 눈을 살짝 반짝이는 듯한 느낌이 들었다.

카루이자와도 무슨 생각인지, 의외로 좀 하네 사토, 하는 눈빛으로 바라보았다.

끌어내리려는 의도로 내게 한 말을, 사토가 다시 끌어올려주었다.

"히라타, 너는 네 인기에 대한 자각 같은 거, 있어?"

지금은 역시 천하의 히라타 대선생에게 의견을 물어봐야지.

그렇게 생각했는데, 왜 그런지 카루이자와가 노려보았다. 사토도 비슷한 표정이었다.

"야, 아야노코지. 지금은 요스케 군이 아니라 사토한테 질문해야 하는 거 아니야?"

"맞아. 이래서는 꼭 아야노코지랑 히라타가 만나는 느낌이잖아?”

“……하지만.”

사토 앞에서는 내가 카루이자와와 별다른 교류가 없는 것으로 되어 있기 때문에, 괜히 깊이 있는 주제를 꺼낼 수는 없다. 그렇다고 거의 처음 만나는 것이나 마찬가지인 사토에게 뭐라고 묻기도 어려웠다.

그러니까 제일 말하기 쉬운 히라타에게로 도망치고 싶은 것도 무리가 아닌 이야기이다.

내가 아무리 미묘한 화제를 꺼내도 히라타는 멋지게 중재해준다.

그리고 개인적으로 히라타에게 묻고 싶은 것도 있으니 어쩔 수 없다.

“뭐든지 물어봐, 아야노코지.”

“……그래…….”

어떻게든 탈출의 실마리가 없는지 찾고 있는 사이에 점심 장소인 패밀리 레스토랑에 도착했다.

자연스러운 흐름으로 일단 대화가 중단되었다.

우리는 예약한 자리로 원활하게 안내받았다.

안내받은 자리에는 네 명분의 물수건과 젓가락 등이 준비되어 있었다.

“네 명 분, 이네?”

예약한 인원수는 두 사람.

그러니 나와 사토의 몫만 준비되어 있어야 하는데.

"아, 아까 화장실에 갔을 때 사토한테 여기 이야기를 들었거든. 그래서 추가로 예약했어. 그렇지? 사토."

"으, 으응."

"그래? 아주 일처리가 능수능란하군."

"뭐 그렇지. 이런 일에는 나, 백전연마니까."

나는 으스대는 카루이자와에게 시선을 보냈다.

'거짓말.'

그러자 카루이자와로부터도 시선이 돌아왔다.

'아무와도 사귀어본 적 없는 키요타카한테는 그런 말 듣고 싶지 않거든.'

그런 건가.

"아야노코지는 사토한테 뭐 궁금한 점 없어?"

시선을 보낸 대가일까, 자리에 앉고 나서도 비슷한 화제에서 달아나지 못한 것 같다.

카루이자와는 다시 같은 이야기를 꺼냈다.

"……휴일에는 보통 뭐하면서 보내?"

고민 끝에 꺼낸 화제였는데 카루이자와가 노골적으로 우와, 하는 표정을 지었다.

"그게 뭐야. 겨우 한다는 질문이 그거?"

조금 전부터 카루이자와는 히라타마저 모르는 범위에서 짜증을 느끼고 있는 것이리라.

왜 미리 준 사토의 정보를 하나도 살리지 못하느냐고. 의문스럽게 여기고 있을 것이다.

하지만 난 애당초 데이트에 성공하려는 목적으로 정보를 모았던 게 아니다.

사토라는 인물에 대해 알고 싶어서 물어보았던 것일 뿐. 그 차이는 크다.

"괜찮아, 카루이자와. 나, 아야노코지가 질문해줘서 무척 기뻐."

사토는 미소를 지으며 그렇게 말하더니, 잠시 생각한 후 답을 내놓았다.

"음. 기본적으로는 친구랑 만나서 논다고 할까? 혼자 있으면 심심하니까."

아마 사토가 친하게 지내는 여자 그룹이랑 노는 거겠지. 왠지 그 얼굴들이 머릿속에 떠올랐다.

"하지만 가끔씩은 혼자서 이것저것 검색하기도 해. 패션디자인 쪽이라든가."

패션디자인. 평소에 잘 듣지 못하는 단어가 사토의 입에서 튀어나왔다.

"나, 디자이너가 되는 것도 괜찮겠다고 생각하고 있거든."

"오오, 처음 들어. 사토는 그쪽 계였구나?"

그게 어느 쪽 계인지는 잘 모르겠지만, 여자에게는 여자들만 통하는 대화가 있는 모양이다.

사토가 고개를 두세 번 끄덕였다.

"만약 A반이 되어 졸업할 수 있다면 좋은 곳에 들어갈까 싶어."

그렇게 말한 사토는 기쁜 듯이 망상을 펼치기 시작했다.

A반 졸업의 혜택을 기대하는 건 나쁘지 않지만, B반 이하로 졸업했을 때도 잘 될 수 있도록 미리 생각해두는 게 가장 좋다.

"아야노코지는 졸업하면 뭘 하고 싶어?"

내가 사토에게 던진 공이 완만한 곡선을 그리며 되돌아왔다.

"……진학, 이려나."

아직 직업에 대해 전혀 생각해보지 않은 나는 무난하게 대답했다.

"우와, 난 싫어. 고등학교를 졸업한 후에도 계속 공부한다면 못 견딜 것 같아, 진짜."

진학이라는 말을 듣자 사토가 거부반응을 보였다.

"중학교가 끝나면 의무교육도 끝난다고 하지만, 실질적으로는 고등학교까지 의무 교육 같은 느낌 아니야? 중졸이라고 하면 뭔가 무시당할 것 같고."

무시당할지 어떨지는 별개로, 고등학교는 당연히 나와야 한다는 풍조가 있다.

실질 의무교육이라는 표현도 절대 과장이 아닐지도 모르

겠군.

“난 대학교도 생각하고 있어. 동아리라든가 엄청 재미있어 보여.”

한편 카루이자와는 의외로 진학에 부정적이지 않고 대학 생활을 상상하며 대답했다.

다들 아무 생각 없어 보여도 미래에 대해 잘 생각하고 있나 보군.

이래저래, 평소 모이는 그룹과는 다른 즐거움이 있는 식사였다.

다만 매일 이런 식이면 상당히 피곤할 것 같다는 피로감도 있었다.

4

식사를 끝내고 케야키 몰을 돌아다니면서 구경을 마친 시각이 5시 전.

대략 5시간이나 하게 된 더블데이트도 슬슬 끝이 다가오고 있었다.

지나고 나면 의외로 재미있었다고 말할 수 있는 하루였는지도 모른다.

다만, 카루이자와를 포함하면 여러 가지로 힘들기도 했기 때문에 다음에는 절대 사양하고 싶다.

"이제 어떻게 할래?"

그만 헤어질지 말지 내가 나서서 물었다.

어쩌면 추가로 어디에 가자고 할, 그런 가능성도 염두에 두고 있었는데…….

"그럼 우리는…… 돌아갈까, 요스케 군."

조금 전까지 즐겁다는 듯 나를 괴롭혔던 카루이자와가 갑자기 퇴각을 선언했다.

여기서부터는 방해꾼이 될 거라고, 갑자기 배려를 보여준 것이다.

아무래도 앞으로 둘만 있게 해야 할 목적이 있는 거겠지.

사토와 카루이자와가 눈짓으로 신호를 주고받는 모습이 보였다.

내 멋대로지만 상상력을 발휘하는 것은 어렵지 않다.

여하튼 그 말에 동의하듯 히라타가 고개를 끄덕였다.

"이제 시간도 늦었으니까. 돌아갈까? 카루이자와. 오늘 재미있었어, 아야노코지. 또 보자. 사토도 안녕."

하루 종일 히라타와 시간을 보내 보니, 정말 성인군자에 어울리는 남자였다.

어떤 사람이든지 능숙하게 대할 수 있는 히라타. 더블데이트 같은 낯선 것을 해서 얻은 메리트라면 이 남자 말고 또 뭐가 있을까.

"두 사람 모두 오늘 고마웠어."

히라타와 카루이자와는 다른 곳에 들르지 않고 곧장 기숙사로 돌아갈 모양이다. 두 사람은 빠른 걸음으로 걷기 시작했다.

사토가 그들의 등을 따뜻한 눈빛으로 지켜보았다.

"그럼 우리는 어떻게 할까?"

"으음. 좀 멀리 둘러서 천천히 돌아가는 게 어때?"

그런 사토의 제안. 딱히 거절할 이유가 없어서 받아들였다.

"그래…… 그럼 저쪽으로 갈까?"

우리는 멀리 돌아서 가기로 하고 뒤늦게 걸음을 뗐다.

조금 전까지 따발총처럼 쉬지 않고 말하던 사토가 몹시 조용해졌다.

"미안해, 갑자기 더블데이트가 되어버려서."

"처음에는 놀랐지만."

"역시 저 두 사람은 굉장해. 커플로서의 분위기가 전혀 다르다고 할까."

카루이자와는 늘 남자친구 역할인 히라타가 눈에 띄게 움직이고 있다.

그것이 사토에게도 당연히 전해져서, 자연스레 카루이자와의 존재도 크게 보일 테지.

"부럽다~."

"하긴."

우리는 서로 간의 거리가 가까운데도 손이 닿지 않았다.

카루이자와 일행과 있을 때에 보여준 사토의 대담함은 조금도 엿볼 수 없었다.

결코 불편하진 않지만 평소와는 다른 공기의 변화.

"오늘 만나자고 해줘서 고마워. 정말 재미있었어."

침묵을 깨듯 그렇게 말했는데, 왠지 사토의 표정이 어두웠다.

"있지, 아야노코지…… 오늘 사실은 재미없었던 것 아니야?"

그렇게 물었다.

"아닌데."

정말 즐거웠으니까 솔직하게 부정했지만, 왜 그런지 사토에게는 전해지지 않은 것 같았다.

"하지만……."

"왜 그렇게 생각하는데?"

이유를 모르겠어서 물어보았다.

"그게, 오늘 아야노코지는 한 번도 웃지 않았으니까……."

"웃지 않았다, 고."

그 점에 대해 설명하기도 전에 사토가 계속 말을 이었다.

"한 번 정도는 미소를 보여주지 않을까 생각했는데."

아무래도 사토는 나와 같이 있으면서 그런 부분이 계속 신경 쓰였던 것 같다.

더블데이트의 내용 자체에는 정말 불만이 하나도 없었는데.

그 사실을 어떻게 전해야 할지 고민하고 있는데 사토가 미안하다는 듯이 다시 입을 열었다.

"역시 내가 전에 호리키타를 왕따 시키자고 말했던 거

랑…… 관련 있는 거야?"

불안한 듯한 눈동자. 금방이라도 울 것 같은 표정이었다.

"그러고 보니 그런 일도 있었나?"

입학하고 얼마 지나지 않았을 때, 호리키타는 고립되어 반 아이들을 무시하는 경향이 심했다.

그에 대한 비난은 당연해서 어쩔 수 없었는데, 사토도 호리키타에게 좋은 감정을 안고 있지 않았던 게 사실이리라.

실제로, 그룹채팅에서 한번, 호리키타를 왕따 시키자는 제안도 있었다.

나는 그것을 거절했지만 본인은 아직까지 그걸 기억하고 있었나 보다.

"그건 전혀 신경 쓰지 않아. 그리고 지금까지 완전히 잊고 있었는데."

"……정말?"

"애당초 그때 호리키타가 미움을 사는 건 무리도 아니었잖아. 그리고 본인이 없는 데서 좀 도마에 올렸을 뿐이지 실제로 괴롭히거나 한 것도 아니고. 난 그런 시시한 일로 사람을 평가하진 않아."

험담은 누구나 할 수 있는 법이다.

그걸 당사자 앞에서 실제로 말하거나 정말 행동으로 옮기지 않는다면 별로 큰 문제는 되지 않는다.

다만 '자신 역시 험담을 들어도 불평할 수 없다'는 부분만 이해한다면 말이지만.

"정말?"
"그래. 정말이야."
"하지만, 즐겁지 않았던 건 맞지? 웃지 않았으니까."
"웃지 않은 건…… 뭐랄까, 단순히 웃는 걸 잘 못해서 그럴 뿐이야."
아까 미처 부정하지 못했던 부분을 수습했다.
그게 사토에게 얼마나 전해질지는 솔직히 모르겠다. 아마 위로 정도로만 받아들여졌겠지. 솔직히 말하면 수습할 방법은 얼마든지 있다.
사실 낮에 카루이자와가 던진 질문에도 좀 더 나은 답을 할 자신은 있었다.
하지만 나는 의도적으로 그렇게 하지 않았다.

'그렇게 할 만한 상대가 아니다'라는 판단을 내렸기 때문이다.

그런 의미에서는 사토가 느낀 '재미없었던 것 아니야?'라는 의문도 전혀 틀린 건 아닐지도 모른다.
그냥 논다는 의미에서는 재미있었지만 사토가 원하는 방향이 아니라는 것만은 확실하기 때문이다. 더 이상 나를 좋아해도 곤란하다는 판단을 내렸다.
"내가 웃지 않은 이유를 못 받아들이겠어?"
"아니…… 그건 아닌데."

무거운 침묵이 흘렀다.

오늘 하루, 스스로 과신하는 건 아니지만 사토로부터 나쁘지 않은 호의를 받았다.

하지만 가능하면 이쯤해서 그 호의를 멈추길 원한다.

그러기 위해 대화가 잘 통하지 않는 남자로, 미묘한 행동을 계속 취했던 거니까.

하지만 사토는 뒤돌아 가방에서 뭔가를 꺼내더니 자기 뒤로 그것을 숨겼다.

"저, 저기——."

그리고 뒤돌아보았다. 뭔가 결심한 듯한, 사토의 강렬한 시선이 나를 붙잡았다.

아무래도 내 바람은 이루어지지 않을 모양이다.

"저기…… 그러니까…… 나, 나랑 사귀어줄래?! 아야노코지!!"

휘익, 한 줄기 바람이 불었다.

인생 처음으로 받은 진짜 고백.

시선의 끝, 수풀 사이에 숨어 있는 존재는 일단 무시하기로 한다.

여기서 괜히 길게 생각하면 단순히 사토를 괴롭게만 할

뿐이다.

나는 바로 말을 골라서 결단을 내렸다.

"미안하다, 사토. 나는 네 기대에 답해줄 수 없어."

"윽!"

용기를 쥐어짜내 고백해준 사토에게 나는 솔직하게 답했다.

아니, 사토가 싫어서 그런 건 아니다. 성격과 외모에 문제가 있는 것도 아니다.

"그, 그래? 역시, 안 되는, 거야?"

쓴웃음인지 뭔지 알 수 없는 표정을 보이면서도 사토는 필사적으로 미소를 무너뜨리지 않으려고 애쓰고 있었다. 데이트하는 내내 사토도 어렴풋이 느끼고 있었을 것이다.

자신에게 강한 흥미를 느끼지 않는 것 같다, 는 것에.

"괘, 괜찮다면 말이야, 앞으로 참고하게…… 이유가 뭔지 알려줄 수, 있을까? 역시 따로 좋아하는 애가 있어서?"

"그건 아니야. 그저, 지금 단계에서는 사귈 수 없어. 순수한 내 감정 문제야."

상대방을 좋아하지도 않는데 사귀는 건 실례다.

이게 내 표면상의 이유.

사토에게 전해야 할 진지한 이유였다.

"사토든, 아무 상관없지만 언급된 호리키타든 쿠시다든, 내 대답은 똑같아. 상대방을 좋아하지도 않는데 사귈 수는 없어."

물론 내심 나를 좋아하고 있을 아이리였다고 해도 같은 대답을 했을 것이다.

그녀가 직접 마음을 표현했는가 아닌가라는 차이밖에 없다.

"한심한 이야기라고도 할 수 있는데, 난 아직 진심으로 이성을 좋아해 본 적이 없어. 그래서 찼다거나 차였다거나 하는 문제가 아니라, 아직 연애를 할 만큼 내가 성장하지 못했다는 거야."

"……그렇구나."

나로서는 그 사실을 받아들이라고 말하는 수밖에 없다.

"나, 너무 성급했는지도 모르겠어. 딱 한 번 한 데이트로는 상대방에 대해 아직 모르는 게 많은데 말이야."

눈썹을 찌푸리면서도, 사토는 자신에게 들려주듯 두세 번 고개를 끄덕였다.

고백도, 거기에 대한 대답도, 서로 엄청난 용기가 필요하다.

"내가 기회를 놓쳐버린 건지도 몰라."

열심히 자신의 마음을 전한 아이를 거절했다.

바보 같은 선택이라는 것을 스스로도 느낀다.

여자친구를 만들어서 남들처럼 평범한 학교생활을 보내고 싶다.

그런 마음은 나도 분명히 가지고 있다. 사토가 상대라면 별 불만도 없다.

지금부터라도 역시 사귀어달라고 부탁하는 게 옳은 판단

이다.
하지만 그래도, 이미 내 입은 꾹 닫혀서 열리지 않았다.
그때 주머니에 든 휴대폰이 진동했다.
누가 걸었는지는 모르겠지만 전화가 오고 있었다.
물론 이 상황에서 받을 수도 없는 노릇이라 무시했다.
그러는 사이 사토는 손에 쥐고 있던 포장된 상자를 도로 가방에 넣었다.
그리고 고개를 들고 이렇게 말했다.
"오늘 고마웠어, 아야노코지."
내 대답, 그 내용이 바뀌지 않으리라는 것을 깨달은 표정이었다.
앞으로도 계속 나를 봐줄지 아니면 새로운 사랑을 찾을지는 모르겠다.
다만 사토가 최초로 내게 고백해준 상대라는 사실만은 평생 잊지 못할 것이다.
"또…… 다음에 같이 놀자고 해도 될까?"
아마 사토가 힘들게 쥐어짜냈을 전별의 말.
"물론이지. 나도 오늘 정말 재미있었고, 또 같이 놀고 싶어."
그건 한 치의 거짓 없는 진심이었다.
"응."
사토는 짧게 고개를 끄덕였다.
어디까지 사토에게 전해졌을지는 잘 모르겠지만, 고백의 시간은 지나가버렸다.

무거운 공기가 남으면서도 급속하게 돌아온 일상.

차가운 겨울바람이 불어와 식은 몸을 찌른다.

"추워졌네. 돌아갈까?"

원하든 원하지 않든, 시간은 계속해서 흐르고 있다.

언제까지고 계속 이곳에 둘이 서 있을 수는 없다.

걸음을 떼려 했는데 사토는 그대로 서서 움직이지 않았다.

"사토?"

이상하게 여겨 뒤돌아보니 사토의 눈가에 눈물이 가득 맺혀 있었다.

뚝 뚝 떨어지기 전에 팔로 눈물을 훔친 사토가 생긋 웃었다.

"미안. 난 뛰어서 돌아갈게!"

그렇게 말하고는 눈을 밟으며 먼저 기숙사로 달려갔다.

그녀의 등에 대고 말을 붙일 수도 없어서 나는 그저 가만히 지켜만 보았다.

"생각할 것까지도 없나."

나 같은 인간한테 차였다고 해서 크게 마음에 둘 일은 아니지만, 당사자의 입장에서는 모든 용기를 다 쥐어짜낸 고백이었을 것이다.

그 마음이 받아들여지지 않았으니, 아무렇지 않은 듯 같이 돌아갈 수는 없는 건가.

나중에 기숙사에서 마주치지 않도록 그녀의 뒷모습이 아예 보이지 않을 때까지 계속 지켜보았다.

만약 학생회 일이나 아버지의 일이 없었더라면 내 대답은 달랐을까. 순수한 고등학교 1학년 남자애로서, 호의를 보여준 여자애의 손을 잡았을까.

만약, 이라는 가정으로 생각해보았다. 체육대회 릴레이 전에 받은 고백이었다면, 어쩌면 나는 사토를 받아들였을 것 같다. 하지만 아이러니하게도 사토가 내게 호의를 느낀 건 그 릴레이 때문이다.

내 사고회로가 평범하지 않다는 것은 객관적으로 잘 알고 있다.

나는 닥쳐오는 재난을 막는 것에 우선해서 행동한다.

"그럼……."

돌아가기 전에 정리해야 할 문제를 끝내둘까.

그렇게 생각하고 수풀 쪽으로 말을 걸려던 순간이었다.

내게 또 한 통의 전화가 걸려왔다.

화면에는 '발신번호 표시제한'이라는 글자.

순간 무시할까도 생각했지만, 단순한 장난전화 같지 않았다.

나는 통화 버튼을 누르고 귀에 댔다.

성별조차 알 수 없는 상대의 태도를 살폈지만, 몇 초가 지나도 침묵이 이어졌다.

"여보세요."

내가 먼저 그렇게 말해보았다.

하지만 대답이 없었다.

나는 바로 결론을 내려고 했다.
"끊는다."

"믿어도 되나?"

깨진 침묵으로부터 돌아온 말.
의미를 알 수 없는 말.
"생뚱맞군. 뭘 믿어도 되냐는 말인지 전혀 모르겠는데."
나는 설명을 요구했다.
"호리키타 선배가 말한 나구모 끌어내리기. 네가 협력자가 될 거라고 들었는데."
아무래도 호리키타의 오빠가 예의 2학년 학생에게 나에 대해 말한 모양이다.
발신번호 표시제한으로 굳이 전화를 걸었다는 건 신중하다는 뜻.
하지만 전화를 걸었다는 건 앞으로 만날 생각이 있다는 거겠지.
전화번호를 숨겼어도 목소리를 노출시켰으니 그렇게 되지 않을 리 없다.
"혹시 몰라서 물어보는데. 이름이 뭐야?"
호리키타의 오빠는 내 번호를 알려줘 놓고 정체는 가르쳐 주지 않았나 보다.
뭐, 목소리도 노출됐고 번호도 알려졌다.

그러니 조사해보면 나라는 존재까지 다다르기란 그리 어렵지 않으리라.

"대답할 의무는 없는 것 같은데."

그 사실을 알면서도 일단 거절했다.

"뭐, 좋아. 목소리가 귀에 익네. 대충 감이 와."

예상은 하고 있다, 는 건가. 그렇다면 나도 대충 누군지 알 수 있을 것 같다.

2학년 중에 내 목소리를 아는 학생은 그리 많지 않으니까.

"갑작스러운 이야기인 줄은 알지만 지금 당장 만났으면 하는데."

역시 그렇게 나오는군.

하지만 내가 그걸 예측했다고 말할 필요는 없으려나.

"그것도 생뚱맞네. 좀 더 경계 안 해도 되겠어?"

이미 해 질 무렵. 이제 곧 저녁이 찾아오겠지.

"난 괜찮아. 너한테 그럴 의사가 있다면 말이지만. 바로 만날 수 있어?"

나는 일단 수풀 쪽을 쳐다보았다.

"그렇군. 너도 참 운이 좋아."

"운?"

"솔직히 지금이 아니었으면 거절했을 거다."

수화기 너머에 있는 상대는 이상하게 생각하고 있겠지.

지금이라면 응할 수 있다는, 내가 한 말의 의미를 찾고 있을 것이다.

아무리 찾아봐야 절대 모르겠지만.

나는 지금 내가 있는 장소를 말해주었다.

"거기랑 가까운, 교정 옆에 사람들 눈에 잘 띄지 않는 장소가 있어. 거기서 10분 후에 만나고 싶은데."

그렇게 짧은 답변이 돌아왔다.

"미안하지만 좀 정리해야 할 용건이 있어. 20분 후여도 되나?"

"……알았어."

나는 통화를 끝냈다.

지정된 장소까지는 5분도 채 걸리지 않지만 일부러 시간을 넉넉히 잡았다.

일단 15분 동안 정리해야 할 일을 해둘까.

추운 날씨에 바들바들 몸을 떨며 기다리고 있는 상대가 있다.

"그런 데 계속 숨어 있으면 감기 걸린다."

나는 가로수와 수풀 뒤에 숨은 인물에게 말을 걸었다.

하지만 대답이 없었다.

"나 약속 있어. 여기 그냥 두고 가도 돼?"

다시 한번 말을 걸었다.

그러자 어중간하게 체념했는지 모습은 드러내지 않고 목소리만 들려왔다.

"……언제부터 눈치챘어?"

"처음부터. 여기서 사토가 고백하는 것도 들었겠지? 카루이자와.”

“벼, 별로. 살짝.”

미묘하게 얼버무리며 카루이자와가 일어섰다.

수풀에 몸을 감추고 있었기 때문에 어깨 위에 눈이 조금 쌓여 있었다.

“추워.”

“히라타는 어쩌고?”

“글쎄. 알아서 돌아가지 않았을까?”

흥미 없다는 듯 대답한 후 도로로 나오더니 몸에 묻은 먼지와 눈을 털었다.

소리 내지 않으려고 계속 숨죽여 있었는지 코가 빨갰다.

“추웠을 것 같은데?”

“조금.”

강한 척할 필요가 없는 부분에서 강한 척하는 카루이자와.

그런 카루이자와는 추위에 떠는 것보다 더 신경 쓰이는 게 있는 모양이었다.

“그런데 왜 사토의 고백을 거절한 거야?”

“왜냐니. 네가 말했잖아. 좋아하지도 않는 녀석이랑 사귀는 건 최악이라고.”

“그거야 그렇지만…… 차려진 밥상도 못 먹고 이 쑤신다는 말도 있잖아?”

그게 뭐야. 어디서 주워들은 지식을 쓰려던 모양인데 틀렸다.

"그게 아니라, 차려진 밥상도 못 먹으면 남자의 수치, 겠지."
차려진 밥상이란 여자의 유혹.
그러니 차려진 밥상도 못 먹으면 남자의 수치라는 건, 정사를 뜻한다.
뭐, 카루이자와의 경우는 성적인 의미가 아니라 사귀게 되는 상황을 말하는 거니까, 사귀지 않는 게 이상하다는 말을 하고 싶은 거겠지만.
"사토는 좋든 싫든 평범한 여자애야. 당연히 연애하고 싶어 할 거야. 하지만 객관적으로 봐서 내가 그 당연한 연애를 할 수 있을 거라고 생각해?"
"그건…… 상상이 잘 안 되네."
나를 누구보다 잘 아는 카루이자와이기 때문에, 그 점을 이해할 수 있다.
당연한 연애야 나도 남들만큼 동경한다. 귀여운 아이에게 고백받고, 달콤 쌉싸름한 학교생활을 보내고 싶다는 생각도 한두 번 해본 게 아니다.
다만, 역시 사토가 꿈꾸는 연애를 할 수는 없으리라.
여기서 억지로 사귀어봐야 그녀의 시간만 괜히 축낼 뿐. 나중에 환상이 깨진다고 해도 잃어버린 학교생활은 돌아오지 않으니까 말이다.
"너 말이야~. 내가 할 말은 아니지만, 좀 비겁한 것 같아."
"비겁?"
"물론 키요타카 너는 다른 평범한 남자애랑은 달라. 그리고 평소에 모두가 보고 있는 네 모습은 거짓이잖아?"
"거짓이랄까, 전부 보여주지 않는 건 사실이지."
"그러니까 그 모습을 봤을 때 환상이 깨질 여자애가 있다고 생각하는 건 옳은 판단이야. 하지만 말이야, 좋아하게 되면 그런 건 전혀 상관없어지게 돼. 내가 멋대로 하는 예상이지만, 사토는 키요타카를 그대로 받아들여줄 거라고 생각해."
"그런, 거야?"
"그런 거야. 뭐, 하지만 이미 차버린 이상 그것도 끝이네. 모처럼 내가 큐피드의 화살을 쏴줬는데, 도로 튕겨내기나 하고."
"큐피드의 화살?"
"신경 쓰지 마. 이제 상관없는 얘기니까."
카루이자와는 소악마처럼 씨익 웃었다.
"여자는 태세 전환이 빠른 애가 많아. 사토, 다른 남자애를 좋아하게 되는 거 아니야?"
"그래도 어쩔 수 없고. 그런 거겠지."
"뭐랄까 굉장히 아쉬워하는 것처럼도 들리는데?"
"내버려둬. 내 선택이니까."
그렇게 말했지만 카루이자와에게는 아직 납득할 수 없는 부분이 남아 있는 모양이었다.
"이미 늦었지만 말이야, 시험 삼아 사귀어보는 것도 괜찮지 않았어? 내 말이 틀려?"

그 지적은 옳다.

최종적인 착지점에 문제가 있었다고 해도, 잘 될 가능성은 충분했기 때문이다.

지금 내가 사토를 이성으로 '좋아하지' 않아도 소중히 여기다 보면 언젠가는 정말 좋아지게 될 수도 있다.

"그리고 말이야, 너라면 사토의 감정을 이미 눈치챘을 것 같은데? 보통 친구 사이라면 크리스마스에 데이트하자고 절대 말하지 않아. 그걸 오케이 했다는 건, 사귈 마음도 있었던 것 아니야?"

"데이트해본 결과 성격이 맞지 않았다, 고 생각할 수도 있지 않나?"

"그건…… 그럴 수도 있겠지만. 그래도 오늘 봐선 느낌이 괜찮았는데. 너도 꽤 즐거워하지 않았어?"

"솔직히 말하면 사토랑 사귀는 걸 전혀 생각해보지 않은 건 아니야."

"그, 그것 봐, 역시."

"사토랑 사귀면 아마 여러 가지 경험을 할 수 있었을 테지."

그런 내 말에 뭔가 걸렸는지 카루이자와가 살짝 화난 표정을 지어 보였다.

"뭐야, 그 여러 가지라는 건."

"연인끼리 도달하는 끝, 을 말하는 거지."

최대한 순화해서 말했다. 당연히 그 의미는 카루이자와도 알았으리라.

"뭐어?! 너, 그런 최악의 이유로 사귈 생각이었다는 거야?!"
"넌 하고 싶다고 생각 안 해?"
"모, 몰라! 나한테는 전혀 미지의 세계란 말이야!"
"그럼 그 미지의 세계라는 것에 뛰어들어 보고 싶다는 생각은 안 들어?"
"그건── 그건, 하지만, 결국 상대에 따라 다른 것 아니야?"
"……뭐, 아무나 상관없다고는 생각하지 않지."
상상해봤지만 물론 가능하면 내가 좋아하는 상대였으면 좋겠다.
"그것 봐!"
"하지만 사토라면 딱히 불만은 없었어."
"윽…… 그럼, 그럼 왜 사토의 고백을 거절했는데? 네가 말하는, 그 미지의 세계라는 걸 경험해볼 수 있었을 텐데!"
"그렇게 화내면서 몰아세우지 마."
"화 안 냈는데!"
백이면 백, 지금 카루이자와가 화내고 있다고 대답하리라.
물론 왜 화내는지는 생각할 것도 없다.
"내가 만약 사토랑 사귀는 선택지를 골랐다면…… 넌 지금 내 옆에 있었을까?"
"뭐?"
"그게 내가 사토를 선택하지 않은 가장 큰 이유이기도 해."
미처 이해하지 못한 카루이자와가 내 말의 의미를 생각했다.

그 고백으로 내가 사토와 사귀는 선택을 하면 물론 학교생활이 무척 즐거워지겠지. 연인이 생기면 기쁠 때나 슬플 때나 늘 함께 할 수 있다. 그리고 더 깊은 사이로 발전하는 것이다. 이 세상의 학생 대부분이 한번쯤은 그런 달콤한 미래를 상상하리라. 하지만 이는 사토와 사귀는 것이 카루이자와의 정신적인 면에 아무 영향도 주지 않는 경우에 한한다.

특정한 상대를 고른다는 건 요컨대 취사선택이기도 하다.

여기서 사토를 선택했다면 앞으로는 카루이자와를 유용하게 쓰기 힘들 것이다.

그건 단순한 예측이 아니어서, 실제로 이렇게 카루이자와가 내게 따져 묻고 있다.

만약 사토를 선택했다면 카루이자와는 나를 경계하게 되었으리라.

옥상 사건은 물론 카루이자와에게 큰 터닝 포인트가 되었다. 나에 대한 카루이자와의 신뢰도는 큰 폭으로 올라갔고, 앞으로는 배신할 일이 없다고 해도 과언이 아니다. 류엔이나 사카야나기, 혹은 나구모 같은 존재가 접근해도 카루이자와는 무너지지 않을 것이다.

하지만 유일한 변수는 이번 일 같은 경우다.

'자신을 대신'할 수 있는 존재. 자신이 필요 없게 되어버리지 않을까, 하는 불안은 초조함을 낳는다. 그 결과 불가능한 일을 가능하다고 말하거나, 마음이 약해져서 할 수 있는 일도 못하게 되어버릴 위험이 생긴다.

그렇게 됐을 때 카루이자와의 매력은 반감되겠지. 나는 그것을 걱정했다.

물론 사토가 정말 카루이자와를 대신할 수 있는 인재였다면 이야기는 달라졌으리라. 사토를 메인으로 세우고 카루이자와를 서브로 이용하는 방법도 있었다.

하지만 오늘 만나고 다시금 확신했다.

사토는 카루이자와를 대신할 수 없다.

근본적인 사고방식, 정신적인 면 등에서 카루이자와에게 전혀 미치지 못한다고 단언할 수 있다.

이상하게도 첫 데이트에서 그 부분이 강하게 드러났다.

미리 짠 더블데이트를 우연이라고 가장하고 지금도 태연히 숨기고 있는 카루이자와와 달리 사토는 노골적으로 몇 번인가 동요했고 반대로 지나치게 차분했던 부분이 있었다.

그리고 결정적이었던 건 나구모와 내가 대치했을 때다. 카루이자와는 신속하게 행동을 보여주었지만 사토는 끼어드는 것조차 하지 못했다. 여차하는 순간에 그 부분은 큰 차이를 드러낸다.

앞으로 내게는 피할 수 없는 문제가 세 가지 일어날 것이다.

학생회 문제야 끝에 가서는 무시할 수도 있지만, 사카야나기와 내 아버지는 그럴 수 없다.

그들이 폭주해버리면 그것만으로도 내 처지가 손바닥 뒤집듯 바뀔 것이다. 그 위험성이 배제될 때까지 카루이자와를 원활하게 굴려야 한다.

그리고 차바시라와 사카야나기 이사장의 동향도 마음에 걸린다. 교사 측에서 경솔하게 나오지는 않겠지만, 배경이 보이게 된 지금은 그 역시 내 감시 대상이다.

그런 의미에서도 카루이자와 케이의 존재는 내게 없어서는 안 되는 존재이다. 학생 입장에서 봤을 때 압도적 위치와 권위를 가진 이사장조차, 카루이자와에게 미인계를 쓰게 하면 사회적으로 침몰하게 되는 것도 불가능은 아니리라.

뭐, 적합한 일과 부적합한 일이 있지만……. 성적인 부분으로는 아무래도 카루이자와가 나서기 힘들 테니까.

어쨌든 카루이자와는 활용도가 높다.

“어렴풋이 그렇지 않을까 하고 생각하긴 했는데 말이야. 키요타카는 상대방을 도구로만 보는구나.”

“그럴 생각은 없는데.”

그렇게 대답했지만 지금까지 수차례 이용당한 카루이자와가 받아들일 리도 없다.

“있지, 소박한 의문인데 너는 누군가를 좋아해본 적, 없어?”

“아직은 없어.”

좋아해보고 싶다, 고 생각한 적은 있다.

그럴 기회가, 우연히 찾아오지 않았을 뿐이다.

——혹은.

내 마음에는 '사랑'이라는 게 애초부터 존재하지 않을지도 모르지만.

남자와 여자라는 생물학적 차이는 이해하지만 그 이상은 전혀 보이지 않는다.

화이트룸에서는 그게 상식이었듯이.

"……결국……."

"뭐?"

"아니, 아무것도 아니야."

결국 나는 화이트룸을 나왔는데도, 여전히 화이트룸 안에 있구나.

늘 자신을 지키기 위한 사전준비를 빼놓지 않는다.

학교생활에 그런 건 필요하지 않을 텐데도.

있는 그대로 데이트를 즐기고 사토와 사귀는 것. 그것이 당연한 미래이기도 했을 터.

하지만 그런 미래를 캔버스에 그릴 수 없다.

온갖 상대가 걸어오는 수작에 대비해 미리 보험을 들듯이 행동해버린다.

남이 어떻게 되든, 끝에 가서 내가 이기기만 하면 그만이다.

……이 근본적인 사고방식은 죽을 때까지 버릴 수 없겠지.

내가 걷기 시작하자 카루이자와는 조금 뒤늦게 따라 걸었다.

절대 옆에 나란히 서지 않으면서도 대화는 가능한 거리를 유지했다.

만약 누군가가 봐도 우연을 가장할 수 있는 절묘한 거리이다.

"아아. 사토를 위해 하루 종일 애써줬건만, 헛수고였네."

며칠 전, 옥상에서 심한 일을 당했다고는 도저히 생각할 수 없는 태도였다.

"불과 며칠 전에 그런 일을 당해놓고 잘도 극복했군, 카루이자와."

"……괜히 몇 년이나 괴롭힘 당한 내가 아니거든?"

"경력이 다르다는 건가? 초등학교 무렵부터, 라고 했었나?"

오래 이어진 왕따, 거기에서 겨우 해방된 것이다.

이렇게나 홀가분해져서 고등학교 생활을 즐기는 건 천부적인 재능이라고도 할 수 있겠다.

하지만 카루이자와는 조금 이상하다는 표정으로 이야기를 듣고 있었다.

그러다가 곧 알겠다는 듯이 입을 열었다.

"아…… 그렇구나. 그런 거였네. 미안해, 키요타카, 그 이야기에는 거짓말이 살짝 들어 있어."

문득 카루이자와가 고개를 끄덕였다.

"거짓말?"

"내가 9년 동안 집단 괴롭힘을 당했다고 요스케 군이 말한 거 말이야. 그건 거짓말이야. 생각해 봐, 중학교 때부터 당했다고 하는 것보다 초등학교 때부터 당했다고 말해야 더 잘 도와줄 거 아니야? 환경이 바뀌어도 괴롭힘이 지속된다는 사실을 알면 고등학교에서도 똑같은 일이 반복될 수 있다고 생각할 거잖아?"

가볍게 웃으며 혀를 날름 내밀었다.

그런 거였나. 히라타를 확실히 이용하기 위해 한 거짓말. 상대를 이용할 때 거기까지 생각하는 걸 봐도 역시 카루이자와가 보통이 아님을 알 수 있다.

"그나저나…… 마나베 무리를 뒤에서 조종했던 것, 아직도 나한테 사과 안 할 거야?"

"듣고 보니 그렇군. 데이트 때문에 완전히 까먹고 있었다."

"그리고 또. 다시 연락하지 않겠다고 말해놓고 냉큼 연락해서 부탁이나 하고. 그런 점, 좀 배려가 부족하다는 느낌?"

"연락하지 않겠다고 말한 건 취소할게. 방해물은 다 제거했으니까. 괜찮으면 언젠가 정식으로 사과할 기회를 주라."

"전혀 진심이 담겨 있지 않은 것 같은데. 나중에는 기대가 안 되니까 지금 바로 사과해."

"지금? 어떻게?"

"나도 이것저것 많이 말했으니까, 키요타카도 좀 들려줘."

"뭘?"

"오늘 낮에 나구모 학생회장이 말을 걸었었잖아? 무슨 일이야?"

카루이자와는 사토의 일과 똑같은 비중으로 마음 쓰였는지도 모른다.

사과의 대가로 학생회 이야기라니.

"너도 참 큰일이야. 무슨 생각으로 체육대회 릴레이에서 진짜 달렸는지는 모르겠지만, 점점 네 정체를 알아차리는 사람이 늘어나는 느낌이 들어."

"그것도 이제 마지막이야. 다행히 반은 처음보다 단결력이 강해졌어. 내가 뭘 하지 않아도 이제는 문제없겠지."

"그렇지만 그 생각은 너답지 않아. 단결력을 따지자면 B반이 훨씬 강하잖아. 그것만 가지고 다른 반을 이길 수 있다는 생각은 들지 않는데?"

그렇게 말한 카루이자와가 계속 말을 이었다.

"단결력이 강해졌다고 치고 넌 빠지고 싶을 뿐 아니야?"

"과연. 정답이야."

아직 D반은 개발도상 중의 개발도상. A반에도 B반에도 지고 있다.

하지만 완전히 이길 수 있을 때까지 뒤를 봐줄 생각은 전혀 없다.

"그런데 체육대회 때 좀 눈에 띄었다고 그렇게까지 주목할까? 좀 부자연스럽지 않아?"

달리기를 좀 잘한다고 해서 나구모 미야비가 눈여겨보는 건 좀 이상하다고 말하고 싶은 모양이다.

지금의 카루이자와라면 설명해줘도 괜찮겠지.

아니, 오히려 미리 알려줘야 한다.

그렇지 않아도 내가 먼저 말하려고 했던 일인 만큼 수고를 덜었다.

"우리 반 호리키타랑 전 학생회장이 남매라는 건 알아?"

"왠지, 감은 왔었어. 그렇지 않을까? 하는 정도였지만. 그러고 보니 릴레이 때 학생회장…… 전이라는 말을 붙이지 않으면 구분하기 어렵지만…… 여하튼 그 사람이랑 같이 달리지 않았어? 키요타카는 원래 아는 사이였던 거야?"

"그래. 여동생이랑 관련된 일로. 그래서 오빠 쪽이 날 눈여겨보게 됐지."

"네 숨겨진 가면 아래 진짜 얼굴을 안다는 거네."

"가면 아래, 라. 그가 아는 건 겉모습뿐이야. 이 학교에서 너만큼 나에 대해 깊이 아는 사람은 없어."

"……흐음. 딱히 기쁘지는 않은데."

그렇게 대답하는 카루이자와였지만, 썩 싫지 않은 것처럼 보였다.

남의 비밀을 알면 부담스러운 경우도 많지만 그만큼 자신을 특별하게 생각한다는 것에 기뻐하는 사람도 드물지 않다. 카루이자와는 내가 자기 비밀을 알고 있는 것과 똑같이 내 비밀을 알고 있다는 사실이 마음에 박혀 있겠지.

"전 학생회장이라는 지위는 여러 가지로 편리하니까. 옥상 사건 때도 덕을 좀 봤었지."

옥상에서 카루이자와를 먼저 내려 보냈을 때, 대기하고 있던 전 학생회장과 마주쳤을 것이다.

"그러고 보니…… 응, 그때 만났어."

"그것과 비슷한 형태로, 저쪽에서도 보답하라고 요구하고 있어."

"그게 나구모 학생회장한테 찍힌 것과 관련 있다는 거야?"

"호리키타의 오빠랑 나구모는 대립 관계에 있어. 좋게 말하면 라이벌 관계. 그 호리키타의 오빠가 나랑 대화를 나눈 게 나구모로서는 무척 마음에 들지 않았겠지. 릴레이 때도 싸우고 싶어 하는 모습이었고."

"뭐랄까, 골치 아프네. 두 사람의 싸움에 네가 끼어들었다는 거야?"

이제 나구모가 내게 접근하는 이유를 잘 알았으리라.

하지만 본론은 여기서부터다.

"그 때문이기도 한지 호리키타의 오빠가 도와달라고 부탁했어. 나구모를 학생회장의 자리에서 끌어내리고 싶대."

"……혹시, 그 역할을 키요타카한테?"

"힘들겠지?"

"하지만 굉장해 보이는 학생회장을 어떻게 할 수 있는 사람은 너 정도밖에 없지."

"내가 할 수 있을 거라고 생각해?"

"네가 못하면 아무도 못 막을걸?"

어느새 내 주가가 그 정도로 치솟았군.

아무리 겸손하게 말해도 카루이자와는 믿으려고 하지 않는다.

"참고로 말이 나와서 말인데, 지금부터 어느 2학년이랑 만나기로 했어."

"2학년? 누구?"

"글쎄. 정체는 몰라. 상대도 나라는 확신을 가지고 있지 않고. 그저, 2학년 중에서 유일하게 나구모를 탐탁지 않게 보는 학생이라는 것만은 확실해."

"호오…… 그럼 나는 방해돼?"

"같이 만나고 싶으면 그래도 괜찮아. 어떻게 할래?"

따라오리라는 걸 확신하면서도 확인은 해두었다.

"……갈래."

잠시 고민한 후 카루이자와는 그렇게 대답했다.

그 말을 들은 나는 휴대폰 전원을 껐다.

그리고 우리는 2학년이 말한 교정 근처로 이동하기 시작했다.

○화살의 행방

크리스마스인 오늘, 동아리 활동을 하는 학생도 이미 학교에 남아 있지 않고 돌아갔다.

만약 누군가가 지나간다고 해봐야 교사 정도이리라.

아니, 그마저 거의 없다고 봐야 할까. 학교에는 조명다운 조명도 제대로 켜져 있지 않았다.

"추워. 아직 안 왔어?"

"약속 시각은 됐는데."

이미 약속한 후로 20분이 지났다.

주변에는 아직 인기척이 없었다.

"자기가 불러놓고 지각? 좀 하네?"

"아마 근처에서 우리 모습을 엿보고 있는 것 아닐까?"

"그게 뭐야. 치사하지 않아? 키요타카의 정체만 확인하고 돌아가 버리는 것 아니냐고."

"그렇게 하고 싶겠지만 무리일걸."

거의 틀림없이 접촉해오리라고 생각한다.

하지만 그 '거의'를 확실하게 만들려면 조미료가 좀 필요했다.

그게 바로 옆에 있는 카루이자와라는 존재다.

만약 이 인기척 없는 장소에 혼자 몸으로 나타난다면 내가 협력자라는 걸 확신할 수 있다.

하지만 오늘을 크리스마스. 단둘이 있을 장소를 찾아 이곳에 온, 아무 상관없는 커플이라는 선택지도 조금이나마 고개를 들겠지.

가령 몸을 숨긴 채 발신번호 표시제한 전화를 걸어서 반응을 살펴보려고 해도, 내 휴대폰 전원은 꺼져 있다. 즉, 확인하려면 직접 말을 거는 수밖에 없다.

나와 카루이자와가 이 추운 날씨에도 인내심을 가지고 나란히 서서 기다리고 있자 한 학생이 다가왔다.

낯익은 얼굴이었다.

눈이 마주친 순간, 전화를 건 상대라는 것을 알아차렸다.

다만 의외……라고 할까. 그런 학생이었다.

아직 말을 건 것은 아니다. 그저 우연히 이곳에 왔을 가능성도 있으니까 말이지.

물론 그 한없이 낮은 가능성은 곧 부정당하게 되지만.

"좀 기다렸나 보네."

"이제 막 도착했어요. 키리야마 부회장."

내가 이름을 부르자 그는 순간 놀라더니 곧 진지한 얼굴로 돌아왔다.

일단은 상대가 어떻게 나오는지 살펴보자.

"학생회 정보를 어느 정도 모아두었나 보군. 이름이……아야노코지라고 했었나."

아까 나구모와의 대화를 옆에서 듣고 있던 키리야마가 내 이름을 기억해도 이상하지 않다.

“나구모 학생회장에게 적의를 품고 있는 사람이 설마 부회장일 줄은 상상도 못 했네요.”

“그 이야기를 하기 전에 묻고 싶은 게 있어.”

내 말을 손을 들어 저지한 그는 카루이자와를 쳐다보았다.

“저 애는? 들은 바가 없는데.”

“신뢰할 수 있는 파트너입니다.”

카루이자와는 살짝 동요했지만 곧 표정을 다잡았다.

“신뢰라…… 1학년을 믿을 수밖에 없는 이 상황이 허무하군.”

카루이자와라는 변칙적인 존재를 보고도 키리야마는 숨김없이 모습을 드러냈다.

그만큼 나구모 정권에 불만을 품고 있다는 증거인가, 아니면 호리키타의 오빠를 믿고 있다는 건가.

“그럼 바로 본론으로 들어가도 되겠지? 긴 이야기는 되도록 피하고 싶어.”

“저도 마찬가지예요. 계속 여기 있다간 감기 걸릴 것 같고.”

“난 원래부터 나구모와 영 맞지 않았어. 학생회에 들어간 것도 호리키타 선배를 동경했기 때문이야. 같은 A반 선배로서 말이야. 지금 난 전 A반이 되어버리고 말았지만.”

키리야마는 나구모에게 져서 B반으로 떨어졌다. 학생회에 들어간 것도 호리키타의 영향이라고 생각하면 지금 부회장 자리에 남아있는 이유도 부자연스럽지 않다.

반대로 나구모가 그런 적대 관계에 있는 키리야마를 부회장 자리에 있도록 내버려 둔 것이 놀랍게 느껴진다.

"나구모의 학생회장 취임을 막고 싶었지만 도저히 불가능, 이미 내 힘이 미치는 범위가 아니었어. 한심한 이야기지."

"나구모 학생회장이 2학년 전체를 자기편으로 끌어들였다는 이야기는 어디까지가 사실인가요?"

"거의 다 사실이야. 물론 속으로는 내키지 않는 학생도 적잖이 있겠지만, 반대표를 던질 만큼은 아니야. 그냥 따를 수밖에 없다며 포기하고 있어."

"키요타카. 반이 결속되는 건 알겠는데 어떻게 다른 반까지 자기편으로 만들 수 있다는 거야? A반을 두고 서로 경합하는 게 아니란 말이야?"

"그건 키리야마 부회장이 설명해주겠지."

"……나구모는 개혁을 약속했어. 반의 장벽을 넘어서, 실력 있는 학생은 A반으로 끌어올려 주겠다고 공언했거든. 반에 의한 팀전이 원인이어서 계속 하위 반에 머무르고 있는 걸 불만으로 생각하는 학생도 많으니까."

살짝 고개를 갸우뚱거리는 카루이자와에게 내가 보충설명을 해주었다.

"이해하기 쉽게 말하면, 호리키타와 유키무라 같은 타입을 가리키는 거야."

"아하, 그렇구나."

자기 혼자면 A반에 올라갈 수 있는데, 하고 생각하는 학생이라면 다른 반이라도 같은 편으로 얼마든지 끌어들일 수 있다.

"하지만 그것만으로는 불충분한데요. 실력이 없는 하위 반 학생도 많잖아요."

"나구모의 말대로라면 모든 학생에게 기회를 주겠다, 라는 건데. 구체적인 부분은 나도 잘 몰라."

"뭔가 수상하지 않아?"

"수상해도 거기에 매달리는 수밖에 없어. B반 이하는 이미 핍박받고 있어. A반과의 반 포인트 차이는 또렷하게 벌어져 있으니까 말이야."

나구모가 2학년 전체를 같은 편으로 만들었다, 는 건 대충 이해했다.

하지만 그렇게 되면 키리야마의 존재가 이해되지 않는다.

"그럼 키리야마 부회장도 그 『기회』에 걸어야 하는 것 아닌지? 학생회장과 적대 관계에 있다가 지면 A반으로는 영영 못 돌아가잖아요?"

"진짜 기회가 있다면 그것도 선택지에 들어갔을지 모르지. 하지만 난 나구모가 그런 기회를 모두에게 줄 거란 생각이 도저히 들지 않아. 가능할 리가 없어. A반으로 졸업하는 게 결정된 순간 밥상을 뒤집어 엎어버리면 더는 만회할 수 없잖아?"

그게 나구모와 맞서는 이유, 라는 건가.

"나구모가 학생회장이 된 시점에서 학생회를 그만둘 생각은 없었나요? 보통은 적대 관계에 있는 사람 밑에서 일하고 싶지 않잖아요?”

“그만두면 뭐가 달라지는데? 그만큼 나구모만 더 좋을 뿐이지. 그러니 차라리 녀석 가까이에 있으면서 몰래 정보를 모아서, 기회를 엿보다가 빈틈을 찾고 싶은 거야. 호리키타 선배에게 정보를 주면 분명 도와줄 거라고 믿고.”

키리야마 부회장은 담담히 말하면서도 분노를 언뜻 내비쳤다.

“이대로라면 학교의 전통을 잃을 거라는 것을 알면서도 옆에서 입술을 깨물고 있을 수밖에 없는 원통함을 알겠어?”

미안하지만 모르겠다.

키리야마도, 알아줄 거라고는 처음부터 생각하지 않았으리라.

“알 리도 없나…… 너희 1학년 중에는 나구모 같은 애가 없겠지.”

우리가 묻지도 않았는데 키리야마는 계속해서 말을 이었다.

“하지만 결코 관계없는 이야기는 아니야. 지금은 아직, 나구모는 호리키타 선배를 비롯한 3학년에 대해 경계심을 보이고 있어. 틈을 보이면 자신의 지위를 위협할 수 있는 존재니까 말이야. 하지만 그가 졸업하고 나면 그럴 필요도 없어지지. 그렇게 되면 다음 타깃은 틀림없이 너희 1학년이 되겠지.”

“그렇지만 저희랑 상급생이 엮일 일이 있을까요?”

타깃이 되는 이유를 모르겠다며 카루이자와가 고개를 갸우뚱거렸다.

“따르지 않는 학생에게는 가차 없이 제재를 가하는 것. 그게 나구모의 방식이야.”

“그게 무슨?”

“1학년이라도 나구모에게 반기를 들면 괴롭힘을 당하게 될 거라는 얘기다.”

“최악의 학생회장이네.”

하지만 따르기만 하면 혜택받을 가능성이 있다.

2년 동안 나구모를 라이벌로 여기던 학생들이 그를 따르게 되었다는 건, 그만큼의 실력과 설득력이 있다는 거겠지.

“반기를 들든 어쨌든 간에, 애초에 학생회장과 얽힐 일은 보통 없지 않아요?”

“그건 2학기까지의 이야기야. 앞으로는 상급생과 접촉할 기회가 급격히 늘어날 거야. 통상적으로, 3학기 초에 1학년부터 3학년까지 다 함께 치르는 특별시험이 있거든. 그걸 시작으로 비슷한 상황이 계속 일어나지. 작년에 우리가 그랬듯이. 요컨대 1학년과 2학년, 때로는 3학년과도 싸울 수 있다는 거다.”

즉 예정대로 간다면 1월에는 거의 면식도 없는 상급생과 얽히게 된다.

체육대회 때 한 번 학년을 뛰어넘는 교류가 있었는데, 그래도 직접 만날 기회는 거의 없었다.

"아마 그 타이밍에서, 나구모는 1학년 중에서 요주의 인물을 압축해가겠지."

요주의 인물, 즉 자신의 위치를 흔들 수 있는 학생을 말하리라.

그럼 그때가 오면 찍히지 않게 잘 넘어가고 싶은데.

이미 이루어질 수 없는 상황이 된 것 같아 아쉽지만.

"작년 시험 내용은?"

"아마도 올해 특별시험이랑은 십중팔구 관계가 없을 거야. 특별시험은 대부분 매년 내용이 크게 달라지거든. 참고가 될 만한 게 없어."

"그래도 미리 들어두는 게 유리할 수도 있잖아요."

"그럴지도 모르지. 하지만 미안한데 그건 대답해줄 수 없어. 네가 호리키타 선배가 추천한 애라고 해도, 학교의 규칙에 어긋나는 행동은 못하니까. 이 사실이 알려지면 퇴학 처분도 각오해야 해. 난 그 금기를 범할 수 없어. 범할 생각도 없고."

학교가 만든 규칙을 중요하게 여기는 호리키타 파라면 더욱 그렇겠지.

"성가신 선배가 위에 있었군요."

솔직한 마음을 털어놓았다.

"어쨌든 나구모를 학생회장 자리에서 끌어내릴 방법은 제한적이야. 말할 필요도 없이 퇴학시키는 게 제일 확실하지만, 실제로는 쉽지 않겠지. 두 번째는 학생회장으로 부적합하다는 걸 널리 알려서 강제로 끌어내리는 방법. 학생회장만 아니면 2학년 중에도 나구모가 가망 없다고 생각할 학생이 등장할 테고, 너희 1학년이랑 내년에 들어올 신입생에게도 피해가 미치는 일은 없을 거야."

실제로 우리는 나구모 미야비가 어떤 학생인지 잘 모른다. 옆에 있는 카루이자와에게 물어도 똑같이 말하겠지. 그만큼 지금은 다른 학년과의 교류가 없기 때문에 판단을 내릴 수 없다. 그저 주위의 비정상적인 추대와 경계, 히라타의 선망을 포함한 존경을 받는 범상치 않은 학생이라고 추측할 수 있을 뿐.

본래는 2학년 중에서 키리야마에게 동조하는 학생을 찾아내어 나구모를 쓰러트리는 것이 바람직하다.

뭐, 그게 불가능했으니까 1학년에까지 성가신 이야기를 하게 된 거겠지만.

"퇴학을 시킨다는 둥 끌어내린다는 둥, 온통 위험한 이야기뿐이네요."

"그럼 성가신 적을 눈앞에 두고도 너는 그런 수단을 쓰지 않겠다는 말이야?"

"생각한 적도 없어요."

옆에 있던 카루이자와가 순간 의심스러운 눈빛을 보냈지만 무시했다.

"그럼 네가 정공법으로 보여줄래? 나구모가 스스로 학생회장을 그만두도록 유도할 수 있으면 그것보다 더 좋은 일이 없지만, 그게 제일 어렵다는 건 굳이 말할 필요도 없지."

이 키리야마라는 선배, 어디까지 믿어도 될지 모르겠군. 일정한 부정적 감정, 증오를 나구모에게 갖고 있는 것은 태도를 봐도 틀림없는데, 발언에서 어물쩍 넘어가는 부분이 있는 게 느껴진다. 이게 의도된 것인지 아닌지에 따라서도 달라지지만, 지금 상태에서는 판단할 만한 재료가 없다.

카루이자와라는 카드를 보여준 것 이상으로는 아무것도 제공해선 안 되겠다.

"희망을 말하는 건 자유지만 어떻게 할지 정하는 건 우리예요."

"쉽게 믿지는 못하겠다는 건가?"

우리가 느끼는 불신감을 당연히 키리야마도 눈치챘다.

"나도 지나친 행동이라고는 생각해. 나구모를 막지 못한 책임감 따위 질 필요는 없지만, 후배가 똑같은 지옥을 보는 건 참을 수 없어. 그게 내 진심이다."

후배를 위해서라고?

바로 믿기는 힘든 이야기다.

나구모를 쓰러트릴 수 있는 인재가 2학년에 없기 때문에 어쩔 수 없이 1학년에게 부탁하고 있다.

막지 못한 책임을 느끼고 있다.

그렇게 말할 줄 알았는데, 이번에는 후배를 위해서라니.

차라리 나구모를 배제해서 다시 A반으로 되돌아가는 것을 노린다고 말해주었다면 더 믿음이 갔을 것이다.

뭐, 못난 진실을 숨기고 성인인 척 구는 것도 인간의 천성인가.

"뭘 어떻게 느끼든 그건 네 자유지만, 하나만 기억해줘. 나구모를 적으로 돌린 학생은 반드시 퇴학까지 내몰리게 돼."

"그럼 학생회장을 적으로 돌리지 않는 게 제일 나은 것 같은데요?"

지금까지 퇴학당한 사람들 중에는 당당히 나구모를 끌어내리려고 저항했던 학생도 있었을 터. 하지만 결국 반론의 싹이 뽑히고 퇴학당하게 됐겠지. 그렇다면 마음에 들지도 미움을 사지도 않고 그저 조용히 보내는 게 최선의 답 아닌가?

키리야마와 대화하면서 느낀 진지하면서도 솔직한 감정이었다.

"……협력하지 않겠다고?"

"협력은 할 겁니다. 저도 물러설 수 없는 사정이 있으니까요."

"좋아. 어쨌든 넌 나구모의 눈에 들어오기 시작했어. 그리고 조만간 녀석이 어떤 인간인지 싫어도 알게 될 날이 올 테니. 난 앞으로 너한테 나구모의 행동과 정보를 줄게. 물론 규칙을 어기지 않는 선에서 말이야. 그 다음에는 네가 알아서 판단하면 돼."

그 재료를 살리는 것도 죽이는 것도 내가 하기 나름이라는 뜻인가.

키리야마도 내가 상상 이상으로 의욕이 없음을 느끼고 반쯤 포기한 것처럼 보였다. 정보를 제공하면서도 과도한 기대는 하지 않을 생각인 듯하다.

"솔직히 말해서 너에 대한 인상은 없는 거나 마찬가지야. 체육대회 때 호리키타 선배와의 릴레이가 없었다면 아마 난 여기서 정식으로 협력 요청을 네게 하지는 않았겠지. 실제로 나구모가 너를 주목하기 시작한 것도 그 릴레이가 이유였으니까."

그게 유일하게 키리야마를 움직인 '진실'이라는 거겠지.

나도 나구모를 미리 알았더라면 릴레이에서 튀는 짓은 하지 않았겠지만.

그 선택이 지금 이렇게 키리야마와 마주보는 처지에 놓이게 되었다.

"정보를 제공할 가치가 없다고 느껴지면 당장 손을 뗄 거야."

"그렇게 하지 않으면 키리야마 선배가 위험해진다는 건가요?"

카루이자와의 질문에 키리야마는 목소리를 내지 않았지만 조용히 고개를 끄덕였다.

인정하기 싫겠지만 그게 현재 나구모와 키리야마의 힘 차이겠지.

"그리고 앞으로는 일절 너와 직접 만나지 않을 거다. 대충 계정을 하나 만들어서 그걸로 연락하도록 하지."

그건 나로서도 고맙다.

무료 계정으로 연락을 주고받는 게 가장 낫다.

"그리고…… 만에 하나 네 실수로 내가 내통했다는 걸 나구모가 알게 됐을 경우에 어떻게 될지는 이해해주길 바란다."

직접 말로 표현하지는 않았지만 길동무로 삼겠다는 뜻이겠지.

나구모 끌어내리기에 분주한 1학년이 있다는 사실을 알면 나구모는 무섭게 달려들 것이다.

하고 싶은 말을 전부 마친 키리야마는 빠른 걸음으로 자리를 떠났다.

"뭐랄까, 처음부터 끝까지 느낌이 별로이지 않았어?"

"그러게."

그만큼 키리야마에게도 여유가 없다는 것일지도 모르겠다.

1

키리야마와의 밀담을 끝낸 우리는 그제야 겨우 돌아갈 수 있었다.

기숙사로 향하던 도중, 내 뒤에서 걷던 카루이자와가 말을 걸었다.

"왠지 내 상상을 뛰어넘는 전개가 될 것 같은 예감이야."

"넌 어떻게 생각해? 아까 키리야마 부회장의 이야기."

"그런 걸 내가 어떻게 알아? 왜 그렇게까지 나구모 학생회장을 싫어하는지도 아직 잘 모르겠어."

그러한 카루이자와의 감상은 내가 느낀 것과 놀랍도록 일치했다.

군자는 위험한 곳에 가까이 가지 않는 법……일지도 모르겠군.

호리키타의 오빠를 같은 편에 두기 위해 일시적으로 나구모를 적으로 간주하려고 생각했는데, 아무래도 그 선택이 옳지 않은 느낌이다.

다만 슬프게도 나는 호리키타의 오빠와 체육대회 때 한 릴레이 때문에 나구모의 관심을 어느 정도 끌고 말았다.

물론 그게 나구모의 지나친 억측이라는 사실을 인지시킨다면 나에 대해서는 금방 잊어버리겠지만, 어쩌면 나를 배제하러 나설지도 모르겠다.

주변의 말대로라면 나구모는 자신에게 적이 되는 존재를 용인하지 않는다.

"그런데 말이야. 아까 그게 무슨 소리야…… 파트너라니?"

"마음에 안 들었어?"

"네 멋대로 파트너라고 말했으니 마음에 안 드는 것도 어쩔 수 없잖아?"

"그럼 취소할까?"

"……정식으로 파트너가 되길 원한다면 그에 맞는 태도와 성의를 보여줘야 하는 것 아니야?"

"그 태도와 성의라는 게 뭔지 구체적으로 가르쳐줄래?"

"돈?"

"야."

"농담이야. 키요타카 넌 나한테 포인트를 빌릴 정도로 쪼들리는 모양이니까."

그 부분에는 기대하지 않는다고 카루이자와가 말했다.

하긴 지금은, 우대자 사건도 있고 카루이자와 쪽이 프라이빗 포인트를 소유하고 있다.

"그나저나 호리키타는 괜찮아? 네 파트너라고 하면 그쪽이잖아?"

"그 녀석은 단순히 옆 자리에 앉았을 뿐이야. 그 이상도 그 이하도 아니야."

이제는 누구에게 몇 번이나 말했는지도 모를 정도로 똑같은 말을 반복했다.

"그럼 나만 인정해준다는 거야?"

"너한테 능력이 있는 건 사실이니까."

"……그, 그렇지."

물론 호리키타에게 능력이 없는 건 아니다.

그 녀석의 경우는 다른 방면, 그러니까 리더로서의 소질을 꽃피우게 만들고 싶다. 그리고 언젠가는 히라타와 카루이자와가 호리키타를 뒷받침해주는 파트너가 될 것이다.

그렇게 해서 마침내 D반은 강력한 포진을 이루게 된다, 고 내 멋대로 상상하고 있었다.

그렇게 될지 어떨지는 결국 호리키타의 솜씨에 달렸다고

할 수 있으리라.

"어쩔 수 없네, 파트너가 되어 줄게."

지금까지도 그에 상응하는 일을 해주었지만 여기서 다시금 말해주었다.

"너를 따라가면 즐거운 기억을 만들 수 있을지도 모르니까 말이야."

"그건…… 기대하지 않는 게 좋을 텐데."

굳이 말하자면 오히려 손해를 보게 될지도 모른다.

"나랑 같이 너도 적으로 간주될지도 모르니까 말이야."

"그 말은, 학생회장에게?"

"그게 유력하지."

"뭐, 나구모 학생회장을 적으로 돌렸다고 쳐도 말이야, 키요타카라면 어떻게든 해주겠지?"

"신체적으로나 학력으로만 보면 질 것 같진 않아."

"역시. 말 잘하네."

생긋 웃는 카루이자와.

"하지만 이 학교의 규칙에 따른 싸움이 펼쳐진다면, 절대라는 건 없어. 인질을 이용한 자폭 작전 따위를 벌인다면 퇴학이라는 패배를 당하게 될지도 모르지."

"자폭 작전?"

"뭐, 스도랑 C반의 이시자키 무리가 싸웠던 사건의 연장전이라고 생각하면 돼. 만약 판정을 내리는 학생회장을 포섭했다면 결과는 크게 달라졌겠지?"

그리고 단순한 폭력사건에서 더 높은 단계로 끌고 갔을 경우 퇴학도 가능했으리라.

"음, 잘 모르겠어. 그 사건, 전혀 관심이 없었거든."

"……그래? 그럼 신경 쓰지 마. 어쨌든 원하건 원하지 않건 『퇴학 시키는』 것 자체는 비교적 간단해."

물론 그러기 위해 치러야 할 희생과 위험을 배제한 생각이지만.

"그 말은 키요타카도 위험하다는 거네."

일단 정답에는 도달했으니 그렇다고 말해주자.

"맞아."

아무리 보안을 단단히 해도 돌파구는 반드시 있듯, 100% 확실하게 상대의 공격을 막아낼 수는 없다.

그 공격을 하나라도 더 많이 막기 위해서 필요한 게 지혜이고 협력자이다.

"만약의 사태가 벌어지면 내가 도와줄게."

"든든한 파트너군."

"그거 진심으로 하는 말이야?"

"그래."

"그, 그렇구나. 그런데 키요타카 너 말이야, 중학교 시절에는 어떤 아이였어? 절대 평범하진 않았겠지?"

"지극히 평범한 중학생이었는지도 모르는 거 아닌가."

"아니야, 아니야. 너 같은 애가 평범하면 이 세상의 평범이란 게 전부 뒤집어질걸."

카루이자와는 손을 격하게 흔들며 절대 그건 아니라고 완전히 부정했다.

"머리도 좋고 싸움도 잘하고, 그러면서 평소에는 조용하고. 좀 세상 물정을 모르는 구석도 있고. 솔직히 하는 행동이 엄청나잖아."

"그럼 네가 봤을 때 난 어떤 중학생이었을 것 같은데?"

"그걸 모르겠으니까 묻는 거잖아?"

불만이라는 듯 입술을 삐죽 내밀었다.

"그냥 추측이어도 좋아."

왠지 듣고 싶어져서 그렇게 다시 말했다.

"으으음~……."

대답이 바로 떠오르지는 않는지 카루이자와가 팔짱을 끼고 고개를 갸우뚱거렸다.

"이게 만약 만화라면 유소년 때부터 엄한 기관에서 자란 첩보원, 같은 느낌으로 대답하겠지만 말이지. 아 정말, 그 정도밖에 안 떠올라."

먼 산을 쳐다보며 대답하는 카루이자와의, 상상 이상으로 근접한 추리에 무심코 웃음을 터트릴 뻔했다.

"아, 진짜 모르겠어, 포기야. 정답은?"

"비밀이야."

"우왓. 실컷 물어봐놓고 알려주지 않는다니."

"애초에 대답하겠다고 말한 적도 없어."

"언젠가 반드시 듣고 말겠어."

"재미있는 이야기는 나오지 않을 거니까 기대하지 마라."
"아, 눈 내린다."
"…………."
카루이자와는 내 말을 듣고 있는 것처럼 보이지 않았다.
조금씩이지만 눈이 흩날리기 시작했다.
밤사이에 또 눈이 내려 쌓일 것 같다.
하늘을 올려다본 후 다시 카루이자와를 쳐다보자 카루이자와는 나를 물끄러미 보고 있었다.
"……그러고 보니, 사토가 너한테 주려다가 말았지. 크리스마스 선물."
"글쎄."
"얼버무리려고 해도 소용없어. 혹시 너, 합류했을 때부터 눈치채고 있었던 것 아니야?"
나와 보내는 시간이 길어지면서 필요 이상으로 신뢰를 얻은 것 같군.
사토와 만났을 때 가방 안에서 포장지가 살짝 고개를 내밀고 있었다. 오늘 같은 날에 아무 의미도 없이 다른 사람에게 줄 선물을 데이트 전에 가지고 돌아다니지는 않겠지.
십중팔구 내게 줄 선물이라는 걸 느꼈다.
아마 고백이 성공했다면 그때 건네 줄 생각이지 않았을까.
"못 받은 심정은 어때?"
짓궂게 물었지만, 별로 충격 받거나 하진 않았다.
"너니까 분명 아무한테도 선물을 못 받았겠지?"

그렇게 말한 카루이자와는 눈을 마주치지도 않고 작은 봉투를 내게 내밀었다.

이게 뭐야? 하고 묻는 건 아무리 그래도 너무 바보 같겠지.

"내가 주는 크리스마스 선물. 고맙게 받으라고."

"괜찮아? 내가 받아도?"

"커플이 되지 못한 위로 같은 거라고 생각해둬. 아, 답례는 두 배 정도의 금액이면 돼."

"……사기 아닌가, 그건."

받는 만큼 손해 확정이다.

"나를 위해 산 거야?"

"그럴 리 없잖아. 일단 형식적으로 요스케 군이랑 사귀는 사이잖아? 그래서 형식만이라도 준비해뒀달까. 실제로 크리스마스 선물을 줄 예정이 있는 애들이랑 같이 사러 가서 유용하게 활용했지."

"빈틈없군."

히라타와의 데이트에 대비해, 히라타의 선물을 사둔다.

누가 아무리 봐도 두 사람의 관계성을 의심할 여지가 없다.

"히라타에게 줬으면 완벽하지 않았을까?"

"……그러게. 보통은 그렇겠지."

의미심장하게 카루이자와가 말을 꺼냈다.

"있지, 키요타카. 요스케 군 이야기가 나온 김에 미안한데……."

"응?"

"혹시 내가 말이야…… 요스케 군이랑 헤어진다면…… 내 이용 가치는 사라지게 돼?"

그런 말을 했다.

"그게 히라타에게 선물을 주지 않은 이유야?"

"그렇, 다고 볼 수 있어. 사토랑 잘 되지 않은 후에 이렇게 말해서 치사해?"

카루이자와가 두려워하는 것은 내가 카루이자와보다 사토에게 더 큰 가치를 찾는 것.

히라타와 헤어지면 생길 위험이 전혀 없다고는 솔직히 말 못하겠다.

카루이자와 케이라는 존재의 가치를 내리는 행위라는 것은 명백했다.

하지만 이미 그것은 이전까지의 이야기다. 가치가 떨어진다고 해도 오차 범위 안.

"넌 더 이상 예전의 카루이자와가 아니야. 히라타라는 존재가 없어져도 지금의 지위가 바뀔 일은 하나도 없어. 그걸로 뭔가가 달라지거나 하진 않아."

"하지만…… 내가 요스케 군이랑 헤어지는 건, 생각하지 않았던 일 아니야?"

카루이자와가 안고 있는 불안은 결코 작은 게 아니었다.

그런 그녀에게 나는 계속해서 말했다.

"히라타와의 관계를 이어가는 게 네 가치라고 한다면, 난 이미 예전에, 앞으로 절대 히라타와 헤어지지 말라고 말했을 거야. 하지만 그렇게 하지 않았다는 게 내 대답이야."

다른 사람도 아니고 카루이자와라면 이 표현이 가장 설득력을 가질 것이다.

내 생각을 가까이에서 보아왔기 때문에 세세한 실수를 하지 않는다는 걸 잘 알고 있다. 히라타 요스케가 반드시 필요한 퍼즐조각이라면, 내가 그걸 지키도록 지시할 것은 명백했기 때문이다.

다만, 엄밀하게 말하면 진실은 아니다.

카루이자와가 히라타와 헤어지고 싶어 한다는 건 예상했다, 라기보다 그렇게 되도록 유도했기 때문이다.

히라타가 없어도 혼자 설 수 있게 촉구함과 동시에, 나를 새로운 숙주로 삼게 하는 것이 목적이었다. 즉 지금까지는 완전히 순조롭게 흘러왔다는 것. 사토와의 데이트에 난입한 것은 예상 밖의 일이었지만, 결과적으로 더 강하게 카루이자와와 이어질 수 있었다.

"그, 그래……? 사실 요스케 군이랑도 좀 대화를 나눴어. 우리는 형식적인 사이니까, 더 이상 끌어들여도 좋지 않다는 생각에. 고민했어."

그리고 계속 말을 이었다.

"또 요스케 군의 여자친구 역할은 권력이 약속되지만 그만큼 부담이랄까, 그런 것도 심했거든."

환경이 정리된 지금, 그 부담을 내려놓고 싶다. 카루이자와는 그렇게 선언했다.

그 귀여운 거짓말을 나는 가만히 듣고 있었다.

내게는 별다른 문제는 없지만 카루이자와의 입장에서는 실수다.

만약 내가 카루이자와라면 혹시 모르니 보험을 들어놓겠다. 내가 이용 가치가 없어졌을 때를 생각해서 히라타를 그대로 잡아두고, 또 히라타가 쓸모없어졌을 때를 대비해 나를 잡아두는 게 이상적이기 때문이다. 유비무환. 그 전략을 취할 권리가 있었다.

그런 건 카루이자와도 잘 알고 있을 것이다. 그런데도 보험을 부정한다면, 그것 또한 좋다. 여러 전략을 안고 있으려면 그만큼의 체력이 필요한 것도 사실이다.

작은 빈틈 때문에 둘 다 동시에 잃으면 그때 받을 충격도 두 배가 넘겠지.

자기 능력에 맞는 전략으로 자신을 구축해나가야 한다.

“3학기가 되면 반 애들 다들 놀라겠네.”

“그야 그렇겠지.”

히라타와 카루이자와라는 빅 커플은 반을 초월해서 유명한 존재다.

특히 히라타는, 그날 당장에라도 다음 여자친구 후보가 나타나리라.

“그 녀석, 다른 사람이랑 사귈 거라고 생각해?”

“내가 어떻게 알겠어? 요스케…… 아니, 히라타에 대해 잘 모르는데. 하지만 왠지 키요타카와 비슷하게 냉정한 구석이 있어. 나랑 가짜로 사귀면 다른 애랑 사귈 수 없는데, 별로 연애에 관심이 없는지도 모르겠어.”

“다시 히라타라고 부르면서 나는 왜 그대로야?”

“아…… 그런, 가? 원래대로 부르면 좋겠어?”

좀 불만이라는 듯 올려다보는 카루이자와.

“그런 뜻은 아니야. 어떤 식으로 부르던 네 마음이니까.”

지금 속한 그룹에서도 아래 이름으로 부르곤 하니까 말이다.

“좋은 기회일지도 몰라.”

나는 걸음을 멈추고, 조금 뒤에서 따라 걷던 카루이자와에게로 몸을 돌렸다.

“나도 그럼『케이』라고 부르지 뭐.”

“타우와!?”

“……타우와?”

“아,아아아, 아무것도 아니야! 왜 키요타카도 날 그렇게 부르겠다는 건데?!”

“한쪽은 성으로 부르고 한쪽은 이름으로 부르는 거, 좀 별로인 것 같아서.”

서로의 거리감을 좁힐 수 없는, 초점이 어긋난 이미지가 있다.

케이가 아래 이름으로 부르는 것을 원한다면, 거기에 맞춰주는 것이 자연스럽다.

그렇다고는 하나 주변 사람들이 있을 때는 앞으로도 계속

키요
타카

아야노코지, 카루이자와의 사이 그대로.

그건 보편적이고 변하지 않는 것이다.

"그런데…… 일단 정답을 맞히고 싶은데 말이지. 그 더블 데이트를 기획한 발안자는 네가 아니라 사토가 맞는 거지?"

"뭐, 뭐야, 기획이라니."

그렇게 말하며 얼버무렸지만, 불시에 찔린 핵심에 초조함이 엿보였다.

"넌 아주 잘 연기했지만 이따금 사토의 행동이 이상했거든."

"아…… 역시 알아차렸어? 나도 사토가 수상하게 보인다고 생각하긴 했지."

케이 쪽도 사토의 연기에 느끼는 바가 있었던 모양이다.

나는 주머니 안으로 손을 넣었다.

그리고 거기에, 작은 종이봉투를 넣어둔 채라는 것을 기억해냈다.

"맞다. 나도 너한테 줄 크리스마스 선물이 있어."

"뭐? 거짓말!"

"거짓말이야."

"뭐?! 한 대 맞고 싶니?"

"정확하게는 단순한 선물이랄까. 너한테는 이제 필요 없는 물건일 것 같지만."

나는 코트 안에서 종이봉투를 꺼내 케이에게 내밀었다.

"……잠깐, 드럭 스토어 봉투라니, 뭐야. 날 바보로 보는 거야?"

그렇게 말하면서도 내용물을 확인하려고 셀로판테이프를 벗겨냈다.

안에서 나온 것은 화려한 액세서리도, 귀여운 인형도 아니었다.

"감기약 두 개랑 영수증……?"

"영수증 쪽은 신경 쓰지 마라. 그냥 버려."

"이 영수증, 23일 오전 10시 55분이라고 찍혀 있는데……."

신경 쓰지 말라고 말했는데, 놓치지 않고 읽은 케이.

"그걸 사고 돌아가는 길에 너랑 사토가 둘이서 케이키 몰에 있는 걸 봤어. 그래서 더블데이트가 기획된 거라는 사실도 비교적 일찍 깨달았지. 컨디션이 완전 무너졌을 거라고 생각했는데 말이야. 훌륭히 예상을 빗겨갔어."

"그럼…… 나한테 안부 전화를 안 했던 게……."

"마스크도 안 했고, 멀리서 보기에도 건강해 보여서."

"거, 걱정해 준 거면…… 그렇게 빙 돌리지 말고 좀 더 일찍 날 찾아오거나 전화 한 통이라도 하란 말이야. 그거면 확인됐을 텐데."

"보는 눈이 많은 기숙사에서, 직접 네 방을 찾아갈 수도 없잖아. 전화는 좋은 수단이지만 그럼 네가 안 아픈 척할 수도 있고. 넌 네 약점을 드러내는 데에 서투니까."

"읏. 하, 하지만 결과적으로 말이야, 이 감기약은 돈만 낭비한 셈이 됐잖아."

"약값만 들었으면 싸게 치인 거지. 또 다른 기회에 쓸 일이 있을 수도 있고."

"그건…… 그럴지도 모르지만…… 전혀 걱정 안 해주는 줄 알고 널 원망했던 내가 바보 같잖아."

그렇게 말하며 고개를 푹 숙이는 케이.

"옥상 사건은 나도 깊이 관여했어. 그건 정말 맞아도 할 말 없는 부도덕한 짓이었지. 다음 날이라고는 해도 괜한 연락을 하면 너한테 육체적으로나 정신적으로나 부담을 줄 것 같아서 피했어. 그것도 쓸데없는 배려였던 모양이지만."

내가 먼저 접촉하기는커녕 케이가 먼저 내게 다가올 줄이야.

"네 마음이 그렇게 강한지 미처 몰랐다."

"그, 그래. 나 얕보지 말라고."

"그렇게 강한 마음을 가진 너에게 다시금 하나만 확인하게 해줘."

"뭐야, 확인이라니."

"앞으로 난 튀는 행동을 최대한 피할 생각이야. 하지만 때로는 지금까지처럼 뒤에서 움직여야 할 일도 있을지 모르지. 그때 지금까지 해왔듯 네 힘을 내게 빌려줘."

"그 말, 너무 늦게 하는 거 아니야? 아까 파트너 이야기가 나왔을 때 하라고."

"그러네."

잠시 침묵이 흐른 후, 케이가 들으라는 듯이 한숨을 푹 내

쉬었다.
"좋아, 도와줄게. 대신, 너도 온힘을 다해 나를 지켜야 해. 히라타와의 관계가 끝나면 여러 가지로 성가신 일도 일어날지 모르니까."
"그래, 약속할게."
두꺼운 구름으로 뒤덮인 저 너머로 해가 저물어 간다.
둘이 함께 그 보이지 않는 태양을 바라보았다.
"이제 크리스마스도 끝이네."
"그러니까…… 24일 밤부터 25일 저녁까지가 크리스마스, 라고 했나?"
그래서 연인들은 24일 밤부터 25일 저녁까지 함께 시간을 보내는 경우가 많다고 들었다. 25일이 되는 순간을 함께 맞이하는 것이 연인들에게는 최고의 행복이기 때문이다. 하지만 이 세상에서 크리스마스는 다소 특수한 사정을 가지고 있다고 생각한다. 애초에 원래 크리스마스의 제례란, 유대교력을 이어받은 교회력이 12월 24일부터 12월 25일의 시간대였기 때문이다.
연인들 대부분은 유대교나 그리스도의 탄생 등을 의식하지 않는다. 근대가 되어 유행을 타고 만들어진 이벤트처럼 되어버렸다고 말할 수 있으리라.
올해 크리스마스, 이브까지 포함해서지만 정말 정신없었다.
이제 곧 1년도 끝난다.

"슬슬 돌아갈까."

"그래."

나는 걸음을 뗐다.

그리고 조금 뒤늦게, 케이도 걷기 시작했다.

이 일 년 동안, 생각해보면 제일 거리를 좁힌 것은 뒤에 있는 케이일지도 모르겠다.

그건 케이 자신도 느끼고 있겠지.

어느새 정신을 차리고 보니 절대 없어서는 안 되는 존재까지 승화되었다.

이걸 친구 사이라고 부르는 것은 케이에게 약간 실례일지도 모르겠지만…….

다만, 앞으로 내가 A반을 목표로 삼거나 학생회와의 관계성을 끊을 수 있다면 그때는 친구…… 아니, 그 이상의 존재로 바뀔 수 있을 듯한 기분이 든다.

작가 후기

쌀쌀한 계절이 되었네요. 감기에 걸리진 않으셨나요? 키누가사 쇼고입니다.

요즘에는 감기에 내성이 강해진 것 같다, 하는 생각을 하기가 무섭게 연말에만 두 번이나 몸이 아픈 한심한 모습을 보였습니다. 하지만 예년에 비하면 꽤 개선된 기분이 듭니다. 앞으로 몇 년만 더 지나면 완전무결한 키누가사가 탄생할 테니 기대해 주세요.

작년에도 자나 깨나 일만 했던 1년이었습니다만, 정말 감사한 일이죠. 일은 힘들고 하기 싫을 때도 있지만, 그래도 할 일이 있다는 건 좋은 거예요. 다만 기쁜 한편, 앞으로 3년 정도까지 일정이 꽉 차 있는 것은 다소 문제일지도. 가끔은 한 달 정도 와이하(하와이)라든가 베이거스 같은 데서 뒹굴거리고 싶군요~. 해외? 태어나서 이제껏 단 한 번도 나가본 적이 없어요. 일본 최고.

자, 이래저래 지나가버린 2017년. 그리고 찾아온 2018년. 새해가 되자마자 저는 14대째 대를 잇고 있다는 비싼 일본주를 마실 기회가 있어서 활력을 얻었답니다. 사실 고가의 술이 한 병 더 있었지만 그건 따지 못했어요. 올해도 일 년 동안 열심히 해서, 내년을 기대해보겠습니다.

7.5권은 7권을 보완하는 느낌으로 쓴 이야기입니다.

옥상 사건이 일어난 후로 각자 무엇을 생각하고 느꼈는지 여러분께 전할 수 있지 않을까 싶어요.

다 쓰고 나서야 알아차렸습니다만, 작중에서 시간 경과가 3일밖에 지나지 않았어요…….

뭐, 그 부분은 너무 깊이 생각하지 맙시다.

7.5권은 처음으로 3개월 만에 출간되었습니다만, 다음 8권은 언제쯤 여러분께 전할 수 있을까요. 구체적으로 언제쯤 되지 않을까? 하고 써서 득 볼 일은 없으니까요!

8권은 3학기부터 시작되는 이야기입니다. 잠깐의 휴식도 끝나고 특별시험에 들어가게 되죠. 그리고 지금까지는 D반 대 C반의 대결이 주를 이루었는데, 그 전개에도 변화가 찾아올 듯합니다. 사카야나기는 과연 선언한 대로 B반과의 싸움에 돌입할까요? 아야노코지는 과연 나구모와의 싸움을 시작할까요? 그리고 류엔이 빠진 C반이 어떤 선택을 할지 등도 주목해서 봐주시면 감사하겠습니다.

그럼 여러분. 다음에는 4월 말에 만나요~.

……?!

어서 오세요 실력지상주의 교실에 7.5

2018년 5월 15일 1판 1쇄 발행
2024년 2월 15일 1판 8쇄 발행

저 자 키누가사 쇼고
일 러 스 트 토모세슌사쿠
옮 긴 이 조민정
발 행 인 유재옥
이 사 조병권
출판본부장 박광운
편 집 1 팀 박광운 최서영
편 집 2 팀 정영길 조찬희 박치우 정지원
편 집 3 팀 오준영 이해빈 이소의
디자인랩팀 김보라 박민솔
디지털사업팀 박상섭 김지연 윤희진
라이츠사업팀 김정미 맹미영 이윤서
영업마케팅팀 최원석 박수진
물 류 팀 허석용 백철기
경영지원팀 최정연
인쇄제작처 ㈜코리아피엔피
발 행 처 ㈜소미미디어
등 록 제2015-000008호
주 소 서울시 마포구 토정로222, 403호 (신수동, 한국출판콘텐츠센터)
판매 및 마케팅 (070) 8822-2301

ISBN 979-11-6190-516-7 04830
ISBN 979-11-5710-286-0 (세트)